元曲鉴赏辞典

莫柳桂◎编著

中国书籍出版社
China Book Press

图书在版编目(CIP)数据

元曲鉴赏辞典 / 莫柳桂 编著 .-- 北京 : 中国书籍出版社, 2013.5

ISBN 978-7-5068-3462-9

Ⅰ. ①元… Ⅱ. ①莫… Ⅲ. ①元曲—鉴赏—词典 Ⅳ. ① I207.24-61

中国版本图书馆 CIP 数据核字 (2013) 第 075465 号

元曲鉴赏辞典

莫柳桂 编著

策划编辑 武 斌
责任编辑 杨铠瑞
特约编辑 李明才
责任印制 孙马飞 张智勇
封面设计 精英设计
出版发行 中国书籍出版社
地 址 北京市丰台区三路居路 97 号(邮编: 100073)
电 话 (010) 52257143(总编室) (010) 52257153(发行部)
电子邮箱 chinabp@vip.sina.com
经 销 全国新华书店
印 刷 三河市汇鑫印务有限公司
开 本 700 毫米 ×1000 毫米 1/16
字 数 190 千字
印 张 20
版 次 2013 年 6 月第 1 版 2013 年 6 月第 1 次印刷
书 号 ISBN 978-7-5068-3462-9
定 价 39.80 元

前 言

文学历史经历了辉煌的唐诗宋词时代,脚步终于向元曲挺进了,而历史的洪流也涌向了大元帝国。

都说文学来自生活,也高于生活,那创造文学作品的作家们更是与生活息息相关。生活在大元帝国的文人们,并没有大唐王维的闲情逸致,半官半隐,也没有北宋苏轼的尽管失意但依旧心怀期盼的心理。与那辽阔的疆域相反,大元帝国却是汉文人绝望的时代,入仕无门,朝廷黑暗腐败,文人们的地位、身份甚是卑微,似乎只有暗无天日方能形容他们内心的绝望。

所以在他们大多数的作品里,没有蒸蒸日上的帝国盛况,也没有踌躇满志的雄心,有的是沧海桑田历史变迁的感叹,有的更是对隐居生活的描述,男儿志在四方似乎在他们心中,已经成为一个可望而不可及的神话。那个朝代,让曾经在各种思想束缚中苦苦挣扎的人们似乎也解脱了,爱就爱了,恨也就恨了,所以,爱恨情仇类的作品在元曲之中占据了颇为壮观的分量。

不同的朝代衍生出不同的作品,不同的作品给人以不同的感受,元曲同样也给人以完全不同于唐诗宋词般的独特感受。元曲是清新的,也是活泼的,更是率真的,它们来自民间,又高于民间。曲中很少用典,就算是用了,也多是直接引用那些耳熟能详的典故,无需考据,读来朗朗上口。无怪乎胡适先生在《尝试集自序》中说:“第一流文学而皆以俚语为之,其时吾国真可谓有一种活文学出现。”

这本鉴赏辞典收录了53位作家的200首作品，有元曲四大家，还有其他默默无闻的作者，这些作品，似乎带着读者重新走了一遭他们的人生。或喜或悲或哭或闹，百味人生，尽在其中。由于时间、能力所限，本书的局限是不言而喻的。不当之处，敬祈指正。

目录

【双调】潘妃曲

商挺

带月披星担惊怕，久立纱窗下，等候他。蓦听得门外地皮儿踏，则道是冤家，原来风动酴醿架。

【鉴赏】

这是作者存世的《潘妃曲》，共十九首，此为其中之一，描写的是青年男女幽会的情景，塑造了一个憨厚痴情，正处热恋中的女子形象。元代男女之间的交往较为自由，描写男女之间恋情和思念的散曲数量颇多，这就是其中较为知名的一首。

“带月披星担惊怕，久立纱窗下，等候他”三句直接点明等待：女主人公趁着微弱的月光，担惊受怕地长久伫立在纱窗之下，等候心上人的到来。“带月披星担惊怕”一句表现了女主人公久候心上人的焦灼感，内心一直在假设，到底是因为什么缘故心上人才姗姗来迟呢，是不是路上出了什么问题。“久立”说明两人相会的迫切，“等候他”更是直言所有的不安和焦灼均是为了等待心上人的到来，将女主人公对心上人的浓烈感情表达得淋漓尽致。

女主人公正在胡思乱想的时候，猛然听到门外面有脚步声传来，心中暗自窃喜，以为是心上人来了，定神一看却没有人影，原来那脚步声是风儿吹动了酴醿架发出的声音。“蓦”即猛然听到，在此用得极好，生动形象地再现了女主人公全神贯注倾听房外动静的情状。“冤家”即女主人公的心上人,是男女之间的一种昵称。正所谓盼之切,爱之深,所以那风吹动酴醾架的声音都能让女主人公误认为是“冤家”的脚步声,也正是在这份浓浓爱意的驱使下,女主人公才会非常关注屋外的细微动静,误认为风声即是脚步声。

文中女主人公的情绪波动可谓是非常大,由最初的殷切期盼等待,到听到声音误以为是情郎脚步声的欣喜若狂,再到发现只是风声后的强烈失落,可以说是从地狱到天堂,再从天堂直跌地狱。期望越大,失望之感就愈发剧烈,令人难以承受。但作者并未继续描写下来,曲子在此就结束了,给读者留下了广阔的想象空间,引人深思,到底女主人公的心上人最后是否按时赴约,还是让她因着这思念之情彻夜未眠,一切均不得而知。

【越调】小桃红

杨果

采莲人和采莲歌,柳外轻舟过。不管鸳鸯梦惊破,夜如何?有人独上江楼卧。伤心莫唱,南朝旧曲,司马泪痕多。

【鉴赏】

作者以小桃红的曲牌共写了十一支散曲,八支没有题名,本曲便是八支无题散曲中的一支,含蓄地抒发了世事无常,朝代更替兴亡的感叹。作者乃由金入元的作家,金亡五年后方出仕,所以面对朝代更替兴亡,感慨颇多,也颇为深刻。

曲以“采莲人和采莲歌,柳外轻舟过”这两句起端,犹如一幅有声有色的江南水乡夜景画一般展现在读者眼前。杨柳低垂的岸边,一叶小舟轻轻地划过,留下一圈圈的波晕,而舟上的采莲人们正在互唱互和,好不快哉,那优美动听的歌声打破了江南水乡的宁静。

江南的宁静被惊扰了,"不管鸳鸯梦惊破",不管不顾地把那个在江楼之上沉睡于鸳鸯之梦中的人惊醒,并发出"夜如何"的疑问,这个夜晚到底怎么了。王夫之在《诗绎》中曾说过,"以乐景写哀,以哀景写乐,一倍增其哀乐"。这里,一个"惊",一个"独"将"独上江楼卧"的"有人"与采莲者们热闹的欢歌笑语形成了鲜明的对比,将"有人"的孤独之感衬得愈发浓郁。此外,这里还采用了倒装的手法,从语义上说本应先是"有人独上江楼卧",后被惊醒,才问"夜如何",在此使用了倒装的手法则更容易勾起读者的好奇心,令其意欲一究其"独上江楼卧"的原因。

"伤心莫唱,南朝旧曲,司马泪痕多。"作者以那深夜被欢歌惊醒之人的口气诉说,别再唱那些让人伤心的南朝旧曲了,以免引得失意的人听到了伤心落泪。"南朝旧曲"指的是向来被视为亡国之音的南朝陈后主的《玉树后庭花》曲,"司马泪痕多"引用唐朝诗人白居易《琵琶行》中"座中泣下谁最多,江州司马青衫湿"的诗意。将读者从这江南水乡和唱惊梦的现实带入到金末皇帝的昏庸无能,朝廷腐败,社会动乱的联想之中,并以司马之泪痕含蓄地抒发了世事无常,故国不再的感叹。

李渔在《答同席诸子》中曾写道:"和盘托出,不若使人想象于无穷耳",指的是,清清楚楚明明白白地跟人道明还不如含糊留有余味,更容易令人勾起无限的想象。而本曲,作者用的就是如此含糊而留有余味的手法,那独卧江楼之上的人因何而梦,因何独上江楼卧,还有那朝代兴亡交替的感叹,都在含蓄深沉地包含在这曲词之中,忽隐忽现。

【越调】小桃红

杨果

碧湖湖上柳阴阴，人影澄波浸，常记年时对饮。到如今，西风吹断回文锦。羡他一对，鸳鸯飞去，残梦蓼花深。

【鉴赏】

这是一首写少妇思念远方丈夫的抒情小曲，体现了民歌自然清新的艺术特点。

曲的一开头，一幅意境宁静悠远的江南水乡风景画就闯入了读者的眼帘：在那碧绿的湖面之上，绿荫笼罩，水波明净，人的倒影在水中映浸。首句“碧湖湖上柳阴阴”中碧湖与湖上本是两个词组，但放到一起，外加后面的“阴阴”，诵读起来有种回旋婉转的感觉。“人影”与“澄波”也是两个词组，一个“浸”字由此引出了澄波之间的人影，“人影”指女主人公在水中的倒影。此时，她还是给读者留下的还只是一个略显孤独的水中之影。在这种孤寂的环境之下，激起了女主人公“年时对饮”的回忆，时节下对花畅饮的记忆时常浮现在她的脑海之中，可是正是这甜蜜的回忆愈发衬得女主人公目前处境的凄清和孤独。

可是甜蜜的回忆只有短短一瞬间便转回到了现实之中，“到如今，西风吹断回文锦”，“回文锦”出自东晋前秦才女苏蕙的典故，她被丈夫遗弃后织“璇玑图”于夫，锦上织有八百余字，回旋诵读，可成千余首诗，夫感动，最后两人和好如初。后人用“回文锦”指代思妇寄给远方夫君的述情之物。与“年时”的对花畅饮不同，如今夫妻离散，甚至是两人之间音书联系也中断了，不知良人如今身在何处，更不知其情况如何，如此境况，怎能不让女主人公暗自伤神，满腹惆怅又与何人说！

看着湖中成双成对的鸳鸯，不禁触景生情，发出“羡他一对，鸳鸯飞去，残梦蓼花深”的感叹。真是羡慕那鸳鸯啊，比翼齐飞到那蓼花深处并头酣眠。鸳鸯的并头酣眠更是反衬出女主人公那浓浓的孤独感。后三句全部都是在写“鸳鸯”，但却是借鸳鸯来喻人，在物我对比的极大反差之下，抒发了女主人公对爱情圆满的强烈渴望之情。连那鸳鸯的“残梦”她也羡慕，更是隐藏着女主人公现实的残酷和绝望。

这支散曲语言婉约，感情真挚，由景及人，最后又以景结情。臧晋树在《元曲选序二》中提到过“使快者掀髯，愤者扼腕，悲者掩泣，羡者色飞”，曲中思妇那浓烈而真挚的思夫之情似乎就具有如此大的魅力。

【越调】小桃红

杨果

满城烟水月微茫，人倚兰舟唱。常记相逢若耶上，隔三湘，碧云望断空惆怅。美人笑道，莲花相似，情短藕丝长。

【鉴赏】

杨果是金末元初的散曲作家，这个时期的散曲从乐府民歌和两宋的词演化而来不久，因而民歌和词的色彩非常浓厚。作者共写了十一支小桃红，八支没有题名，另外三支题作《采莲女》。本曲便是八支无题散曲中的一支，歌颂男女之间相互爱慕之情。

曲的开端作者以男主人公的目之所见来营造了一个幽静的氛围，将读者引入那片幽静迷人的江南水乡之中。此时整座城被水面上升起的水雾所遮掩，月光忽暗忽明，依稀可以看见一个美人斜靠在兰林木做的船榜上低低吟唱。“兰舟”即木兰舟，语意出自戎昱的“涔阳女儿花满头，毵毵同泛木兰舟”。

凑近了看，原来是之前在若耶溪畔见过的美人啊！“若耶”即若耶溪，因相传西施曾浣纱于此也被称为“浣纱溪”，位于今浙江绍兴东南若耶山下，此曲“若耶”之语意见于李白的“若耶溪畔采莲女，笑隔荷花共人语”。男主人公兴奋不已，对着美人抒发了自己的思念之情，“隔三湘，碧云望断空惆怅”，隔着三湘之水，望穿了碧水云天，却也总是见不到心上人，听不到关于她的任何消息，只能独自黯然失望伤感。“常记”将两人分别时间之久远从若耶溪相逢跨度到如今的江城再会之上，用以淋漓尽致地表达出男主人公那浓烈的思念和爱慕之情，“隔三湘，碧云望断”更是从地理的遥远来渲染对美人深深的爱慕思念之情。作者从时间的久远和空间的辽阔来渲染出情之深，构思十分巧妙，使得那离愁别恨更加深邃，勾起读者无限的想象。

曲的结尾跳到了美人的身上，“美人笑道，莲花相似，情短藕丝长”，“藕丝”喻情思之长则出自卢思道的“擎荷爱园水，折藕弄丝长”。美人的这一“笑”，可谓是包含了多少嗔怪和娇叹，似乎那时间的久远是无法冲淡彼此之间浓烈的感情，而那千山万水的距离更是无法阻隔两人真心真情的交流。他们之间的感情就像那莲花，相处的时间虽短，但却像那莲藕的丝一般，延绵不绝。

明代朱权评作者的词是“如花柳芳妍”（《太和正音谱》），极是。这支曲子言辞华美，文采夺人，以那江南水乡为背景，咏唱了一曲青春男女互诉感情之歌，给读者带来了无限的美感和想象。

【南吕】四块玉·闲适

关汉卿

适意行，安心坐。渴时饮饥时餐醉时歌，困来时就向莎茵卧。日月长，天地阔，闲快活！

【鉴赏】

这首散曲是作者《四块玉·闲适》这一组小令中的第一首，描写的是闲适、无拘无束、率性而行的一种生活状态，抒发了作者对勾心斗角名利场的厌恶和憎恨之情。

“适意行，安心坐”二句直接点出了无拘无束的生活状态：想走就轻松地出发，想坐就安心不受地坐着，无牵无挂，不受荣辱祸福的干扰和影响，完全按照自己内心的需求来安排生活。“渴时饮饥时餐醉时歌，困来时就向莎茵卧”二句更进一步细化描写这种随心所欲的生活：你看，如果渴了就去喝水，饿了就去吃点东西，酒到浓处还可以唱几首曲子，困了就在那草坪上躺一躺。吃、喝、唱、卧都是如此自由自在，任由自己决定而不受人拘束，惬意乎！“日月长，天地阔，闲快活！”三句更是将恬静闲适的生活推向了高潮：岁月荏苒，日月漫长，天宽地广，这样的生活实在是太快活了！

官场多险恶，可还是有很多人趋之若鹜，那些人“晨鸡初叫，昏鸦争噪，那个不去红尘闹”（陈草庵《山坡羊》），又有多少人“今日少年明日老”（陈草庵《山坡羊》），可越是危险的地方，挑战越多，还是有着许多勇士奋不顾身,勇往直前,如同飞蛾扑火般壮烈。可是作者曲中描绘的无拘无束、自由自在的生活状态是真的快活吗？不见得。作为一名有想法、有抱负的文人,作者在仕途之上也曾有过努力和奋斗,可是苦于现实太过黑暗,元代时统治者实行民族压迫政策,汉人分属下层,而知识分子文人则排位更低,在如此现状面前,作者的前程十分渺茫。如此只能寻求另一种方式来抒发自己的不平。恨之深,爱之切,正是对官场的诸多重望,才会导致对其的彻底失望。而这样一个人,又怎能如曲中所写般超然物外,闲适无为呢!

曲中所反映的思想有些消沉,可是对现实的无奈、斗争和罪恶逃避也终将只是暂时的,作者终将重新拿起手中的笔杆子,与黑暗的社会现实进行斗争,在文学领域之中建功立业有所作为。

【南吕】四块玉·闲适

关汉卿

旧酒投,新醅泼,老瓦盆边笑呵呵。共山僧野叟闲吟和。他出一对鸡,我出一个鹅,闲快活!

【鉴赏】

作者的《四块玉·闲适》这一组小令中共有四首小令,这四首小令前两首描写的是隐居生活之乐趣,后两首描述的是过隐居生活的原因。这首散曲是第二首,描写的是与友人相聚时的欢快自在情景,乡村生活气息十分浓郁。

在一个万里晴空、风和日丽的日子里，几个好友聚在了一起。旧酒已被重新酿过，新酒也酿出来了，几个好友围坐在老瓦盆边笑呵呵地饮酒聊天。虽只是粗茶淡饭，可是彼此间情深意重，相交十分真诚，没有身份之分，也没有地位之别，所以酒兴浓时，山中的僧侣，田叟和作者一起，吟诗唱和。你看，他为这次聚会提供了一对自家养的鸡，我出一个自产的鹅，大家在这里快乐地"消费"一番，这般随心所欲、闲适清静的生活是如此惬意，真是快活似神仙啊！

曲中所描绘的宴会，并不同于官场正式的宴请，也非富贵人家隆重的宴会，而是乡野之间近似于搭伙的一种聚餐形式，在这里，不用讲究礼仪，不用顾忌身份，更不分贵贱，只有你和我几个好友开怀畅饮。酒有新和旧之分，你想怎么喝就怎么喝；酒器是农家常用的老瓦盆，简陋却又实用；酒友包括山僧和野叟；菜肴有鸡有鹅有菜；可是里面最重要的却是几个淳朴真诚的交情，才使得此次宴会酒菜更香，交情更浓。

对于一个曾经在尔虞我诈、勾心斗角的名利场、是非场中沉浮过的人而言，如此单纯简朴却又极度和谐的宴请场面是极其珍贵的。作者还能融进如此的乡村生活之中，不得不说骨子里的他其实向往的是真诚无拘、平等和睦、轻松自由的生活。唐代诗人王维存世的诗篇中描写田园生活的作品甚多，究其隐居心理，是厌倦了官场的是是非非，也是对田园生活的真正向往。而作者这里，虽同为厌倦黑暗官场，但隐居生活终将也只是他人生中的一种体验罢，不过是对黑暗现实的一种无奈逃避罢。

这首散曲语言特色非常明显，即简单朴实，毫无靡丽之感，通篇使用的是通俗易懂的民间口语，读来令人耳目一新，更易引起读者的共鸣。

【南吕】四块玉·闲适

关汉卿

南亩耕，东山卧，世态人情经历多。闲将往事思量过。贤的是他，愚的是我，争甚么！

【鉴赏】

这是作者《四块玉·闲适》这一组小令中的第四首，是对自己过隐居生活原因的阐述。

“南亩耕，东山卧”是对隐居生活的描写。“南亩耕”典出陶渊明弃官归隐之故事，当年陶渊明不愿为五斗米而折腰，弃官归隐，南山种豆。“东山卧”典出谢安隐居东山之故事。东晋谢安曾在东山(今浙江上虞)隐居，朝廷屡次征召其出仕仍不为所动，后最终接受入朝为相。后人常以“东山高卧”来形容隐者的田园生活。“世态人情经历多”句解释了为何选择隐居生活：原来是经历过太多的世态人情。在元代，社会黑暗，黑白颠倒，蝇营狗苟之徒甚多，世风凉薄，而经历了纷纭万象的人间诸多丑态，作者最终无奈选择了归隐，将满怀的抱负和才华隐藏在内心深处，眼不见心不烦。

如今作者在现在这种清净闲适的隐居生活中反思过去的种种，“思量过”不仅表明了作者的自省意识，还隐约表现了他内心深处其实仍旧抱有治国平天下以济苍生的抱负，只是往事太过不堪，“浮云世态纷纷变，秋草人情日日疏”，而所谓过眼云烟，只是他人眼中的云烟，放不下的只有自己罢了,白了少年头,许多事情终将不能通过原来的途径实现。

“贤的是他,愚的是我,争甚么”三句就是作者反复思量过后的结论:那些在官场上钻营奔竞者是贤的,愚蠢的只是在我这里罢了,有什么好争的!只有这无争无忧的田园生活才是我最终的归宿。这三句运用的是正话反说的手法。作者不愿与那些世间争名争利的人同流合污,更是将其归为了“贤者”一类,讽刺意味十足。一句“争什么”更是将作者不愿与世俗间那些功名市侩之徒相提并论的心理表现得淋漓尽致,充分表现了作者的傲气和倔强的性格。

古代文人总是隐约带有一股异于常人的傲气,而正是这种正直和傲气作祟,令他们无法抗拒内心的真实声音而顺从黑暗的社会现实,悲剧也由此产生了。从当年的屈原发出“举世皆浊我独清”的感叹,到如今作者所处年代贤愚颠倒的无奈,文人多感叹,社会因素则成为促其产生的最重要因素。

【商调】梧叶儿·别情

关汉卿

别离易,相见难。何处锁雕鞍?春将去,人未还。这其间,殃及煞愁眉泪眼。

【鉴赏】

世间最为煎熬的感情就是相爱时却经历离愁别恨,所盼所思所念之人却不在眼前,满腔思念之情无法宣泄。古代文人才子写男女之间的离愁别恨之作也颇多，关汉卿这首散曲即是其中一篇佳作。

这首表达离愁别恨哀怨的曲子，首两句“别离易，相见难”直接点题：分离时是那么容易，可再次相见却是那么难。这里有着女主人公浓烈的思念之情，更有深深的悔恨之意。当初为何那么轻易地就让他走了呢！如今想要再见他一面却是如此难！这样的境况造成自已也负有不少责任，所以思念、悔恨、盼望等诸多情绪齐涌上心头，万般思绪如乱丝，真是剪不断理还乱。一乱就容易胡思乱想，想他到底被谁“锁雕鞍”了，锁在那里了，为何当时自已没有将他锁住。可是没有人能够回答她，除了无尽的孤单和寂寞。“锁雕鞍”化用的是柳永“早知恁么，悔当初不把雕鞍锁”(《定风波》)的句意，在元曲中常用来表示留住心上人的用法，如刘燕哥的“故人别我出阳关，无计锁雕鞍”(《太常引》)。

翘首以盼不过空等一场，“春将去”，可是人却还未还。过去的这段时间里，“殃及煞愁眉泪眼”。眉是愁的，眼睛里充满了泪水，是一副爱恨交加，哀怨凄凉的姿态！可是爱人却还是不见。此时，长久的盼望带来的失望已经让女主人公的情绪达到了饱和点，相思和怨恨之情似乎都已压抑不住，多少离愁别绪尽在无言之中！作者没有直接描述女主人公的愁闷和思念之情，而是通过时光交替人却未至来委婉表现她的期盼，以“愁眉泪眼”来承载她满怀的哀怨之情，终日饱受相思之苦，以泪洗面的憔悴女子形象也如跃纸上，无怪乎明王世贞在《艺苑卮言》中认为这四句是“情中俏语”的体现。

周德清评这首曲子是“如此方是乐府，音如破竹，语尽意尽，冠绝诸词”(《中原音韵·作词十法》)，曲是好曲，除却“冠绝诸词”之说有些夸张外，其评价还是较为中肯的。读罢这首曲子，不禁为曲中之女子掬一把同情之泪。

【双调】大德歌·春

关汉卿

子规啼，不如归，道是春归人未归。几日添憔悴，虚飘飘柳絮飞。一春鱼雁无消息，则见双燕斗衔泥。

【鉴赏】

作者以“大德歌”的曲牌写了四支关于春、夏、秋、冬的小令，这是第一首，写的是春季。曲中以一位闺中之妇的口吻，抒发了思妇盼良人归来的相思哀怨之情。

“子规啼，不如归”二句采用比兴的手法勾出思妇的思念之情，并点出时令：春天的杜鹃都叫了，那声音就像是在呼喊：“不如归来，不如归来”。声声听在思妇的耳里，却荡进她的心里了，勾起了思妇对离人的相思之苦。当年离人走时说春天到了，你就会回来，而今春天来了，你却“人未归”。言语之间隐隐透露着思妇对离人失约的不满之情，这说好春天就回来，而今却不见人影，到底是因着什么缘故耽搁了行程？还是在外面只见新人笑不见旧人哭。万般思绪涌上心头，更令思妇焦躁不安。

相思和愁绪如此令人不安，“几日添憔悴”，思妇的脸色不过几日却已憔悴许多，整个人终日轻飘飘地游荡在房子里，目光不知停于何处方能盼得离人归。“虚飘飘柳絮飞”句是写景，也是述思妇之情状。既是暮春时节的柳絮轻飘飘洒满整个空中，也是思妇因焦灼和顾虑引起的身体不适，精神萎靡不振，轻飘飘不知所措，更为严重的是内心由此如同那柳絮般上下飘飞，没有个定点。离人如今是福是祸，是还未起程还是已经人在途中，都不知道。

长久的等待换来的却是“人未归”的结果怎能不令她心烦意乱，而且“一春鱼雁无消息”，连一封书信都没有捎来，到底是怎么了，百无聊赖之际抬头一看，却见“双燕斗衔泥”，一对对燕子都知道在争相衔泥筑巢，而离人你呢，什么时候才能回来与我同那屋檐下的燕子般成双成对！此情此景与思妇的形单影只、落寞寡欢形成了强烈的对比，愈发渲染出思妇那浓郁的相思凄苦之情。

该曲围绕“春”字，以盼“归”为主线写出了思妇的所见所感所闻，三个“归”字更是道出了思妇盼离人归之心的迫切。曲中以景写情，以景抒情，以景状情态，形象传神地勾勒出一位为情所扰、忧郁孤寂的思妇形象。

【双调】大德歌·夏

关汉卿

俏冤家，在天涯，偏那里绿杨堪系马。困坐南窗下，数对清风想念他。蛾眉淡了教谁画？瘦岩岩羞戴石榴花。

【鉴赏】

这首散曲写的是离情别恨，曲中思妇大胆地表达了对远方情人的思念、猜疑和抱怨之情。元代时，封建礼教一度松弛，描写男女之情的作品数量明显增多，这首曲子更是明目张胆地直诉“想念他”。敢如此畅快淋漓地表现男女之间的种种情绪，与元代开放的社会风气不无相关。

首句便直接来句“俏冤家”，点明思妇的远方情人是一位在外远游的俏冤家。“俏冤家”是思妇对心上人的昵称，“俏”表明男子长得俊俏可人，“冤家”本是咒语，对头之意，也用做情人之间的相互昵称，兼含幽怨之意。俏冤家在那里呢，“在天涯”。天涯够远了，而爱人却迟迟未归，令思妇愈发不安，作出种种猜测：“偏那里绿杨堪系马”，是不是那里的绿杨柳栓住了你的马，所以你才久离不归。这一句点出了时令，是思妇的猜测，并不是事实。相思之情太过浓烈无法宣泄，爱人又久离未归，使得她胡乱猜疑，是不是他在外面已经另结新欢而忘了回家。

“困坐南窗下，数对清风想念他”二句进一步刻画思妇对离人的相思之情：她经常一个人困坐在南窗之下，每每对着清风想念远方的爱人。无所事事、百无聊赖的思妇无人可倾诉内心的深情，只能对着迎面扑来的清风喃喃自语，希望那清风能将自己的思念带到爱人的耳边，让他明白，远方的她在想他。

“蛾眉淡了教谁画？瘦岩岩羞戴石榴花”二句道明了思妇想念爱人的原因：弯而长的眉毛淡了却没有人帮忙描，脸颊因着相思之情愈发削瘦，却还强忍羞意戴上石榴花，只希望爱人回来时能看到自己最美的一面。“蛾眉淡了教谁画”句化用汉代张敞为妻画眉之典故，表现了思妇难以倾诉的思念之情。其实，思妇盼爱人归又怎是单为其蛾眉淡之缘故，也仅是满怀爱意无处可诉，只能通过找个人来帮自己描眉为借口宣泄那不安的苦思罢了。“羞”字更为妙，如今多美也无人赏识，却仍“羞戴石榴花”只为悦那不知何时归的爱人，表露了思妇生活的寂寞和对爱人的深情。

【双调】大德歌·秋

关汉卿

风飘飘，雨潇潇，便做陈抟睡不着。懊恼伤怀抱，扑簌簌泪点抛。秋蝉儿噪罢寒蛩儿叫，淅零零细雨打芭蕉。

【鉴赏】

作者以“大德歌”为曲牌名写了春、夏、秋、冬四支小令，四支小令所抒发的均是离人未归而引起的离情别恨。这支小令便写的是少妇因人未归而引发的诸多烦恼。

首两句“风飘飘，雨潇潇”写景：窗外寒风在呼啸，冷雨在倾泻，声势吓人。“秋风秋雨愁煞人”啊！如此风雨交加的深夜更是扰得孤枕难眠的少妇愈发难以入眠。“便做陈抟睡不着”句借用五代宋初著名道士陈抟能够一睡百日不醒的故事，来说明思人心切的少妇就算是陈抟，在这样一个环境和情绪之下也难以入睡。景语皆情语，窗外风雨交加的天气，正是窗内少妇内心澎湃，激动难抑的体现啊！“便做”即就算，即使之意。“飘飘”“潇潇”双声叠韵词的使用，愈发渲染出少妇内心的空寂感。

相思之情如此浓烈，以至于少妇彻夜难眠，辗转反侧直至伤心落泪。“懊恼伤怀抱，扑簌簌泪点抛”二句即是写少妇因相思而引发的愁苦情状：说不尽的烦恼和愁苦简直伤透了少妇的心，越想越觉得凄凉，伤心的泪水不由得扑簌簌地落下来。“扑簌簌”即流泪的样子。

“秋蝉儿噪罢寒蛩儿叫，淅零零细雨打芭蕉”二句又将笔触转到了描写窗外景色之上:白日里秋蝉叫个不停,如今刚好停罢,夜里蟋蟀紧接着又叫个不停,细雨敲打着窗外的芭蕉叶,发出滴答滴答的声音,一派热闹景象。窗外喧闹窗内静寂,窗外雨打芭蕉淅零零,窗内少妇泪如雨下,此番热闹景象与屋内孤单一人,孤枕难眠的少妇形成鲜明的对比,进一步表现了少妇的愁苦和孤单之感。曲子就在那片细雨打芭蕉、蟋蟀寒蛩儿叫声中戛然而止,夜如此深了,满怀相思之苦的少妇睡着了吗?没有人知道。

作者笔下,描写思妇的曲子颇多,如《大德歌·夏》中的女主人公表现的便是爱恨交加的感情,有相思有猜疑更有抱怨。而这首曲子在诸多作品之中自有其特色,女主人公不怨恨不猜疑,有的只是懊恼和伤心,似乎在默默承受着这离别之苦,无法承受了,就痛哭一场。所谓“无声胜有声”,愈是这样的女子,愈让人心疼。

这首曲子以景语起,以景语结,中间由景及人,再由人及景,情景相融相生,承转自然,是首不可多得的佳作。

【双调】大德歌·冬

关汉卿

雪纷纷,掩重门,不由人不断魂。瘦损江梅韵,那里是清江江上村?香闺里冷落谁瞅问?好一个憔悴的凭栏人。

【鉴赏】

作者以“大德歌”为曲牌名作了春、夏、秋、冬四支小令,写的均是离人未归的主题,但侧重点各有不同。《春》中少妇情感处在因人离未归而憔悴的状态之中,《夏》中的思妇则是思念和抱怨猜疑融为一体,《秋》中之女子则是放声哭泣,以宣泄满怀之烦恼,《冬》中的女主人公则是因相思而不得见的憔悴,但更为主要表达的是其对爱情的执着信念,即离人终有一天会回来。

“雪纷纷,掩重门”二句点明时令:大雪纷纷的寒冬腊月,雪越来越厚,已经将重门掩蔽了。这样的一个恶劣的天气,看来离人是更难回来了。一年的期盼,却被现实打击得七零八落,叫人怎能不伤心!“不由人不断魂”句便直抒胸臆:这样一个境况叫人怎能不断魂,更是将少妇那极度悲伤绝望的心理表现得淋漓尽致。“断魂”即形容人极度悲伤。

“瘦损江梅韵”是写景也是写人,写冬日江上消瘦无往日风韵的梅花,也写因人未归而伤心伤神以致绝望的少妇,如同那江上的梅花,瘦得不成样子了,往日的风采早已不见。紧接着少妇连续发出“那里是清江江上村?香闺里冷落谁瞅问?”的质问,谁知这屋内人的孤寂和悲痛,闺中人冷暖自知。“清江江上村”化用辛弃疾“郁孤台下清江水,中间多少行人泪”(《菩萨蛮》)的句意,用以表达少妇凄清悲苦的心情。离人未归,闺中人冷落自知。

“好一个憔悴的凭栏人”句一反之前的绝望口吻,勾画出一名为爱执着,不放弃不妥协的少妇形象:在大雪纷飞的日子里,多少人窝在火炉边烤火取暖,而少妇却不畏严寒,依旧倚靠在自家的楼栏之上,面容憔悴却又神情坚定地遥望远方,坚信并等待着离人的身影走入自己的眼帘之中。如此深情,就是那鹅毛般的大雪都无法阻隔!如此一个内心坚定,性格坚强,为爱执着的“憔悴的凭栏人”实在可敬!

这首曲子结构上采用先抑后扬的手法,前六句渲染的皆是绝望的情绪,末句一反之前哀伤,以积极向上的口吻道出了“好一个憔悴的凭栏人”,是赞叹也是敬佩,如此写法从情感上来说更容易勾起读者对少妇的认同感。

【双调】沉醉东风

关汉卿

咫尺的天南地北，霎时间月缺花飞。手执着饯行杯，眼阁着别离泪。刚道得声“保重将息”，痛煞煞教人舍不得。“好去者望前程万里！”

【鉴赏】

作者存世的作品之中，内容主要分为描绘都市繁华和艺人生活、羁旅行役与离愁别绪，以及抒发抱负信仰三个方面。这首散曲写的就是离情别绪，描写的是离别时的情景，抒发了双方的不舍和凄苦之情。

“咫尺的天南地北，霎时间月缺花飞”二句点明饯别的主题：眼下相隔咫尺的人即将天南地北地分离，一瞬间变成月缺花飞之凄凉。作者在空间上从“咫尺”与“天南地北”的巨大差别来渲染分离时的不舍。都说花好月圆人美好，如今却是瞬时间月缺花飞，人分离，而“多情自古伤离别，更那堪冷落清秋节”（柳永《雨霖铃》），此情此别怎能不叫人感叹！

“手执着饯行杯，眼阁着别离泪”二句写饯别的场景：送别之女子手拿着饯行的酒杯，双眼含着因离别而流出的泪水，杯中是酒也是泪水。“阁”即搁，意为含着，刻画了送别女子强忍眼泪故作轻松道离别的神态。

痛苦挣扎半天才说出一句“保重将息”，却又“痛煞煞教人舍不得”，似乎心中的悲痛已经令人难以承受，什么都说不下去了，是多么舍不得和所爱之人分离啊！“痛煞煞”即非常悲痛之意。而女子那句保重身体说出之后,又觉得过于缠绵悱恻,会令两人的不舍之情愈发强烈,让所爱之人增加离别之凄苦,故重新补了一句较为振奋的离别之语:“好去者望前程万里”,好好地去吧!祝愿你前程似锦!这种识尽愁滋味却道天凉好个秋的话语,却更令人感伤。曲子就在这么一句强忍悲伤道出祝福之语中划下句号,后事如何作者却不明说,留给读者的只是无限的遐想。

这首曲子通过细腻的动作和语言描写来刻画送别女子的通情达理却又痴情形象,“手执着”,“眼阁着”,还有那声声珍重和祝福都将女子的依依不舍之情表达得十分透彻。细微之处见深情,曲中通过细微的刻画来渲染离别时浓浓的不舍和凄清,与柳永“执手相望泪眼,竟无语凝噎”(《雨霖铃》)的写法颇为一致。

【仙吕】寄生草·饮

白朴

长醉后方何碍,不醒时有甚思。糟腌两个功名字,醅渰千古兴亡事,曲埋万丈虹霓志。不达时皆笑屈原非,但知音尽说陶潜是。

【鉴赏】

酒一直都是文人的喜好之物,不论是春风得意、仕途通畅的人,还是经历曲折之人,均好以酒诉往日不敢直言的想法。这首曲子即是如此,句句不离酒,却句句都是借酒消除内心的关于国破家亡的忧愁。作者的父亲生前曾担任金枢密院判官,幼年时因蒙古军攻占南京(今开封)之故,与父母离散,后蒙古灭金建元,他终生不仕。

“长醉后方何碍，不醒时有甚思”两句化用屈原《楚辞·渔父》“举世皆浊我独清，世人皆醉我独醒”的语意，直言饮酒之好处，表明宁愿长醉不醒的愿望：长期处于昏醉之中，什么牵挂妨碍都无用操心，昏睡不醒，不用思虑什么东西，昏睡之中一切都是虚无。当然，这些只是作者的偏激之词，没有人能够永远处于长醉昏睡之中。

“糟腌两个功名字，醅渰千古兴亡事，曲埋万丈虹霓志”三句同样也是激愤之词，言及酒糟可以腌渍了功名，浊酒可以淹没千年的兴亡，酒曲可以埋掉有志之士的凌云壮志。可是个人的功名、千古的兴亡、凌云壮志又何尝能够轻易地被酒埋葬了，只有在人心颓废的前提之下才能实现。作者经历了沉重的国破家亡，不愿出仕新朝，然而就算他愿意出仕，可在蒙古人统治之下的朝廷里，又能有多少才华发挥出来，谁都不知道最终是否也是壮志难酬的结局，所以他宁愿将自己沉浸在酒海之中，不问世事，不问过去未来，只有长醉昏睡不醒。

“不达时皆笑屈原非，但知音尽说陶潜是”二句取笑了屈原的行为，赞美了陶潜与酒诗为伴，并将其引为知己。作者将屈原的“世人皆醉我独醒”与当年陶潜淡泊名利弃官回乡归隐，终日与诗酒为伴作比，一正一反，不过是为了证明沉浸酒中长醉不醒是一件极其惬意的事。

这首曲子句句皆是与酒相关的人、事、物，如“长醉”、“不醒”、“糟腌”、“醅渰”、“曲埋”、“屈原”、“ 陶潜”，但句句也不过是借酒叹世罢。对黑暗现实的不满，国破家亡的伤痛，等等，如同饮下的美酒，最后散化在内心的深处，令人毫无察觉。

【中吕】阳春曲·题情

白朴

从来好事天生俭，自古瓜儿苦后甜。奶娘催逼紧拘钳，甚是严，越间阻越情忺。

【鉴赏】

白朴以《阳春曲·题情》为题作了六支小令，这是第四支，表现的是女主人公反抗封建礼教的束缚、追求自由爱情的愿望。这支小令虽简短却精练，生活哲理味浓郁。

“从来好事天生俭，自古瓜儿苦后甜”二句指明男女间的爱情都是先苦后甜，经过磨难的爱情品尝起来才会更加甜美。这两句借用的是元人的习用俗语“人世间好事多磨，瓜都是先苦后甜”。“好事”指的是爱情，如《琵琶记·几言谏父》：“谁知好事多磨起风波”。“俭”即约束之意。人世间不止是爱情，其他许多事情同样也是如此，需要历经磨难方能成功。

“奶娘催逼紧拘钳，甚是严，越间阻越情忺”三句表达的是越束缚越反抗的坚定态度：奶娘你虽然催逼拘束钳制我，但你越是严格，越是从中阻拦我们的爱情，那我们的情思就愈发浓烈！“奶娘”是女主人公的奶妈，古时闺中少女经常由奶娘和丫鬟服侍，奶娘更兼有教育的义务，故在此可以将其看作是封建礼教的化身。曲中这位奶娘越是“催逼紧拘钳”、“严”和“间阻”，越是激起女主人公的反抗之心，与心上人的感情越发坚定。人对美好爱情的向往和追求都是凭着本能，相爱之时又怎能压抑得住，如若真能压制住，那就不是真爱了。所以奶娘她能够阻止少女外出，却不能束缚住已经飞扬起来的心情，更不能束缚住因爱而躁动不安的内心。爱情如同手中抓着的沙子，握得越紧，流失得越快。管束也是同样的道理，越是严格，越是容易激起反抗。

曲中的女主人公形象鲜明，她敢于反抗封建世俗压在身上的枷锁，大胆热情，对恋人一心一意，对爱情执着，对传统礼教蔑视。在封建社会，如此女子，可以说是一名奇女子。

周德清评论白朴、关汉卿、马致远、郑光祖四大元曲大家时说过："韵共守自然之音，字能通天下之语"。这支小令语言上完全体现了这个特点：语言直白朴素，风格奔放，有古民歌的韵味。

【中吕】阳春曲·题情

白朴

轻拈斑管书心事，细折银笺写恨词。可怜不惯害相思。则被个肯字儿，迤逗我许多时。

【鉴赏】

白朴以《阳春曲·题情》为题作了六支小令，这是第一支，描写的就是青年男女之间的相思之情。

相思作为文学创作的一个永恒主题，颇受文人墨客们的喜爱。如才女李清照的相思是"花自飘零水自流，一种相思，两处闲愁。此情无计可消除，才下眉头，却上心头"（《一剪梅》），再如李商隐的"春心莫共花争发，一寸相思一寸灰”（《无题》），而作者笔下描写的相思之情，则更显古朴自然。

“轻拈斑管书心事，细析银笺写恨词”写出了女主人公的相思之状：她细细地将银白色的信纸摆好，轻拈由带斑纹的竹子做成的毛笔，准备一字一字书写自己关于离愁别恨的心事。恋爱之中的少女最为多愁善感，那一张薄薄的洁白信笺，承载的都是女主人公满怀的离恨。有爱才有恨，爱之深恨之切，所以才能够在那张信笺的一排排小格子里填满她的“心事”，布满“恨词”。“恨词”即关于离愁别恨的话。

初恋是女人一生中最为难忘的一段感情之一，也是最单纯的感情，初恋之中的人儿犯相思就不用说了，更容易犯傻，喜欢自我折磨。“可怜不惯害相思”句便是女主人公对现状的一种感叹，可怜自己到如今都还不习惯害相思的滋味。初尝情味的女子，极容易陷入为心上人牵肠挂肚，寝食难安的状态，这种相思的滋味对于她们来说颇为新奇却又令其不适。

“则被个肯字儿，迤逗我许多时”末两句则道明了女主人公饱受相思之苦在于曾经得到过心上人的首肯。心上人首肯了，却不来相见，如此更令女主人公难受，相思之甜美在于有盼头，如若是空相思，那就可悲了，空欢喜不如不欢喜，故我们的女主人公才会产生“迤逗”多时的感受。

这首曲子语言质朴坦率，无奇字生字僻字，以直白如对话的语言娓娓道出女子对心上人等而不来的相思和哀怨之情，成功地塑造了一个敢爱敢恨的可爱女子形象。

【越调】天净沙·春

白朴

春山暖日和风，阑干楼阁帘栊，杨柳秋千院中。啼莺舞燕，小桥流水飞红。

【鉴赏】

作者存世的散曲作品中，以“天净沙”为曲牌名所作的小令有六支，分别以春、夏、秋、冬为题，每题两首。这是《春》中的一首，是以一位凭栏少女目之所见来描写春日生机勃勃的景象，以近似工画的笔触向读者展示了一幅春意盎然的春景图。

春天是一个广受人们欢迎的季节，经历了漫长的寒冬，迎来了温暖的春天，万物复苏，百花齐放，姹紫嫣红，尽是一派充满生机的景象。不同的作者能够描绘出不同的春景，如王维的“人闲桂花落，夜静春山空。月出惊山鸟，时鸣春涧中”(《鸟鸣涧》)是一股清新安静的氛围，再如韩愈的“天街小雨润如酥，草色遥看近却无，最是一年春好处，绝胜烟柳满皇都”(《早春呈水部张十八员外》)中的春景却是淡淡的春意，细润的小雨。那白朴笔下的春景又是如何，且看其是如何描绘的：

“春山暖日和风”句是远景，乃是作者为春景图所勾画的背景，有山，有日，还有风。山是翠绿多春的，日是温暖的，风是细微的。“阑干楼阁帘栊”句是中景，是春景图之核心，有倚靠在楼阁阑干之上的少女，以及高高卷起的帘栊。以楼阁之上少女的目光望下看还有“杨柳秋千院中”。院中杨柳青翠，和风轻拂，微微荡起秋千。

“啼莺舞燕，小桥流水飞红”二句继续跟随着少女的目光在院内移动，为画布添加更为生动的景物：黄莺发出清脆的啼叫声，燕子成双成对地在空中上下飞舞，小桥横跨在河面上，桥下流水淙淙向前流动，落花飞舞，掉在了水面之上，奔向前方。都道落花有意，流水无情，可最终在春天里它们还是相遇了，相依相伴虽短暂，但终究是团圆了。

作者以《春》为题，曲中句句不离春之物，山是春的，日是暖的，风是和的，还有那杨柳、秋千、啼莺、舞燕、飞红，都是春天的特征，还有那位凭栏的闺中少女，偷窥着春之景、感、美，目之所及虽只局限在小小院落之内，可却同样美好。曲中有静有动，有人有物，有远景有近景，有目之所见，还有耳之所闻，更有触之所感，勾勒出一幅动感十足的春景图。

【越调】天净沙·夏

白朴

云收雨过波添，楼高水冷瓜甜，绿树阴垂画檐。纱厨藤簟，玉人罗扇轻缣。

【鉴赏】

四季之中，最受文人喜爱的是春和秋，冬次之，夏最末。描写夏日最为知名的莫过于杨万里所作的“毕竟西湖六月中，风光不与四时同，接天莲叶无穷碧，映日荷花别样红”（《小池》），描写的是六月西湖的色彩绚烂的美景。而白朴的这首《夏》却不同于其，独具新意，没有渲染夏日燥热喧闹的氛围，却将笔墨重点放在雨后凉爽夏景的描写之上。

“云收雨过波添，楼高水冷瓜甜，绿树阴垂画檐”三句通过视觉、嗅觉和触觉来描写雨后夏日之景：雨过天晴，乌云尽散，雨水为流水添加一丝波痕，经过雨水洗刷的楼宇也显得更为高耸，水散发着清凉的气息，甚至是瓜儿，品尝起来较之平常也甜上许多，翠绿的树在日光照射之下，投射出的树荫一直垂到了画檐处。雨过云收波添本是动态之状，可在作者笔下，却将其转为静态之物，无动无涌更无变化，使得整首曲子更显幽静。高楼冷水甜瓜也本是平常之物，可是在雨过云收的前提之下，给人却又是一种耳目一新的感觉。还有那绿树荫和屋檐，如画般静寂美丽。

“纱厨藤簟，玉人罗扇轻缣”二句将画中之人推到了读者跟前：纱帐随风轻舞，藤席隐约其中，上面躺着一个身穿青绢，手执罗衫的妙龄女子，安静地享受着难得的清爽宜人的时光。“簟”指竹席，“缣”乃细绢之意。这两句没有添加任何情绪话语，只是单纯地描绘某一妙龄女子躺在竹席之上乘凉之情状，简单朴实，却更容易令读者联想到生平某次类似的乘凉经过，引起美妙的共鸣。“纱厨”“藤簟”“罗扇”“轻缣”也本是女子之物，色泽肯定比较鲜艳，可在作者的笔下，却刻意省略对颜色的描写，而把重点放在了物体本身之上，给人以简洁之感，以便更好地渲染夏之清爽。

这首曲子以宁静淡雅的基调来描写雨后夏日的凉爽，流畅自然，读起来毫无突兀之感。作者以白描的手法向读者勾勒出一幅恬静清凉的夏日图，营造了一股安静的氛围，给人以清淡凉爽的感觉。

【越调】天净沙·秋

白朴

孤村落日残霞，轻烟老树寒鸦，一点飞鸿影下。青山绿水，白草红叶黄花。

【鉴赏】

作者的这首《秋》与同一曲牌名的《春》、《夏》、《冬》相似，通篇都是景语，都说景语皆情语，但透露其心绪观念的句子都不曾出现，故颇难以参透，在此仅以句论句，从其内容和结构之上进行分析。

古时文人对秋有着一股莫名的偏爱之情，似乎这么一个丰收、万物开始枯萎的季节更能打动他们的心弦。同一时期的马致远的“枯藤老树昏鸦，小桥流水人家，古道西风瘦马。夕阳西下，断肠人在天涯”(《天净沙·秋思》)与这首《秋》不论是写法还是意境都有着惊人的相似之处，是谁借鉴谁在此已经不重要了，单纯享受作者给我们带来的浓浓秋意就足够矣。

太阳即将西沉，衔在西山边上，绚烂的晚霞开始逐渐消散，褪去鲜艳的外衣，只留下几分暗淡的色彩，映照着远处安静的村庄，拖出长长的影子，一片孤寂幽静。村落上空断断续续飘起袅袅炊烟，几只天寒即将归林的乌鸦栖息在一棵老树之上，偶尔发出几声悲凉的叫声。远处的天空突然映现一只大雁的影子，它飞掠而下，划过天际，却没有留下一丝痕迹。大雁划过的方向，山青水秀，草色已经霜白，枫叶红艳如火，花朵金黄，秋风一起，摇曳多姿。

全曲作者如同位画家，将一块块秋之景拼凑成一幅色彩绚烂却又冷寂凄清的秋之图。把孤村、落日、残霞、轻烟、老树、寒鸦几种物体放在一幅画框之内时，一股萧瑟之感迎面扑来。作者为了冲淡这种情况，随即点出了动态的飞雁，并由大雁引出那青山、绿水、白草、红叶和黄花，画布之上的色彩顿时鲜亮起来，给人以生机勃勃之感，那股萧瑟惆怅的味道似乎也被冲淡了不少。一幅动静相间，萧瑟鲜艳和谐的秋景画，给人以奇妙的感受。

苏轼曾评价王维的诗作是诗中有画，那么白朴这支小令则是曲中有画，整首曲子就是一幅美丽而安详的秋景画。画布之中皆是景物，无人却胜有人，抒情主人公一直戴着一层薄薄的面纱，隐而不见，给人以迷蒙之感。一般来说词较含蓄，曲颇直率，可是在白朴的这首《秋》之中却无一丝直率之感，反而妩媚之韵颇浓，美矣。

【越调】天净沙·冬

白朴

一声画角谯门，丰庭新月黄昏，雪里山前水滨。竹篱茅舍，淡烟衰草孤村。

【鉴赏】

作者的作品特点主要体现为坦率、朴素、明言直说，但他以“天净沙”为曲牌名所作的四支小令《春》、《夏》、《秋》、《冬》却不是如此，而是文采斐然，意境含蓄，四支小令中有以景为主，其间穿插以人物，如《春》、《夏》；也有纯写景之作，如《秋》、《冬》。

在《冬》这支小令中，作者将一组自然景物组合起来，构成一幅富于冬之特征的黄昏图。曲以一声画角起首，将读者带进一个苍凉的意境之中，新月高挂，月光沐浴下的庭院，积雪覆盖的山腰，蜿蜒的小溪，竹篱，茅舍，淡烟，衰草，孤村，一系列的景物使得这股寂寥凄迷之感更为浓郁。画布是在落日西沉，新月斜挂半空的傍晚之中徐徐拉开。军中报警的号角声在谯门处响起，天色渐沉，新月冉冉升起，斜挂于半空之中，月色皎洁，庭院被月光所笼罩散发出一股朦胧的感觉，山腰之上还覆盖着白雪，山前的小溪蜿蜒流转。还有那被竹篱围住的茅舍，孤村上空升腾起几缕淡淡的炊烟，弥散在衰草和暮霭之中。“谯门”指的是建有望楼的城门。

曲中以有限的字数，以罗列名词的方式塑造了丰富的意象。全曲二十八个字，却出现了十三个名词，十三种景物。名词之前的形容词是画外之人的感受，庭“丰”，月“新”，烟“淡”，草“衰”，村“孤”，写出的是冬日黄昏给人的寂静之感，“雪里”，“水滨”又增添了清寒的感觉，那一声声在谯门响起的画角声更是为这静寂清寒的氛围添加了一丝森严氛围。

生于动乱之年的作者，年少时饱受流离之苦，成年后也拒绝出仕于新朝之中，而与一帮遗老诗酒往来。表面上看他似乎已经把国仇家恨都已遗忘，可是这种情绪其实已经深入其骨髓，是怎么刻意都无法摆脱的。他在《寄生草·饮》中曾写道：“长醉后方何碍，不醒时有甚思”，不是酒好，而是现实太过残酷，使得人无法不醉。这首曲子弥漫着一股荒凉凄清的气氛，境由心生，许是经历太过沧桑的作者内心的寂寥和凄寒才会导致眼中的景物呈现一副寥落苍凉之状吧。

【双调】庆东原

白朴

忘忧草，含笑花，劝君闻早冠宜挂。那里也能言陆贾？那里也良谋子牙？那里也豪气张华？千古是非心，一夕渔樵话。

【鉴赏】

元代文人社会地位特别低，特别是汉人，就算在仕途之上求得一官半职也是备受歧视，故很多人对参政的意识非常淡薄，作者就是其中一位，他一生经历由宋入元的时代变迁，却终生未仕。这首散曲便是叹世之作，叹的是功名富贵不过如云烟，别太当真。

曲子以忘忧草和含笑花起兴，劝世人如若想忘掉忧愁，笑看人生，就要趁早辞官归乡。“忘忧草”即萱草，因食后如酒醉之状而有忘忧之名，“含笑花”是一种开时若含着微笑之状的植物。作者以两种植物作劝，表明远离仕途之道宜早不宜晚的态度，而他自己执行得更为彻底，终生都未踏入到官场之中。

“那里也能言陆贾？那里也良谋子牙？那里也豪气张华？”三句排比列举了历史上闻名的三个人，发出“那里也”的感叹。有能言善辩的汉高祖谋臣陆贾，有足智多谋，以“钓鱼”钓到了周武王，并助其伐纣灭殷，后又辅佐周文王成就建周伟业的太公姜子牙，还有能文善武、以豪气著称的西晋文学家张华。《庆东原》的句式为三三七、四四四、五五，共八句七韵，那么中间三句应为四字，则“那里也”为衬字，即《庆东原》所规定的格式之外作者另加的字。这里的三处衬字使得句子读起来稍显顿缓，进而引起读者的注意。陆贾、姜太公、张华这三个人在仕途之上可是功名显赫，可是如今他们都在哪里。

“千古是非心，一夕渔樵话”二句便回答了这个问题：千秋万代的是非曲直，最后不过都成为了渔人樵夫们茶余饭后一夜的闲话罢了。同样那三个声名显赫的陆贾、周太公、张华所谓的千秋伟业最后也不过化为尘土，渔樵一夜的闲话就能道尽。“渔樵闲话”在古代文人的笔下常用来感慨兴亡。此时作者的态度就非常明确了，即所谓追求功名不过是一件毫无意义的事情，多少浴血奋战，费尽周折得来的功名最后变成一抔黄土，一夜闲话。

这首曲子写得十分洒脱，句子间透露着作者对功名的深深不屑和厌恶。叹世之作在古代文学史上数量颇多，但以劝人挂冠为主题的作品却不多，由此可见其新意。

【双调】得胜乐

白朴

独自走，踏成道，空走了千遭万遭。肯不肯疾些儿通报，休直到教担阁得天明了。

【鉴赏】

爱情是文人们作品中的永恒主题，这首无题的曲子写的便是恋爱中人儿的表现，表现了男主人公对心上人执着的追求和相会的迫切心情。

因是以男子口吻所述，整首曲子读起来颇为直爽真挚，毫无温婉之感。

“独自走，踏成道，空走了千遭万遭”三句便塑造了一个等待许久的男子形象，他在心上人的不知是屋外还是院外，独自徘徊，从本没有路的偏僻地方到踏出了一条小道，可见等待时间之长，以及心之迫切，更见其执着。首句首字便用了一个“独”字，用得极好，不仅告知读者男主人公目前状态的形单影只，还表达了他久候心上人而不见的孤独感。男主人公对此次等待本是颇有信心，你我两情相悦，那相见相会即是天经地义之事，无奈得到的结果却是长久空等，“空”字此时放在这里极妙，既有心上人不见的空虚感，还有深深的挫败感，甚至还有些许的怨气。

“肯不肯疾些儿通报，休直到教担阁得天明了”二句便是长久等待之后的抱怨之词：你到底肯不肯出来见我，可以或不可以都请你早些儿告诉我，不要让我一直到天明都要等在这里。“肯不肯”是男主人公的疑问，其实他的心上人肯定是肯了，不肯的话又如何让他在此等待，只是未出来相见罢了。许是心上人想要一下小性子，让男主人公品尝一下等待的滋味，许又是出自家庭的顾虑，遭到家里人的阻拦，所以未能如约相见。“休”字更是把男主人公的焦灼之感体现得淋漓尽致，读完令人不禁为曲中男子发笑，好一个憨厚实在却又痴情的男子！曲子就在这结束了，留给读者的却是无尽的想象。

商挺曾以“潘妃曲”为曲牌名作过一首无题小令，“带月披星担惊怕，久立纱窗下。等候他，蓦听得门外地皮儿踏。则道是冤家，原来风动酴醿架”，小令中以女子的口吻写过男女幽会时的等待，曲中隐约可见女儿家特有的娇嗔和柔情。白朴这首曲子与其相比，浓情程度类似，但表达方式却完全不同，一个娇柔一个刚硬，可能这就是男人和女子的不同吧。

【双调】沉醉东风·渔夫

白朴

黄芦岸白苹渡口，绿杨堤红蓼滩头。虽无刎颈交，却有忘机友。点秋江白鹭沙鸥。傲杀人间万户侯，不识字烟波钓叟。

【鉴赏】

作者幼年时因蒙古军攻城，与父母失散，被父亲好友元好问收养，因对元统治者反感之故，终生未仕。而作为一名品性正直的文人，虽身在江湖，可面对蒙古人统治之下的黑暗社会却依旧抑制不住不满之情，故他的许多作品都隐约反映了这股愤懑之情。这首散曲即是如此，塑造的是一个自由自在，不畏强权，敢于傲视权贵的渔夫形象，表达了作者不愿与达官贵人同流合污，甘心隐退过平静生活的态度。

“黄芦岸白苹渡口，绿柳堤红蓼滩头”二句是景物描写，以工整的对仗描写了江岸渡口和江堤滩头的风景，渔夫日常生产生活的地点，向读者展现了一幅风景秀美，色彩艳丽的江南水乡画：江岸上铺满了金黄色的芦苇，白色的浮萍漂浮在渡口处，翠绿的杨柳整整齐齐地排列在江堤之上，红蓼布满整片滩头。“黄芦”、“白苹”“红蓼”均是水边生长的草本植物，作者以这几种颇具特色的景物作为画布的支撑点，愈发渲染了江南水乡秋天景色的迷人。

“虽无刎颈交，却有忘机友”二句写的是渔夫的交友圈子：他虽然没有所谓的生死之交，可身边的朋友却都是毫无心机，是值得托付的。这二句是对偶句，都说物以类聚，人以群分，了解一个人的品性，从其身边的朋友就可以看出。作者通过渔夫所交之人来反衬出其品性的淡泊和宁静。

“点秋江白鹭沙鸥”句转为继续写景：数秋江之上自由自在的鸥鹭。这一句既是写景也是写人。古代文人的作品中，鸥鹭被称作“忘机”的代表，而渔夫终日与“忘机”的鸥鹭为伴，表明其品格的高洁。“傲杀人间万户侯，不识字烟波钓叟”二句更是直言渔夫蔑视强权的性格：鄙视人世间的那些高官显贵的，正是这个大字不识一个的江上老渔翁。“傲杀”理解为鄙视。“万户侯”本指汉代具有万户食邑的侯爵，此指权贵。

在元代，不论是初期还是末期，一个不识字的渔夫是不可能如此悠闲自在，且敢于蔑视强权的。可以说，那个无拘无束，闲适自得且敢于傲视“万户侯”的渔夫是被理想化了，他所处的环境、所交的朋友、所拥有的性格恰是作者想拥有的。正是无法达到，终生未仕的作者却也在努力向其靠拢。

【越调】平湖乐

王恽

采菱人语隔秋烟，波静如横练。入手风光莫流转，共留连，画船一笑春风面。江山信美，终非吾土，问何日是归年？

【鉴赏】

这是一首抒写作者思乡之情的散曲，描写的是作者泛舟湖上之时的所见所闻和所感，以湖上如画的美景反衬出作者内心客居他乡的乡愁。

“采菱人语隔秋烟,波静如横练”二句是作者的所见和所闻:秋天是菱角莲蓬收获之时,风平浪静的湖面,如同一块平铺的白色绢绸,一层薄薄的烟雾笼罩在湖面上,更显迷蒙之感,此时从远处隐隐约约传来采菱姑娘的欢声笑语。“练”指白色的绢绸。以“横练”来喻湖面之“波静”,生动传神地展现了湖水的色泽、状态。这两句不仅勾勒出水乡如画的美景,还将水乡姑娘活泼可爱的性格展现无遗。

同样荡舟于湖上的作者似乎也被这迷人的水乡景色给吸引住了,发出了“入手风光莫流转,共留连”的感触之语。“入手风光莫流转”句化用杜甫《曲江》的诗句:“传语风光共流转,暂时相赏莫相违”。“入手”即到手,“流转”即流转变化之意,这两句可以理解为如此旖旎妩媚的风光可不要匆匆流转,以供众人共同欣赏。独乐乐不如众乐乐,如此美景更应让众人“共留连”。“画船一笑春风面”一句更是对前两句的补充说明,你看,那迎面而来的画船之上有一位佳人,满面春风地嫣然一笑是如此娇媚,令视者愈发流连,徘徊不肯离去。

可是作者毕竟不是那些游客,眼前的美景确实令人心旷神怡,却不至于流连忘返,也正是如此迷人的风光,才激发了作者内心深处的思乡之情。此景如此,更易勾起对生养自己家乡风景的思念。因而作者发出“江山信美,终非吾土,问何日是归年?”的感叹也不足为奇了。“江山信美,终非吾土”出自王粲的“虽信美而非吾土兮,曾何足以少留”(《登楼赋》),言之江山确实如画般美丽,可惜终究不是我的故土。“问何日是归年”更是直接引用杜甫《绝句二首》中的句子,用以抒发作者不知何日方能回到故土的感叹。

王夫之在《诗绎》中说,“以乐景写哀,以哀景写乐,一倍增其哀乐”,这首曲子就是成功地运用了乐景写哀的写法。曲的前半部分写的尽是一片欢快景色,后半部分却由乐转哀,抒发作者内心不可遏制的思乡之情,以及归期杳渺的无奈之感,读来令人不由悲从中来。

【越调】平湖乐·尧庙秋社

王恽

社坛烟淡散林鸦，把酒观多稼。霹雳弦声斗高下，笑喧哗，壤歌亭外山如画。朝来致有，西山爽气，不羡日夕佳。

【鉴赏】

这首散曲是作者在平阳路（今山西临汾西）任总管府判官时所作，描写的是尧庙秋日祭祀社神的情景，展现了一幅平阳民俗画卷。“尧庙”在山西临汾境内汾水东八里。“秋社”乃是古代春秋两季祭祀土地神中的秋祭，一般在立秋之后的第五个戊日举行，整个祭祀活动分为祭献和娱神两大仪式，本曲描写的就是祭献即向土地神敬献供品后的娱神仪式。

“社坛烟淡散林鸦”句直言秋祭的祭献活动已经结束了，社坛上的香火已经开始逐渐变淡，林中的乌鸦们在饱食一顿祭食之后也纷纷离去。祭祀的人们去哪里了呢，原来是“把酒观多稼”了。“多稼”乃丰收之意，出自《诗经·大田》：“大田多稼，既种既戒”。祭献活动结束后，面对着一年的好收成，人们举杯痛饮，把酒言欢，似乎这欢乐的氛围也感染到了作者。

你看“霹雳弦声斗高下，笑喧哗，壤歌亭外山如画”，喜庆活动是多么热闹啊！村民们欢快喜悦，抱着霹雳琴在弹唱，笑声、歌声和琴声交融在一起，弥漫了整个上空，而壤歌亭外，风景如画般美丽，如此欢快场景，如此古朴山野风光，怎能不令人身心放松，纵情于此！“霹雳弦”指的是霹雳琴的弦。“壤歌亭”是尧庙中的建筑名,“壤”是一种履形的木制戏具,“壤歌”更是被后人视为尧时清平的象征,在此作者用以赞美当地民风的淳朴,村民的勤劳。

前五句作者通过视觉和听觉来进行描写,“朝来致有,西山爽气”二句则转为视觉和嗅觉对尧庙进行描写:微风轻拂,尧庙的风景和空气闻起来是如此清爽宜人。这两句典出《世说新语·简傲》晋名士王子猷之事,当年晋名士王子猷任骑兵参军,是桓冲的手下,但其性情简傲,纵情山水而不屑理事。桓冲对其发问却全然不答,只是望着远方自言自语:“西山朝来致有爽气”。作者在此借指尧庙风景和空气的新鲜和清新,令人耳目一新,在官场之上所受到的打击和压抑都不足向外人道也,勇气似乎也重新回到了身体之内,进而发出“不羡日夕佳”的感叹。“日夕佳”出自晋陶渊明诗句“山气日夕佳”(《饮酒》),指的是隐居的情趣。

为官者不一定都要厌倦仕途向往隐居生活,也是可以如同这古朴的村民般,辛勤地付出,简单地快乐。心享而为之,则不怠倦也。

【中吕】普天乐

姚燧

浙江秋,吴山夜。愁随潮去,恨与山叠。寒雁来,芙蓉谢。冷雨青灯读书舍,怕离别又早离别。今宵醉也,明朝去也,宁奈些些。

【鉴赏】

这首散曲写的是离别之情。作者用大量的篇幅渲染愁恨和凄清之情，最后三句却笔锋一转，以豁达之语作结，颇具特色。

“浙江秋，吴山夜”二句写清秋之夜，钱塘江的边上，吴山脚下。“浙江”即钱塘江，兰溪与新安江会合后经杭州入海的一段，以秋天多潮，景色壮观而闻名。“吴山”即胥山，位于杭州市钱塘江北岸，西湖东南面。吴山和钱塘江都是风景胜地，美不胜收，其秋景则更是美丽绝伦。这两句为下两句打下铺垫，以更好地表达作者内心愁恨的沉重和汹涌。

“愁随潮去，恨与山叠”二句抒发内心的愁和恨：愁绪如那江潮般汹涌而来，恨如同重叠的吴山沉重不堪。以潮之汹涌和山之重叠来形容内心浓郁的愁和恨，可见作者之愁恨已经无处可消。

“寒雁来，芙蓉谢”二句转为写景：北雁南去，荷花凋谢。本就抑郁的作者抬头却见那北雁向南飞去，低头更见荷花凋谢之状，更为触动内心关于岁月变迁，岁月无常的感叹。这感叹使得那愁恨愈发无法排遣。

“冷雨青灯读书舍”句继续描写清冷的场景：秋雨清冷，油灯闪烁着微弱的青光，给书斋增添了丝丝凄凉之感。环境如此清冷，而看着此情此景的人儿就更不用说了，内心种种孤寂、愁恨、感叹似乎达到了临界点爆发的边缘，使得作者发出了“怕离别又早离别”叹息。此句一出，所有愁恨、孤寂和感叹都找到了源头，是这怕离别却有早早离别在作祟啊！“怕离别”是因为与离别之人相交甚好，“早离别”是世事难料，别时易再见却难。

既然如此，不如“今宵醉也，明朝去也，宁奈些些”。离别既然不能避免，那就在今宵只图一醉吧。明日终将离去，我还是忍耐一些儿，这样分离之时不至于场面失控。“宁奈”忍耐之意。“些些”指一些儿，第二个“些”念 sā，是语尾助词，无实际意义。“宁奈些些”是自我安慰，也是安慰离别之人。

这首曲子前八句语言精致婉丽，末三句却是元人口语，生活气息浓郁。此外，曲中句子多为对偶句，使得整首曲子如同行云流水般流畅优美,如“浙江秋”与“吴山夜”,“愁随潮去”与“恨与山叠”,等等。

【中吕】满庭芳

姚燧

天风海涛,昔人曾此,酒圣诗豪。我到此闲登眺,日远天高。山接水茫茫渺渺,水连天隐隐迢迢。供吟笑,功名事了,不待老僧招。

【鉴赏】

作者以“满庭芳”为曲牌名作过两支无题小令,这是其中一首。曲中描写的是江南风景,表现了作者意欲归隐之心。江南水乡给人的感觉一如江南女子,一直都是柔弱而美丽的,可在此曲中,江南风光却是一种苍茫豪迈之感。

首句“天风海涛”便将读者引入了惊涛骇浪之中:湖中满天风其,卷起阵阵波涛。第二句笔锋却一转,写到了曾到此的圣贤英豪,“昔人曾此,酒圣诗豪”即多少文人墨客曾在此饮酒赋诗抒发满怀的豪情壮志。“酒圣”即酒中的圣贤,“诗豪”指诗中的英豪。“酒圣诗豪”句直接引用辛弃疾的“少年横槊,酒圣诗豪余事”(《念奴娇·双陆和陈和仁韵》)。

“我到此闲登眺,日远天高”二句作者出场,他一个人来到这里,悠闲地登临远望,眼前日远天高。在古代文人作品中,日远天高有向往朝廷却无法实现之意。从作者的生平经历看,他出任江东廉访使时已年近花甲,本是享天年的岁数却还在外奔波,可见其仕途之不畅。“日远天高”在这里是双关语,既是作者所见,也暗指作者仕途之曲折。

“山接水茫茫渺渺，水连天隐隐迢迢”二句还是作者之所见：眼前山水相连，浩渺苍茫，朦胧却又遥远。“水连天隐隐迢迢”句化用杜牧的“青山隐隐水迢迢，秋尽江南草未凋”（《寄扬州韩绰判官》），说明眼前之景辽阔无边。文人易触景生情，伤春悲秋，作者面对一望无际的大海时似乎内心由仕途难通引起的些许惆怅也被抚平了，而如此开阔豪迈之景更勾起了其隐退之心。“供吟笑，功名事了，不待老僧招”三句便是阐述作者的归隐之意：这些名山秀水供我吟诗作赋，而功名利禄对于现在的我来说都应该统统丢掉，不用等待那山中老僧来召唤，速速归隐去吧。

作者的散曲数量不多，但篇篇都是“可诵”之作，《元史》本传称作者的文章是“豪而不宕，刚而不厉，舂容盛大”。这首散曲即是如此，婉丽中带有一股豪迈气息，因是官宦子弟且为官多年之故，曲中隐约透露着一股正统之气。

【中吕】醉高歌·感怀

姚燧

岸边烟柳苍苍，江上寒波漾漾。《阳关》旧曲低低唱，只恐行人断肠。

【鉴赏】

送别和爱情一样，都是文人创作的永恒主题之一。天下没有不散的筵席，友情常在，离别也常在。这支小令描写的就是送别的场面，道尽了送者和行者千万般的离愁别绪。

孟浩然作的送别诗《送杜十四之江南》“荆吴相接水为乡，君去春江正渺茫。日暮征帆何处泊？天涯一望断人肠”，可以说这支小令与其有着异曲同工之妙。孟诗以景语说情语，情景交融，景中蕴含着离别时的不舍之情，使得情更为深刻。而姚曲前半部分皆景语，后半部分以声诉行者的感伤之情。

“岸边烟柳苍苍，江上寒波漾漾”二句写的是送别的场景：初春时节，江岸边上，杨柳含青带黄，远远看去，似乎一片青翠烟朦之感，微风轻拂，江水微荡，荡起一丝波痕，一股淡淡的寒意飘荡其中。初春之景虽不如仲春时节的繁花似锦，姹紫嫣红，可也万物复苏，生机微透。作者因离别不舍之心看这初春的风景，杨柳似烟，郁郁苍苍，水波轻漾，波中带寒，眼中的景物竟带了一股苍茫清寒之感，衬托出与友人难分难舍的悲怆之情。江景之苍茫也如同友人此次前行，前途未卜，含蓄表达了对友人的不舍和担忧之情。

“《阳关》旧曲低低唱，只恐行人断肠”二句写离别之时的音乐和送行二人的离别心境：在这么一个清寒的环境里，送者和行者分别了，所有不舍祝福之语皆道过，只剩下低低的《阳关》旧曲在吟唱，唯恐这歌声被行者听到了会更加感伤。其实，何止是行人在这低沉婉转的送别曲声中“断肠”，送者内心的悲痛哀伤不舍也完全不亚于行者。而作者不抒送者之情绪，而通过行者那“断肠”的状态来反衬，抒发了送行二者感情之深厚，离别之难分难舍。“《阳关》旧曲”即王维的《渭城曲》，源自其诗作《送元二使安西》，后人将其谱成曲，在送别之时歌唱，特别是曲中“西出阳关无故人”句一出，送别场面愈发悲怆，哀伤流泣者皆有。

这首曲子结构精巧，语言浅白，感情含蓄而真挚，写景抒情，情景交融，使那离别愁绪愈发沉重。

【越调】凭阑人

姚燧

两处相思无计留，君上孤舟妾倚楼。这些兰叶舟，怎装如许愁。

【鉴赏】

古代文学史上，描写离情别绪的佳作甚多，如欧阳修的“别后不知君远近，触目惊心多少闷？渐行渐远渐无书，水阔鱼沉何处问”（《玉楼春》），再如张先的“嘶骑渐遥，征尘不断，何处认郎踪？”（《一丛花》），词中的女主人公似乎都在为离情别恨而备受折磨。姚燧这首无题小令中的女主人公遭遇的同样是分离之苦，曲中描写了夫妻离别时的场景，抒发了离妇的离愁别恨，塑造了一个面对丈夫离去，顿觉无依无靠，满怀孤寂凄苦的离妇形象。

夫妻俩如今就要分离了，从此天各一方，你做天涯游子，我做闺中失心人，只留两处相思无处派遣。曲中没有说明夫妻分离的原因，或是行役，或是游学，不论怎样，分离现实已经造成，“两处相思无计留”。“两处相思”借用李清照的“花自飘零水自流，一处相思，两处闲愁”（《一剪梅》）句，并进行调整，诉的同样是离愁带来的哀叹。

“君上孤舟妾倚楼”句写分别之景：夫君你登上了孤舟，而妾身独自依靠在楼栏之上，遥望孤舟离去的方向。离别时的不舍和祝福，甚至是君妾两人执手相看泪眼，君一步三回头，作者在这里都将其省略去了，只停留在君上孤舟，妾倚楼的画面上。那个倚栏人哭了吗，那个独上孤舟的人儿偷偷擦去眼泪了吗，给读者留下了广阔的想象空间。

“这些兰叶舟，怎装如许愁”二句抒写的是离别之愁，那小小的木兰船儿，怎能装下这么多的离愁别绪！这两句化用了李清照的“只恐双溪舴艋舟，载不动许多愁”（《武陵春》）句。这里采用化无形为有形的手法，这种化抽象为具体的手法在古代文人中经常被使用，如贺铸的“试问闲愁都几许，一川烟草，满城飞絮，梅子黄时雨”（《青玉案》），而曲中通过此种手法将那无形之愁恨化为有形之物体，从中可见其重其形，强化了离妇内心的凄苦忧愁之情。

这首曲子字句严谨，语言优美简练，意境凄清，感情深沉哀婉，特别是末两句，使用了近似夸张的手法以实写虚来形容离妇内心的“愁”，妙极。

【黄钟】节节高·题洞庭鹿角庙壁

卢挚

雨晴云散，满江明月。风微浪息，扁舟一叶。半夜心，三生梦，万里别。闷倚篷窗睡些。

【鉴赏】

元成宗大德年间，作者被外放，出任湖南岭北道肃正廉访使，这支散曲即是作于赴仕途中，描绘的是洞庭湖雨后云散初晴的夜景，抒发了作者愁绪和烦躁之情。“鹿角”即位于湖南岳阳南洞庭湖滨鹿角镇。

前四句写景，作者向我们展示了一幅洞庭初晴夜景图：一场洞庭湖之上的大雨刚刚停歇，云雾消散一空，万里碧空，皎洁的月光洒满了整个江面，江面上微风轻拂，江水微澜，空气清新无比。而在这浩瀚无边的江面之上，有一叶孤独的扁舟荡漾在湖面之上。“满江”即八百里洞庭湖面。此时的洞庭湖，呈现出一种宁静、清澈之美。

那作者的心情是否也如同那洞庭湖水般，宁静清澈，“风微浪息”呢？似乎却不是如此，他如今是万般心绪搅在心中，久久难以平静。作者此次来到湖南，是被外放，在其《蟾宫曲·长沙怀古》之中，自比于曾同样被贬逐于此的屈原、贾谊，心情相比肯定是非常抑郁和烦躁。因此在这夜深人静、月圆湖水息的时候，风景美丽如何，只不过是更容易触景生情，激起漂泊异乡的游子那无尽的离愁别恨罢了，万千心绪均化为“三生梦，万里别。”“三生”乃是佛教语，指的是前生、今世和来世，可于作者低落的心情而言，三世之梦，又如何，终究不过前世之缘，今世之约，来世再见了。“万里别”则是万里之远的离别之情。而此时，如诗画般的美丽夜景不过是更容易激起其万千心绪罢了，关于自己的命运，关于和亲人、友人，甚至是恋人的离别，此时均涌上心头，令作者心绪难平，曲子似乎也被蒙上了一层淡淡的伤感色彩。

最后，作者招架不住这汹涌而来的离愁别恨，不得不选择“闷倚篷窗睡些”，希望这片刻的小睡，能让他暂时摆脱这浓浓的愁绪，获得精神上的安宁，颇有辛弃疾“而今识尽愁滋味，欲说还休，欲说还休，却道天凉好个秋”的无奈。那明月的清辉、那湖面的平静，还有昔日的欢声笑语，却只是更衬出作者现状的凄凉和孤独罢。而带着满怀愁绪入睡的他，终究也是难以入眠的。

【南吕】金字经·宿邯郸道

卢挚

梦中邯郸道，又来走这遭。须不是山人索价高，时自嘲，虚名无处逃。谁惊觉，晓霜侵鬓毛。

【鉴赏】

作者一生曾先后任地方和中央大吏，平生足迹遍及全国各地，这支散曲写的就是他夜宿邯郸驿站的感触。邯郸在今河北省南部。以作者的生平来推测，该曲子乃作者第二次就任燕南河北道提刑按察司时所作，此时，他已经有六十多岁了。

首两句直接点明夜宿邯郸驿舍的事实。“梦中邯郸道”借用了“邯郸梦”，也就是“黄粱一梦”的典故，说的是卢生于邯郸道得一瓷枕，并在上面睡了一觉，梦中经历了所有的荣华富贵，一觉醒来却发现主人蒸的黄粱还没熟，卢生由此也彻底领悟了贫穷富贵不过一场梦的道理。作者一生先后任地方和中央大吏，可谓是风光无限，荣华富贵尽享了。如今他来到这处邯郸梦发生的地方，不由得感叹过往的一切不过一场梦罢了。“又”字点明了他在仕途生涯的来回奔波。在此，作者借邯郸梦来自嘲自己明明知晓富贵荣华不过黄粱一梦，但却老来还是在为功名而奔波。

虽然已明了富贵荣华如云烟，却还是无法摆脱官宦生涯于江湖深处归隐。所以作者用了一句颇为自嘲幽默的口气解释为何没有选择归隐之途。“须不是山人索价高”，并不是山中人索要高价我才不选择归隐之路。“虚名无处逃”，而是因为那虚名没有地方逃跑啊。究根结底还是始终无法摆脱那功名富贵罢，许多事情许多道理都懂，可就是怎么也放不下手，如此情形最能体现作者此时矛盾的心理。

末两句写作者的感叹。“谁惊觉，晓霜侵鬓毛。”突然惊觉，年华原来早已远去，鬓发原来早已斑白。作者此次就任已六十有几，古时五十而知天命，六十而耳顺了，可作者却因那功名之念不能断，鬓发均已发白而继续奔波在仕途之道上。一个“谁”字道出了作者到老还在为那功名奔波在仕途之道上的挣扎，自伤自嘲意味颇为浓郁。

古代文人多是因为仕途不顺而选择归隐，在大自然中寻找慰藉。归隐最为成功如唐代诗人王维，也是半归隐半为官的状态。而作者在经历了那么久的仕途生涯之后，仕途和归隐之间产生重重矛盾，也是可以理解的。

【双调】沉醉东风·闲居

卢挚

恰离了绿水青山那答，早来到竹篱茅舍人家。野花路畔开，村酒槽头榨。直吃的欠欠答答。醉了山童不劝咱，白发上黄花乱插。

【鉴赏】

作者用《沉醉东风·闲居》这个题目写了三首关于隐居之乐的小令，这是第二首，写的是饮酒之乐。

“恰离了绿水青山那答，早来到竹篱茅舍人家”二句以“恰离了”和

“早来到”为连接词，描写了曲中主人公的行迹，向读者展示了令人赏心悦目的村野之美景。即刚刚离开野外那绿水青山之地，已经来到了这竹篱茅舍的人家。“恰”即刚才，“那答”即那边，那块之意。“早来”指的是已经之意。那边是野外，有绿水、有青山，这边是村舍之景，有竹篱，有茅舍，更有人家，时间上衔接得非常紧凑，勾勒出一幅美不胜收的山水田园图。

上两句是总写行程，紧接着描写路边之所见。“野花路畔开，村酒槽头榨”写路边的野花还有村边的酒家。那路边的野花开得正旺，品种繁多，令人眼花缭乱，而村边的一家小酒店，更是独具特色，自酿美酒，看着那从酒槽之上流出的美酒，香气扑鼻，引得我们的主人公不禁走入了酒店之中意欲畅快痛饮。“槽头”即酿酒的器具。

“直吃的欠欠答答”句将作者放开胸怀畅饮美酒的情状描绘得入木三分，如此美酒使得主人公不禁喝得酩酊大醉。“欠欠答答”即疯癫踉跄之状，即主人公畅饮之后醉态可掬的情状，甚是传神形象。

如此醉状，可身边的童子却还是不进行劝阻，任他继续开怀畅饮。“醉了山童不劝咱”，醉了却不劝，可见童子是非常了解主人的性子。到后来，醉了的主人公趁着酒兴，摘了路边的“黄花”插在满头白发之上，在微风之中微微颤抖。插花之为并无可厚非，可是在满头白发之上“乱插”却是非常狂放之人的所作所为了，方能忽略旁人之眼光，无拘无束地放任自己深陷美景之中。由此，曲中主人公那狂放不羁的形象如跃纸上。

这支散曲皆为口语，直白明了，画面清晰，极富田园情趣，生动传神地描绘出一幅生动活泼的田园生活图。而曲中那位蔑视世俗，极为狂放之人，是作者自述或是作者所追求的，就不得而知了。

【双调】沉醉东风·对酒

卢挚

对酒问人生几何，被无情日月消磨。炼成腹内丹，泼煞心头火。葫芦提醉中闲过。万里云山入浩歌，一任旁人笑我。

【鉴赏】

作者“年及弱冠”“已登仕版”，从皇帝的侍臣开始，先后任按察使、廉访史、路总管、翰林学士等职，可以说是荣华富贵尽享。可总有不尽如人意的时候，作者也不例外，这支曲子写的就是作者心情低落，意欲退世的念头。从题目看，此曲当乃饮酒对歌之时所作。

首句借用曹操的“对酒当歌，人生几何”（《短歌行》），并进行些许的修改，加入了一个“问”字，使得问之后的“人生几何”成为本曲的中心。作者对酒当歌，不禁问起，这人生应该是怎么样的才算是不枉费、不后悔。紧接着“被无情日月消磨”更是对“人生几何”的一个更为详细的解释：岁月无情，当年的如画少年如今已经成为一个耄耋老者了。作者在《金刚经·夜宿邯郸道》曾写道“谁惊觉？晓霜侵鬓毛”，不知不觉之中，鬓发已经斑白。与本曲首两句所抒发惆怅之感是相似的。

“炼成腹内丹，泼煞心头火”这两句则是指炼就腹内的内丹，得以泼煞心头的“火”。宋元时代，道教主张的是以人体内的“精”、“气”为药物，再以人的“神”去提炼，这样就有可能炼就“内丹”，而摆脱人世间的是非和私心杂念。作者在此借用“腹内丹”的说法，来表达心头那愤懑和不平之“火”。“泼煞”是其次，毕竟“腹内丹”又怎是凡人能够简单炼就而成，发泄心头之“火”才是重点。

既然如此，不如稀里糊涂地继续沉醉在酒中罢，起码此时能够忘却所有的烦情琐事，“葫芦提”乃当时的俗语，指稀里糊涂，“醉中闲过”即在酒醉之中将那所有的烦恼都抛之脑后。“万里云山入浩歌，一任旁人笑我”两句则更为明显地表现了这种寻求解脱的渴望。脱离现实的烦忧，在那万里云山之间肆意高唱浩歌，任旁人如何笑“我”都不顾。这两句是作者的想象，表现了他强烈渴望超脱的心，映衬出的却也是同样程度的忧愤。可见作者的烦恼和愤懑，已经深得无法宣泄。

这支曲子以豁达的态度，含蓄地表达了作者内心的愤慨和痛苦之情，但具体因何事或何人导致这痛苦的愤慨、烦恼之情就不得而知了。

【双调】沉醉东风·重九

卢挚

题红叶清流御沟，赏黄花人醉歌楼。天长雁影稀，月落山容瘦，冷清清暮秋时候。衰柳寒蝉一片愁，谁肯教白衣送酒？

【鉴赏】

秋天似乎总是比较容易引起人们的诸多愁绪，卢挚的这首散曲即是触景生情，通过描写入眼之秋景，入耳之秋声，感受之秋意来抒发逢秋感伤之情。重九即重阳节，农历九月初九，此时已是暮秋时节。

作者在曲首即点出了红叶和黄花均是秋季常见的景物，向读者描写了秋季花之悦目,游人赏心的景象。“题红叶清流御沟”句化用了唐代红叶题诗配佳偶的美丽爱情传说,大意是唐代有一宫女在红叶之上题诗,并将其投入了御沟之中,其流出宫外之后被某士子所得,后宫女出宫,与该士子巧结良缘。但是在曲中并无爱情之意,仅是用以点出秋之意。“赏黄花人醉歌楼”中“赏黄花人”与“题红叶”相互对仗,作者用以继续点明秋季观赏秋菊的人醉卧在歌楼之上。“赏黄花人”在此并非特指,乃泛指秋季观赏秋菊之人。

作者紧接着从远景描绘秋之风景。“天长雁影稀,月落山容瘦”,那万里无云,秋高气爽的高空之上,南飞的北雁此时已不多了,所以极目远眺,天显得很“长”,雁影显得很“稀”。暮秋时节,万物枯萎,连那月亮也落到地平线之下,此时,山形变得狭长而清瘦,处处都是冷清之景。“冷清清暮秋时候”道尽了作者无尽的萧瑟寂寥之感。

而那“冷清清”的暮秋之景更是引出了作者无尽的愁绪。景由心生,在他的眼里,那春季还郁郁葱葱、生机勃勃的杨柳此时已经衰败不堪,耳边更是传来那秋蝉的鸣叫,愈发显得空旷寂寥,似乎天地之间被哀愁所笼罩,不见天日。“衰柳寒蝉一片愁”句便是作者通过所见所闻来抒写寂寥哀愁之所感。此时,如果有一朋友送来一壶暖酒,那将是一件惬意无比的事啊!可是那个送酒与君共饮一解满心忧愁的人又在哪里呢?“谁肯教白衣送酒”句典出南朝宋檀道鸾《续晋阳秋》,乃是江川刺史王弘曾派白衣仆人于重阳节时分给在篱边赏菊的陶渊明送酒之事。“白衣”即官府衙役小吏。在此作者借用来指代有朋友送酒而来罢,并无官府之人送酒之意。

【双调】沉醉东风·秋景

卢挚

挂绝壁松枯倒倚,落残霞孤鹜齐飞。四围不尽山,一望无穷水。散西风满天秋意。夜静云帆月影低,载我在潇湘画里。

【鉴赏】

元成宗大德初年,作者任湖南宪使。这支散曲以时间为顺序,描写的是潇湘行舟之所见。全曲皆写景。首四句写黄昏之景,向读者展示了一幅潇湘黄昏图。后两句写深夜之景,更为幽静,描摹出一幅潇湘静夜图。

“挂绝壁松枯倒倚”借用李白《蜀道难》“枯松倒挂倚绝壁”句并进行些许修改,描写了一棵弯曲的枯松,倒挂在悬崖的绝壁之上。“落残霞孤鹜齐飞”借用了王勃《滕王阁序》中“落霞与孤鹜齐飞,秋水共长天一色。”的语意,写天空里残留和片片晚霞和孤零零的野鸭在天上齐飞。“鹜”即野鸭。这两句以枯枝的奇姿,悬崖的险峻,晚霞的残片和野鸭的孤独勾勒出一副较为萧瑟的黄昏图。

“四围不尽山,一望无穷水。”作者将视线转到了远处的山和水之上。行驶在水面上的小舟四周尽是山,还有一望无际的碧水,营造了一种苍茫辽阔的意境,更为下文的由西风引发的秋之思奠定了心理基础。

“散西风满天秋意”写出了萧萧西风为这苍茫辽阔的天地营造了一股浓浓的秋意。秋本无形无体,可作者却通过那萧萧西风将那秋意抒发了出来。西风“散”,秋意“满”天,两者形成了颇为默契的相互依存关系。

在那枯枝、悬崖、残霞、孤鹜、不尽山、无穷水，经那西风一吹，萧萧秋意随即迎面扑来，给人一股苍凉之感。

末两句“夜静云帆月影低，载我在潇湘画里”作者将画笔转到了静夜之景上。残霞落尽，夜的大幕被拉开了。夜静悄悄的，使得湘江更为静寂，而被皎洁的月光映照着那高挂云帆的船儿，顺风而行在那江水上，如此美景，犹如置身于潇湘之画里。“潇湘画”指宋代画家宋迪所作的八幅潇湘山水图，也称潇湘八景，是一组非常著名的山水画，在这里作者用以指湘江之夜景的美丽绝伦。静寂的湘江，皎洁的月光，高挂云帆的船儿，还有“我”，美景如画，使得之前西风带来的萧瑟秋意烟消云散，身在羁旅之中的困顿感，都不知飘向了何处，一切都显得那么清澈、透净，安详而宁静。

这支散曲大篇幅在写景，写的是目之所及之景，少有涉及情感，向读者营造了一幅气象阔大，美丽无比的湘江秋夜图。

【双调】蟾宫曲·沙三伴哥来嗏

卢挚

沙三伴哥来嗏！两腿青泥，只为捞虾。太公庄上，杨柳阴中，磕破西瓜。小二哥昔涎剌塔，碌轴上渰着个琵琶。看荞麦开花，绿豆生芽。无是无非，快活煞庄家。

【鉴赏】

这支散曲描写的是沙三、伴哥和小二哥的乡村生活故事，烘托出一派农家乐的景象。沙三、伴哥及小二哥都是元曲中常用的农村青壮年人名，曲中塑造了几个人顽皮可爱的形象，读来令人忍俊不禁。

前三句直接点明沙三和伴哥这两个人因为刚刚下水捞虾回来，所以两腿全是青泥的痕迹。“嗏”是语尾助词，同于口语中的“呀”。天气炎热，回来以后又热又渴的两人走进了太公庄，在那杨柳树阴下乘凉，并砸开随身带来的西瓜，津津有味地吃了起来。“太公”乃是元曲中对农村大户人家老主人的习称。而一旁的小二哥，因为吃不到西瓜，像一面扣放的琵琶一样躺在那脏兮兮的碌碡上，看着大块朵颐的两人，馋得口水直滴。“昔涎剌塔”是元人方言，用以形容人垂涎三尺的样子。“碌轴”即碌碡，石碾子，碾谷及平整场地用的农具。

三人的周边是碧绿的田野，荞麦花开雪白雪白，豆苗儿长得绿油绿油的，一派郁郁葱葱的生机。最后作者发出感叹和赞美：没有是非纠葛，没有竞争的乡村生活，农民快活不已，真是一派欢乐的景象啊！含蓄表达了对官场勾心斗角的厌倦之情，以及对隐居生活的向往之情。

这首曲子乡土气息浓郁，描写的是乡村日常生活场景，勾勒出一幅色彩鲜艳、生动传神的农家生活图。此外还通过形态和动作描写塑造了乡村常见的三个小伙子大大咧咧、不拘小节的形象。如形容小二哥对西瓜的渴望之情，作者使用“碌轴上渰着个琵琶”的比喻手法，将少年由对西瓜的强烈渴望之情转化为滑稽可爱的动作形态表现得十分形象传神。而本文的语言使用也颇具特色，口语方言味道极浓。如“昔涎剌塔”的使用，将小二哥在那炎热的夏天里对西瓜的渴望之情表现得淋漓尽致，栩栩如生地刻画出一个淳朴、顽皮的农家少年形象。再如“磕破”这一动词的使用，同样也是极富乡土气息，农村人不拘小节，特别是年轻小伙子，吃瓜怎么会用刀割或切，只是很随性地就地取材，“磕破”西瓜后随即大吃一顿，以满足口腹之欲。

【双调】蟾宫曲·寒食新野道中

卢挚

柳濛烟梨雪参差，犬吠柴荆，燕语茅茨。老瓦盆边，田家翁媪，鬓发如丝。桑柘外秋千女儿，髻双鸦斜插花枝。转眄移时，应叹行人，马上哦诗。

【鉴赏】

这首曲子写的是作者于寒食之时在新野途中的所见所感，如同一幅美妙的农家画卷，一一展现在读者眼前。“寒食”即在清明节的前一天，是我国古代的传统节日。“新野”是一县名，今属河南省。

前三句作者通过视觉和听觉描写了所见所闻：早春时期，柳树刚刚萌发出嫩嫩的新芽，像是漂浮着的一层嫩绿嫩绿的轻烟，远处交叉而种的梨花，雪白雪白的，参差不齐地交杂在杨柳之间。狗儿们似乎被行人惊醒，在柴门之外吠叫，而那茅屋檐下的燕子，应着这春景，在那呢喃不已。“柴荆”即农家的柴门，是一种用林木棍、荆条搭成的院门。“茅茨”即茅屋的屋顶，这里指的是屋檐。杨柳、梨花、狗吠、燕语、荆门、茅茨等景物勾勒出这一幅农家画的背景。

背景布好了，画中之人也该出现了。在那老瓦盆边，一对头发发白的农家老夫妇在饮酒吃饭。桑林之外，一位头上斜插花枝，梳着双丫髻的小姑娘，在那里悠闲地荡着秋千。“老瓦盆”乃是民间用来承酒的粗陋器具。杜甫《少年行》诗中曾云：“莫笑田家老瓦盆，自从盛酒长儿孙。”“翁媪”即年老的农家夫妇。“柘”即桑树。“髻双鸦”指的是双丫形的发髻。

画中之人有那年老的农家夫妇，还有那天真活泼的妙龄少女，勾勒出一幅天然去雕饰的美丽画卷。在那画里，景、物、人都是如此地和谐，令人不忍打扰。

画中人如此，而画外之人呢，却是在画中之少女"转眄移时"下，"马上哦诗"。那位少女转眼斜视马上之人许久，心里想的是这个行路之人，为何在那马上低声吟哦诗篇，好不奇特！作者巧妙地以少女的视线为媒介，引出了画外之我的行踪。"眄"即目光斜视，可理解为偷瞄。"移时"指有一段时间了。"行人"即作者自己。看来作者坐在马上，面对着如此美景佳人，诗兴大发，不顾及身处何地，摇头晃脑地就开始在那吟诗起来，引得少女好奇不已啊！

这首曲子语言清新，色彩明亮，景色迷人，一股清淡的味道弥漫其中，表现了作者对农家生活的喜爱之情。如此和谐之美，不论是作者，还是曲外之读者，都为其心动不已。

【双调】蟾宫曲·扬州汪右丞席上即事

卢挚

江城歌吹风流，雨过平山，月满西楼。几特年华，三生醉梦，六月凉秋。按锦瑟佳人劝酒，卷朱帘齐按凉州。客去还留，云树萧萧，河汉悠悠。

【鉴赏】

大德七年（公元 1303 年）旧历六月，作者由湖南肃政廉访使北归，中途在扬州曾作短暂逗留。此曲描写的就是在扬州与朋友相聚的情景，表达了久别重逢的喜悦和感慨之情。

首三句写江城盛筵的美丽夜景：扬州的歌舞、音乐是如此的超逸美妙，今夜一场阵雨掠过平山堂，皎洁的月光充满了整个西楼。“江城”即扬州。扬州自古以来都是笙歌风流之地，即“歌吹风流”。首句即点出了扬州歌舞升平、风流的特点。而此时的天气正是阵雨过后，空气新鲜，月色皎洁，吹散了夏日里的暑气，一派清凉爽快的气氛。“平山”即平山堂，北宋欧阳修为郡守时修建，得名于其南望江南远山正与堂栏杆相平。

如此美丽清爽的夜景，如此融洽的重逢之宴，令作者不禁发出“几特年华，三生醉梦，六月凉秋”的感慨：这人生之中有多少的好时光，能像这样与老友相聚？三生如梦，时光如流水般逝去，令人不禁发出人生如梦的感叹，而这六月的阵雨之后的天气，凉爽如秋，迎面扑来的清爽夜风将沉浸在抚今追昔之感叹中的作者拉回到了现实之中来。作者中年之时曾任江东按察副使，此次重游扬州已是二十余载后，已到了知天命的年龄。世事轮回，故人重逢，景同人却已老，怎能够让人不发出人生能有几回春的感叹呢！“三生”乃是佛教用语，指的是前生、今生和来生。

现实中，耳边传来的是阵阵锦瑟声，朱帘漫卷，旁边陪酒的佳人频频以酒相劝，歌女们齐声演唱着那著名的“凉州”曲。“凉州”即凉州曲，乃是唐天宝(742－756)年间流传范围极广的乐曲，题材多写边塞之人、事和景。而作者从湖北而来，听此旋律，则更易勾起他的羁旅之愁吧。

夜愈发深了，筵席也终将到了即将散去的时刻，可是主人还在盛情地挽留。窗外，高耸的树木在夜风的吹拂之下，摇曳晃动，而头顶之上的高空银河，依旧璀璨夺人，看上去遥远而又长久。“河汉”即银河。曲子以景语起，再以景语结，景尽而情远，抒发了作者即将与友人分别的惆怅之情。

贯石云在《阳春白雪序》中曰：“疏斋媚妩，如仙女寻春，自然笑傲”，细读此曲，颇有此韵味。

【双调】殿前欢·酒杯浓

卢挚

酒杯浓，一葫芦春色醉山翁，一葫芦酒压花梢重。随我奚童，葫芦干，兴不穷。谁人共？一带青山送。乘风列子，列子乘风。

【鉴赏】

“醉翁”欧阳修在《醉翁亭记》中曾写道“醉翁之意不在酒，在乎山水之间也。山水之乐，得之心而寓之酒也”。可见，在欧阳修的眼中，醉纵山水之间的醉翁才是醉的最高境界，本曲塑造的就是一位纵情山水、无拘无束，世间万般俗念都暂离一边的醉翁形象。

前三句作者直接以两个“葫芦”来写出其酒意之浓：酒意已经非常浓了，一葫芦的酒已经把山翁给醉倒了，而还有一葫芦的酒挂在那树梢之上，将那花枝给压弯了。“酒杯”即酒意，酒杯浓也就是酒意浓。如何一个浓法，却是被一葫芦酒给灌倒的山翁，还有被一葫芦酒给压弯的花枝。“春色”即酒，双关语，是春色醉人还是美酒醉人，似乎都已经不重要了。身处在美丽的大自然景色之中，似乎春色、美酒都已经融为了一体，不分你我。“山翁”指山简，晋国人，以好酒闻名，常出游且醉酒而归。这里，山翁既是山简，也是作者的自称。

酒到深处，则诗兴大发。作者此时就处于如此境界之中，“葫芦干，兴不穷”。跟随着作者的小童仆似乎也被作者的兴致所感染，一同喝干了葫芦之中的美酒，可那浓浓的兴致却仍无穷，似乎世间所有的烦情琐事都离得远远的，只剩下满目的青山翠岭。作者一生仕途平顺，位居高官，但俗念谁都不可避免，也有迷茫困惑之时，只能借酒消愁，只不过感触不如其他经历波折的人深刻罢了。“奚童”即作者身边的小童仆。

酒意正浓的作者，对着那满山的青翠，发出了“谁人共”的疑问：还有谁可以和我共同赏游如此美景呢？没有人能够回答他，只有那连绵不绝的青山将他包裹在怀里，迎来送往。如此美酒胜景却无人共赏，憾事矣！所以作者准备学那古代乘风御云的列子，乘风遨游在这无边美景之中！“列子” 即列御寇，战国时郑人，《庄子.逍遥游》称其能“御风而行”，后被道教徒视为超凡脱俗、能够乘风御云的仙人。

人生在世，总摆脱不了种种繁杂俗念，而追求超凡脱俗的境界又似乎都是常人一生苦苦追求的。一生位居高官，享受厚禄的作者也不能幸免。

【仙吕】醉中天·咏大蝴蝶

王和卿

弹破庄周梦，两翅驾东风，三百座名园一采一个空。谁道风流种，唬杀寻芳的蜜蜂。轻轻飞动，把卖花人搧过桥东。

【鉴赏】

据元人陶宗仪《辍耕录》卷二十三云：“大名王和卿，滑稽挑达，传播四方。中统初，燕市有一蝴蝶，其大异常。王赋《醉中天》小令……”，这段材料透露出“燕市有一蝴蝶，其大异常”的事实是写这首小令的契机。这支散曲以夸张的手法，幽默诙谐的语言描述了一只大蝴蝶的专横、霸道和贪婪,读来别有一番风趣的味道。

前四句写大蝴蝶的来处,力大无穷和贪婪的特点。这只大蝴蝶挣破了庄周的梦境来到现实之中,双翅硕大,可以驾驭着浩荡的东风,把那三百座名园里的花蜜全都采空了。“弹破”和“驾”字表现了大蝴蝶力大无比的特点,而“三百座”在此是虚指,意为数量之多,“一采一个空”更是凸显了大蝴蝶的贪婪。中间两句写大蝴蝶的霸道。“谁道风流种,唬杀寻芳的蜜蜂”,谁知道这只硕大无比的蝴蝶竟也是个风流种,数不清的花园它是一采一个空,如此强悍的霸道行为,吓跑了天职是采蜜的蜜蜂。“唬”完了“杀”的这种行径,将大蝴蝶的霸道彰显无遗。最后两句继续写大蝴蝶的“勇猛”行为,用它那大翅膀轻轻一搧,那卖花人就被搧到桥对岸去了!

曲中的大蝴蝶被隐晦地赋予了象征的意义,还是元人陶宗仪的《辍耕录》,里面记载到“王赋《醉中天》小令:……由是其名益著。时有关汉卿者,亦高才风流人也,王常以讥谑加之,关虽极意还答,终不能胜。”有些评论家由此认为这只大蝴蝶乃是作者用以对关汉卿寻花问柳的风流生活进行的善意戏谑,更有评论者联系到元初的社会环境,认为大蝴蝶是当时高官贵族,纨绔子弟等的象征。但是,查阅相关史料我们不难发现,元代散曲家们之间非常盛行以“滑稽”、“善谑”为乐,这种玩世不恭的“滑稽”、“善谑”之对象也都并非确指。如若非要在大蝴蝶上强加上一个稍显明确的象征,那不过是作者,或者是元初一批文人那满腹愤懑和牢骚的一种发泄渠道罢。

这支散曲以极度的夸张手法,幽默诙谐的语言,向读者展示了一只怪异的大蝴蝶,读来令人忍俊不禁。

【双调】拨不断·大鱼

王和卿

胜神鳌，夯风涛，脊梁上轻负着蓬莱岛。万里夕阳锦背高，翻身犹恨东洋小，太公怎钓？

【鉴赏】

王和卿的作品惯以谐谑幽默、极度夸张的语言来进行描写，如他的散曲《醉中天·咏大蝴蝶》即是刻画出一个夸张得近似荒诞的大蝴蝶。而这支《拨不断·大鱼》同样也是如此，以夸张的手法描画出一只力大无穷、体积庞大的神异大鱼形象。

“胜神鳌，夯风涛，脊梁上轻负着蓬莱岛”写大鱼的力大无穷。《列子·汤问》里记载在那渤海之东，有岱舆、圆峤、方壶、瀛洲、蓬莱五座仙山，其山高下周旋三万里，其顶平处九千里，天帝担心它们流失掉，遂命令十五只巨大的鳌来轮流顶住这五座山。可见神鳌力气之大，但是在此曲中，以“夯”（用力撞）风涛的神鳌相比，这条大鱼却是在脊梁上“轻负”着蓬莱岛，这条大鱼在力气上之大，能够“胜”过“神鳌”。

“万里夕阳锦背高，翻身犹恨东洋小”写的是大鱼超乎寻常的体积，在那万里夕阳的开阔视野之中，却只见到它高耸的脊背，想要翻个身，却恨这东洋实在是太小了。东洋已经够大了，可是在这只大鱼却不能随便翻身，可见鱼身之大，已经达到无法想象的地步。而作者如此夸张的写法，已经近似于异想天开了。

此时，大鱼已经形体兼备了，作者该如何作结该曲子呢。不料竟来了一句“太公怎钓?”“太公”即姜太公，姜太公钓鱼之典故可谓妇孺皆知，可是在这里，姜太公却无法将这大鱼钓上钩！古之神兽皆以神人为主，可是在这条大鱼这里，此定律却行不通了，可见其自由自在不愿受到束缚的性格特点。最后这一句，可谓是画龙点睛。至此，大鱼可以说是形体神兼具了。

如此力大形广却又性喜自由自在，胸怀扩大的大鱼，作者到底用以“自况”，还是喻指元初那群狂放不羁、肆意任为、不受约束的文人，就不确知了。文学作品中某个形象的产生源自于作者对某一事或人的感触，但作品经过长久地流传，则其所背负的思想内涵随着时间的久远就要深刻广阔得多。此大鱼就是如此。

这支曲子语言诙谐，想象奇特，虚实结合，广用比喻、对比等手法，在状物写景的作品中堪称佳作之一。

【正宫】黑漆弩·村居遣兴

刘敏中

长巾阔领深村住，不识我唤作伧父。掩百沙翠竹柴门，听御秋来夜雨。闲将得失思量，往事水流东去。便宜教画却凌烟，甚是功名了处?

【鉴赏】

据《元史》本传记载，作者一生之中曾有过两次辞官归乡经历，一是桑哥专权之时，时任监察御史的作者劾其奸邪，却得到“不报”的结果，愤而辞官;二是年老辞官,当时作者也已年近七十。从曲中所写的内容看,这是第一次辞官归隐后所作。这首曲子题为《村居潜兴》,曲的前半部分描写的是村居的生活的情景,后半部分抒怀谴时,在抚今追昔之中抒发对现实的忧愤之情。

"长巾阔领"是作者隐居之后的打扮,戴着长巾,身穿阔领的上衣。他穿着平民的衣裳在这深山孤村里居住,"深村"说明居住地点的僻远,环境的幽静,远离尘世的喧嚣和俗念的折磨。穿着简单朴素的衣服行走在山野之间,碰到不认识的人,还以为他是粗鄙的村民。"伧父"指鄙野的村民,是一种含有贬义的称谓。首两句作者的自嘲意味颇浓,身穿平民的衣服,行走在乡间小道之上,又有谁知道你曾是大名鼎鼎的监察御史,昨日的功名富贵不过是身外之物,生不带来死不带走,以此讽刺那些为功名而奔竞的世俗者。

"掩百沙翠竹柴门,听彻秋来夜雨"二句继续描写村居生活:茅屋的不远处是白沙清江,翠竹疏林,可是作者却将柴门掩上,只听那深夜绵绵的秋雨,敲打在屋外的植被之上,敲的是作者的耳鼓,却是打在他的心头之上。愤而辞官的作者,并非心甘情愿地沉浸在田园生活之中,内心深处还时刻关心着国家大事,"掩"字便含蓄地将他的这种心理突显出来。而缠绵秋雨,长久而细微,更容易勾起人的愁绪,在这静听秋夜雨之时,辗转反侧的作者似乎回想起了过去的种种。

"闲将得失思量,往事水流东去"二句便是在闲适的隐居生活下勾起的自省:他在闲暇之时将平生的得与失重新细细地思量了一遍,那荣辱成败的往事如同那滔滔的江水,向东流去,一去不复返。此情此景,作者不由得发出了"便宜教画却凌烟,甚是功名了处"的感叹:即便是将自己的画像刻到了凌烟阁之上,可那里就真的是功名了却之处吗?答案当然是否定的,奸臣桑哥当时就曾得到皇帝的批准刻下了所谓的颂德碑,可那样的人算是功德无量吗?不过是皇帝眼中的功德无量之人吧。"便宜教"

即便、即使之意。“凌烟”即凌烟阁，唐太宗建国后为表彰随身的功臣，建一高阁内绘24位功臣的图像，便是凌烟阁，在此作者用以指代功名成就的一个标准。

这首曲子结构精巧，由景入叹承转自然，格调悲凉沉郁，借描写村居生活来谴时下不正之风，起到了深化主题的作用。

【中吕】山坡羊·叹世

陈草庵

晨鸡初叫，昏鸦争噪。那个不去红尘闹？路遥遥，水迢迢，功名尽在长安道。今日少年明日老。山，依旧好；人，憔悴了。

【鉴赏】

这是一首讽刺追逐功名者的曲子。元代士人求仕不同于唐宋，非常难，即便幸运作了官，地位并不高，在官场之中还要受到种种猜忌和歧视。在如此的社会背景之下，追逐功名之途还如那东流的江水，滔滔不绝，不可不谓可悲！

作者起笔二句“晨鸡初叫，昏鸦争噪”写早晨雄鸡的初叫，黄昏乌鸦毫不停歇的聒噪。乍眼一看似乎与后面的句子并无相关之处，细品则发现作者在这里是以晨鸡之叫和昏鸦之噪来暗喻人们为功名朝夕奔波的现状。“初”和“争”字在这里用得极好，“初”字说明了追逐功名者心之迫切，“争”字则说明了追逐功名过程之中引发的种种丑态。两句皆用暗喻的手法，更易引人深思。

紧接着，作者将笔触放到了遥遥迢迢的名利场之上。在那名利场之上，有哪一个人不是在不停地奔波，一刻都不停歇？而道路遥遥，江水绵绵，在那看不见的尽头，在那向往繁华之地的长安道上，又有多少为求功名利禄的人们在跋涉。“红尘”本是佛家用语，指的是人世间，在这里指纷扬的尘土，比喻热闹喧嚣的名利场。“那个”“不去”“闹”道出了多少人争先恐后地在那名利场上奔波的惨状。“闹”字在这里用得极妙，不仅道出了名利场上的热闹和喧嚣，更道出了众人追逐功名时不择手段的丑态。而遥遥之路，迢迢之水，又有几个人能够到达那长安城之中！“长安”在今陕西西安，是汉唐的都城，这里指京城。

征途无限，而人生有限，所以在不知不觉的追逐功名中，“今日少年明日老”。今日朝气蓬勃的少年，明日耄耋老者，而那长安城还在遥远的前方。作者在这里以“今日”和“明日”的夸张对比，暗示了求官之渺茫，而岁月之蹉跎，白了多少少年头！

最后作者以一个对比作结，“山，依旧好；人，憔悴了。”青山常在，还是那么美好，而人，却在那奔波之途中，早已憔悴不堪了。刘希夷在《代悲白头翁》中言及，“年年岁岁花相似，岁岁年年人不同”，而在这仕途之路上奔波的人们，同样也是如此。青春易逝，岁月不会等人，而在那仕途之道上孜孜不倦的人们，其人生价值又将放于何处呢？无人能说得清楚。

【南吕】金字经

马致远

夜来西风里，九天鹏鹗飞。困煞中原一布衣。悲，故人知未知？登楼意，恨无上天梯！

【鉴赏】

这支无题小令是马致远早期的作品。当年蒙古灭宋统一南北建立元朝之时，有一批知识分子随军来到了江南一带，有功成名就，位居高官者，也有辗转于江南各地，屈就下僚者，马致远就属于后一者。空有满腔报国热情，却无门无路，怎能不叫人愤慨怅然。这支小令抒写的就是作者仕途不畅，投靠无门而沦落天涯的潦倒落魄之状。

“夜来西风里，九天鹏鹗飞”二句写梦境之景：夜很深了，梦乡里，作者像一只展翅高飞的大鹏，正乘着强劲的秋风，翱翔在九天云海之上。这两句借用了杜甫“蛟龙得云雨，雕鹗在秋天”（《奉赠严八阁老》）的意境，以梦中的青云得志，翱翔高空反衬作者现实的无奈和落魄。

“困煞中原一布衣”句便道出了潦倒的现实：梦中虽然美好，但终究只是梦而已，醒来依旧不过是一个困居中原的平民百姓罢了。此句化用了金诗人李汾“东风万里衡门下，依旧中原一布衣”（《下第》）的句意，“中原一布衣”既是作者对现状的描述，同时也是自嘲之语。“困煞”二字不仅表现了作者无奈的沉痛哀嚎，更是将渴望展翅高飞的迫切体现得淋漓尽致。

一个“悲”字将作者仕途的不畅，境况的落魄倾盆道出。可是内心极度的失望还是无法排解，最终只能寄希望于与“故人”对话得以解脱。“故人知未知”，故人是否能理解作者现在的境况，故人“知不知”作者的迷惘、沉痛和无助，不得而知，只得对天发出“登楼意，恨无上天梯！”的感叹：心里有登楼的意愿，可恨却没有上天的梯子。“登楼意”在此化用了东汉末年王粲之故事，当年王粲为避董卓之乱而依附荆州刺史刘表，无奈未得重用，郁郁寡欢，作《登楼赋》以明志抒怀。作者借以表达自己无人赏识，郁郁不得志的状况。

古时文人入仕主要有两种途径，一是参加科举考试，二是官员推荐。在元代初期，科举考试一度停滞，而官场也较为混乱，在此种情况之下，作者空有兼济天下顾苍生的雄心壮志，却投靠无门，伯乐难寻，沦落在下层幕僚之列，怎能不叫他悲怆！本曲末两句即是抒发了他的此类感情。

【南吕】四块玉·马嵬坡

马致远

睡海棠，春将晚，恨不得明皇掌中看。霓裳便是中原乱。不因这玉环，引起那禄山，怎知“蜀道难”！

【鉴赏】

马致远以“四块玉”为曲牌名共作了十支小令，每支咏一个历史故事或故事传说。这一支小令咏的是唐代马嵬坡事件。当年唐玄宗宠爱杨贵妃，荒淫无道，酿成大祸，导致了安史之乱的发生，叛军直逼京城，仓皇中唐玄宗带着杨贵妃逃往四川，途经马嵬坡时，随行的禁卫军发生政变，要求玄宗杀死杨贵妃以平天下民众的怨气，无奈之下，玄宗只好被迫缢死杨贵妃。

“睡海棠，春将晚，恨不得明皇掌中看”三句写出了杨贵妃惊人的美貌和唐玄宗对其的溺爱：那杨贵妃就如同暮春时节的睡海棠般娇媚，美艳动人，娇态可人，勾得那玄宗恨不得把她放在掌中，可以时时赏玩。这里以“睡海棠”喻杨贵妃，贴切形象，再加一句“春将晚”，更显其可贵，以致于玄宗“恨不得”将她放在掌中以便随身携带。“恨不得”、“掌中看”更是道尽了玄宗对杨贵妃的万般宠爱,可是结果又是怎样的呢?

“霓裳便是中原乱”,这万般宠爱,荒淫好色之为给世间百姓带来的不过是中原乱的结果罢了。“霓裳”即《霓裳羽衣曲》,相传杨贵妃非常善于跳此舞。你唐玄宗是尽享美人福,阅尽天下美妙舞姿,仿佛生活在幸福美满的仙界之中。可毕竟是一国之君,如此昏庸无能,长久以往带来的就是安史发动战乱,人民处在水深火热之中,苦不堪言。

因而作者以史为鉴,指出“不因这玉环,引起那禄山,怎知‘蜀道难’!”如果不是因为这个杨玉环勾得皇帝荒淫无度,不问政事,又怎会引起那安禄山的起兵造反,唐玄宗又怎会在仓促之间逃往四川,明白蜀道难,难于上青天的道理!作者将祸国殃民的责任全归咎于杨贵妃有失公允,但古人对君王的劝诫一般都是通过旁敲侧击的方式,作者在此以杨贵妃之为不过是想劝诫今世之君,莫要荒淫昏庸误国!末三句均是三字句,“不因”、“引起”、“怎知”在此均是衬字,使得劝诫之效果更为明显,对因荒淫享乐引起误国之实也更为触目惊心。

这支小令,语言精炼,篇幅简短,如行云流水般流畅自然,前半部分叙事,后半部分议论,在叙事的基础之上抒发议论,使得结论更具说服力。

【南吕】四块玉·天台路

马致远

采药童,乘鸾客,怨感刘郎下天台。春风再到人何在?桃花又不见开,命薄的穷秀才,谁叫你回去来?

【鉴赏】

作者以“四块玉”为曲牌名共作了十支小令，每支咏一个历史故事或故事传说。这是其中的一首，用的是刘晨、阮肇入天台的故事传说。这个传说讲的是东汉末年，剡县人刘晨、阮肇到天台山（今浙江省东部）去采药，遇到二位仙女并与其结为夫妇，在山上共同生活了半年，后因思念故乡而下山，发现所见之景大异，无人可识，子孙已经过了七世。

马致远这支小令即借咏这一故事传说，表达了对黑暗现实的厌恶之情，以及对安定幸福、和平美满的世外桃源生活的向往之情，这与作者身处的社会现实不无相关。元统治者在马上打出了天下，打出了中国历史上最为宽广的政治疆界之一，可是治国却不如其打仗般精通，任用奸臣，实行民族歧视政策，朝廷腐败，民不聊生。而在这样一个社会背景之下，作者作为一名忧国忧民正直的文人，对和平与宁静的美好生活的愿望可谓非常强烈，愿望越强烈，对动乱的社会现实愈发厌倦，这支小令表现的就是这种情绪。

“采药童，乘鸾客，怨感刘郎下天台”三句以简短的语言道尽了刘晨的传说：本是采药童子的刘晨，在天台上采药却遇见了仙女，与其结为夫妇成为了乘驾鸾鸟的仙客，可是他却因为思念故乡而下了天台山，返回了凡间。“怨”字道出了作者对刘晨返回浑浊凡间的不认同，神仙美眷，无帝无臣，如此和平美满的世界竟然不如肮脏的人世，令人选择回乡，真是可惜！

你看，他回到了故乡，看到的又是什么呢？“春风再到人何在？桃花又不见开”，春风还是如当年般轻拂众人的脸庞，可房屋俱改，熟悉的人儿却都已不在，桃花也不见再次开放，凡间七世的变迁已在半年的仙境生活中悄无声息地流逝了。如此萧条凄凉的春景又怎能和四季如春的仙界相比！抛下如花美眷，看到的却是如此衰败悲凉之景，不知刘晨内心充斥的是惊愕还是悔恨!

“命薄的穷秀才,谁叫你回去来”二句便是作者对刘晨的调侃,你这个命薄无法享福的穷秀才啊!谁让你又回去了?同时也表现了作者对现实的不满和激愤,和对美满安宁生活的向往之情。“四块玉”的定格句式为三三七七、七、三三。那句中“命薄的”,“谁叫你”便是衬字,使得句子读起来更显活泼,作者对刘晨的调侃嘲讽之味也更为深刻。

【南吕】四块玉·巫山庙

马致远

暮雨迎,朝云送,暮雨朝云去无踪。襄王谩说阳台梦。云来也是空,雨来也是空。怎捱十二峰?

【鉴赏】

马致远以“四块玉”为曲牌名共作了十支咏史怀古的小令,这是其中一首,咏的是怀王巫山云雨,襄王却怅然而归的故事传说,抒发了世事无常,恩爱难久的感慨。

宋玉《高唐赋》与《神女赋》云,楚怀王曾游高唐,累了便在巫山处歇息,梦见一女子对其说,“妾巫山之女也,为高唐之客。闻君游高唐,愿荐枕席。”怀王于是在梦中与该绝色女子一夜风流,临别之际,女子说道:“妾在巫山之阳,高丘之阴,旦为朝云,暮为行雨,朝朝暮暮,阳台之下。”怀王在次日清晨观赏巫山,果然看到云雨,故特在巫山修建了一座名为“朝云”的庙宇。怀王之子襄王后亦到巫山游玩,这个风流浪子希望也能遇到同父亲般一夜风流的好梦，然襄王有意，神女无心，神女只是尽情展示自己的美丽，并无其他表示，致使襄王怅然而归。巫山云雨一说经后人不断使用，最后演变为男欢女爱之意。

"暮雨迎，朝云送，暮雨朝云去无踪"三句描写巫山之暮雨朝云：暮雨相迎君王的到来，朝云相送君王的离去，可暮雨朝云来去却毫无痕迹，令人把握不定。怀王之时，暮雨迎，朝云送，神女梦中聚。可襄王之时，皆是暮雨朝云相迎送，可梦中神女却不见踪影。所以才有了"襄王谩说阳台梦"之说，此句本为五字句，"谩说"在此为衬字，用以否定襄王所谓的梦中欲与神女相会之事。最后作者抒发由此事引出的结论："云来也是空，雨来也是空。怎捱十二峰?"言之云雨皆是空灵之物，又怎能度过那高耸的巫山十二峰。连续两个"也是空"，不仅补充说明了前面云雨的"去无踪"，还表现了世事无常，所谓男欢女爱不过虚无，无法长久的感叹。也正是如此，才导致襄王怅惘不已，败兴而归。

这支小令因"暮雨"、"朝云"、"空"字的重复，"谩说"、"也是"、"怎捱"等衬字的使用，使得整首曲子弥漫着一股扑朔迷离的空灵感。

【越调】天净沙·秋思

马致远

枯藤老树昏鸦，小桥流水人家，古道西风瘦马。夕阳西下，断肠人在天涯。

【鉴赏】

这支小令是作者的代表作之一，写秋景，道秋思，意境极好，无怪乎周德清在《中原音韵》中称其为“秋思之祖”。而在元代，以“天净沙”为曲牌名作的小令数量颇丰，如元人盛如梓《庶斋老学丛谈》中记载，有无名氏者以“天净沙”曲牌名作一无题小令，原文如下：“瘦藤老树昏鸦，小桥流水平沙，古道西风瘦马。夕阳西下，断桥人在天涯。”再如白朴的《天净沙·秋》：“孤村落日残霞，轻烟老树寒鸦，一点飞鸿影下。青山绿水，白草红叶黄花。”至于这几支小令是谁影响谁，在此就只疑不论了。

曲的内容十分简单，写的是一个羁旅者目之所见，勾勒出一幅绝妙的秋景图。深秋的一个傍晚，一位漂泊天涯的浪子骑着一匹瘦马，迎着西风，在古道之上奔波。路旁是一颗枯藤缠绕的老树，在上面栖息的乌鸦不时发出几声长鸣，再远处是一条小河，河上架着一座形状小巧的桥，许多人家依河而建，夕阳西下，房屋上方飘起丝丝炊烟，那是家的味道，可是浪子的家在哪里呢？他很想回家，可是身上的重负太过于沉重，又怎能想回就回呢？夜色降临，前方的路已经开始模糊不清，家家户户都点起了青灯，他却还在天涯之路上，无法停歇。

都说“秋风秋雨愁杀人”，曲中虽无秋雨，可是那黄昏稍显冰凉的秋风，眼前枯萎的藤蔓，秋风之中瑟瑟发抖的老树，以及发出呱呱凄凉之声的乌鸦，同样也能愁杀人，更何况是浪迹天涯的游子，这秋日萧瑟悲凉的氛围更是刺激游子胸口一阵阵疼痛。此情此景，令他衍生出“断肠人”之叹：夕阳已西下，为何断肠人却还要在天涯之路上漂泊，漂泊……

那个断肠人是作者自己，也是同样失意的人儿。作者一生漂泊流离，长久屈从下僚，中年入仕，最终却因看不惯官场的腐朽和黑暗，辞官归隐。这首散曲即是其未入仕时的作品，失意、无奈、孤独，万般愁绪被那落叶满天飘的秋景触发而出，但千言万语涌到嘴边，却化为简单的“夕阳西下，断肠人在天涯”。何时方能逃离这天涯之道，那悲鸣的乌鸦不能告诉他，那棵老树，枯藤更不能，所以他只能继续前行，有目的却无方向地继续向前奔波。

【双调】湘妃怨·和卢疏斋《西湖》

马致远

春风骄马五陵儿，暖日西湖三月时。管弦触水莺花市，不知音不到此，宜歌宜酒宜诗。山过雨颦眉黛，柳拖烟堆鬓丝。可喜杀睡足的西施。

【鉴赏】

西湖的胜景美名，与北宋苏轼分不开，他曾作诗一首，曰“水光潋滟晴方好，山色空蒙雨亦奇。欲把西湖比西子，淡妆浓抹总相宜”（《饮湖上初晴后雨》），从此，后世文人墨客就以西施之美来喻西湖的美丽。马致远的这首《湘妃怨·和卢疏斋<西湖>》也是如此，将西湖形容为那绝世美人西施。

这首曲子描写的是春天的西湖。首句颇有新意，写西湖，有的文人开笔就会描写西湖的景色，而作者却另辟新径，写春天里西湖的热闹人群。和暖的春风轻拂，整个西湖都呈现出暖洋洋的气氛，而西湖的堤上，大道上，多的是那些骑着高头大马，身穿锦衣绣裳的富贵子弟，在众多游人之中引人注目。“五陵儿”本指汉朝五座皇帝的陵墓，分称长陵、安陵、阳陵、茂陵和平陵。但在修建陵墓的时候皇家曾将权贵富豪家族迁移至陵区内，后世据此以其指代富贵子弟。“暖日西湖三月时”句点出了时间和地点：三月西湖阳光温暖的一日。

“管弦触水莺花市”句写游人的活动:奏乐者吹着管弦,那音乐掠过水面,飘散到湖边街市莺花丛中。作者在此选取了西湖活动中最具表现力的奏乐来进行描写,为西湖之美配上动听的伴奏。“触”字在此用得极妙,化无形为有形,生动传神地描绘了那美妙的音乐声拂过水面,飘散到四方的情状。“不知音不到此”句进一步说明音乐的动听:不是知音不能体会如此乐境啊!而作者作为“知音”,在享受如此迷人的风景,如此动听的乐声之后,忍不住发出了“宜歌宜酒宜诗”的感叹:西湖风景实在是太美了,能够触发游人诗酒吟唱的冲动啊!

“山过雨颦眉黛,柳拖烟堆鬓丝”二句终于直接对西湖美景进行描写:远处那座刚承受雨水洗礼的青山更显青翠,如同美人那皱起来的浓密眉头,近处湖堤边如烟般的杨柳像美人蓬松茂密的头发。“山过雨”即雨后的山。“颦”“拖”“堆”字在此都用得极妙,形象传神地再现了山之形状和杨柳随风摆动的情状。作者通过选取西湖的山和湖边的杨柳进行描写,并连续用了两个比喻来形容西湖山柳的娇媚动人。西湖的美景如此迷人,以至于作者认为其“可喜杀睡足的西施”。西施本就够美了,而睡足了的西施更添神采,可就算如此,西湖的美景已经能够“喜杀”容光焕发、神采飞扬的西施,可见西湖之景是多么惊为天景!

【双调】清江引·野兴

马致远

绿蓑衣紫罗袍谁为你?两件儿都无济。便作钓鱼人,也在风波里。则不如寻个稳便处闲坐地。

【鉴赏】

作者以《清江引·野兴》为题作了一组小令，共八支，这是其中一支。这支小令以隐士和官员为例，指出功名利禄皆是隐者和为官者所追求的，表现了那些以归隐之名行提升名声之实的假隐士的鄙视之情。作者青年时以“佐国心，拿云手”为政治抱负，热衷功名，但仕途坎坷，中年时才得以从政，但社会太过于黑暗，朝廷太过于腐败，最终辞官归隐，他的政治理想一生都未能实现。波折的人生经历给他的思想带来了一定的影响，故曲中所表现的远离红尘，寻求超脱成为一个真正的隐士的思想也很正常。

“绿蓑衣紫罗袍谁为主？两件儿都无济”二句直言隐者或为官之人都是一样，为的都是功名利禄：穿绿蓑衣或穿紫罗袍都为了什么，两种人都没意思。“绿蓑衣”在古代文学作品中象征的是渔樵隐士，“紫罗袍”是高官达贵的象征。“谁为主”即为了什么，“无济”即无用，无济于事之意。成为人上人，享受荣华富贵是人最本能的一种追求，而这里为何连“绿蓑衣”，即那归隐山中的人作者也都认为是“无济”呢？

“便作钓鱼人，也在风波里”二句便对其进行了解释：原来你就算穿上绿蓑衣成为一个钓鱼人，不过是颠簸在风波里。“钓鱼人”指的就是渭水边钓鱼以求明主赏识的姜子牙了。“风波”一般用来隐喻世事变迁，富贵无常。那些出仕无望，或在仕途之中饱受挫折的人一直以来都把姜太公作为榜样，即在隐居之时被明主发现，后辅佐其成就大业，自己也紫袍加身荣华富贵一生，并延及子孙后代。故作者非常鄙视那些以归隐为名，实求名声以获功名的行为。那些光明正大为求功名的奔竞者可恶，而那些假隐士更可恶。

表达对那些未当官的和已经当官了的人的鄙视后，作者得出了“则不如寻个稳便处闲坐地”的结论，与其和那帮人同流合污，还不如寻找一个安安静静的地方闲坐着，放空思绪，世间万般俗念不如吾脑！元代初期社会已非常黑暗，而看透世态炎凉，看尽人生百态的作者这种寻求真正超脱的思想也正是在其人生经历之上衍生而出的。

【双调】寿阳曲·远浦帆归

马致远

夕阳下，酒旆闲，两三航未曾着岸。落花水香茅舍晚，断桥头卖鱼人散。

【鉴赏】

这首散曲与《山市晴岚》、《潇湘夜雨》一样，均为直接沿用潇湘八景之旧题，描写的是江村美丽暮景和渔民的闲适生活，向读者勾勒出一幅淡雅而宁静的江村晚归图。

“夕阳下”点明时间，此时已经是百鸟归林，众人归家的傍晚时分了。“酒旆闲”句则是傍晚时的情景，白日里迎风飘扬的酒旗也停了下来。此句以酒旗写酒店的宁静，傍晚来临，在外的人们大多都回家了，所以白日里热闹不已的酒店此刻显得十分宁静。“酒旆”即酒店的旗子。这是作者所见之近景。“两三航未曾着岸”句依旧还是江村夕阳西下时的情景：四周逐渐安静下来，光线也逐渐变暗，外出捕鱼的船儿们基本都回来了，还剩几艘船儿未曾靠岸，远远看上去，只有小小的两三个黑点漂浮在江面之上，以及传来隐约的橹声。“航”即船之意。这里是目之所见的远景。首三句点出时间，并将远近静结合起来，营造了一个宁静闲适的氛围。

“落花水香茅舍晚，断桥头卖鱼人散”二句将放远的镜头拉回，继续描写江村之暮景:渔村周边栽种了许多花,空气中弥漫着一股浓郁的花香味,靠近花儿的水似乎也沾染上些许香味,茅舍里的油灯一盏一盏开始点亮,在那断桥头上卖鱼买鱼的人群此时也已经散去。曲中没有描写那些归航的渔船如何卸货,也没有描写整个江村的喧闹景象,更没有写行人如何归家,而是将画面停顿在断桥头上卖鱼人群散去的瞬间,通过断桥头这么一个点来烘托出江村之前所沉浸在的热闹环境,而此时,似乎之前的热闹和喧哗已不复存在,世间万物都融化在那愈发浓厚的夜色之中,只剩下香甜的花香味散发在断桥头、江村的空气里,一切都很安静和宁谧。

这首曲子通过对酒旆、两三航、落花、茅舍、断桥头、江面等景物的描绘,再加以夕阳西下的背景,勾勒出一幅闲适宁静的江村图。如此安静而平淡的渔村生活,对于常年在外奔波漂泊的作者而言,正是其内心深处所真正向往的吧。

【双调】寿阳曲·山市晴岚

马致远

花村外,草店西,晚霞明雨收天霁。四周山一竿残照里,锦屏风又添铺翠。

【鉴赏】

宋代画家宋迪曾以潇湘风景作了题为平沙落雁、远浦帆归、山市青岚、江天暮雪、洞庭秋月、潇湘夜雨、烟寺晚钟、渔村夕照的八幅画,作者以这八幅画的名称为题,以“寿阳曲”为曲牌名作了八支小令,可见小令中所描绘的是潇湘之地的风景。这是其中一首,写傍晚雨过天晴后的山村风景。

傍晚时分,雨过天晴,天空明净如洗,在那山花烂漫的山村之外,乡野酒店的西边,七彩晚霞将半边天照得绚烂迷人。夕阳西下,山村周围山峦围住,笼罩在一片祥和的夕阳余晖里,像四面锦屏风般摆在山村的四周。那刚被雨水洗礼过的群山,此时看起来更显青翠,阳光夕照,水气蒸发上升形成了淡淡的雾气,加之那绚丽多彩的天边晚霞,使得那锦绣般的青山如同添铺了一层鲜艳的颜色,愈发明亮多彩。而酒店前迎风飞舞的那面酒旗,有一半笼罩在阳光下,一半躲在阴影中,一幅绝美的雨后乡村风景画展现在读者面前。

这首曲子,句句景语,句句也都在点题。首句点"山",是自然淳朴、山花烂漫的小山村,可是画面不仅局限在山村之中,还将其引出了山村之"外"。次句点"市",用茅草盖成的酒店,不论结构如何,其功能还是供酒卖酒,是一处具有商业性质的"市"。第三句点"晴","晚霞"和"明"都是晴的表现,"雨收天霁"更是晚霞和明的原因,此句乃眼中所见。第四句点"晴"和"岚","四周山"和"一竿"都沐浴在雨后残阳的照射之下,雾气弥漫,四周山和酒旗在其中忽隐忽现。第五句也是与"晴岚"有关,是对"四周山"的进一步描写,郁郁青青的山色,迷蒙的雾气,还有那天边的晚霞,使得那四周的山峦如同四面锦屏风般立于"花村外,草店西"。

这首曲子意象丰富,意境明亮多彩,由里至外描绘了一幅山市晴岚图,极具自然美。曲虽重点写"晴岚",但也同时兼顾花村、草店、酒旗、晚霞和山色等,众多景物融合在一起密不可分,缺一不可,少了某类景物那股绝妙的自然韵味便逊色不少。

【双调】寿阳曲·潇湘夜雨

马致远

渔灯暗，客梦回，一声声滴人心碎。孤舟五更家万里，是离人几行清泪。

【鉴赏】

作者以“寿阳曲”为曲牌名作了多支小令，其中有八支小令名称与宋代画家宋迪所作的潇湘八景完全一致，意境和内容上却赋予了新意。作者一生大部分时间都处在漂泊和流浪之中，就算后来出仕，也是官运曲折，并未停止奔波的脚步。《潇湘夜雨》这支小令描写了潇湘的夜雨，抒发了客居他乡游子的羁旅乡愁。“潇湘”亦称为湘江，实指湘江中游与潇水汇合的一段。

“渔灯暗”点明了时间和地点，是作者目之所见：江上的渔火越来越暗，说明此时夜已经很深了。“客梦回”解释了为何深夜不眠，原来是从梦中惊醒过来。作者没有写梦之内容，但是其梦醒之后却难以再次入眠，说明梦中之景甚是触动他的心弦。“客”是作者的自称。“一声声滴人心碎”句写“梦回”后的所闻所感：那一声声夜雨滴得不眠人心都碎了。夜雨本就容易勾起人的诸多愁绪，更何况听在羁旅他乡的游子耳中，愈发悲凉。那雨不仅是滴在船舱之上，还听在孤独的作者耳中，更打在他的心上，敲得他心都碎了。“心碎”二字可以说是本曲的基调，因雨声而触动羁旅乡愁，进而心碎难眠。

“孤舟五更家万里，是离人几行清泪”二句便是阐述了“心碎”的原因，抒发了作者的思乡之情：此时已经是五更天了，作者独自一人躺在这离家万里、孤零零的小舟之上，耳中传来的不是雨滴声，而是远离故乡之人因思乡而滴下的思念之泪。“孤舟”句通过空间的遥远、夜之深和舟之孤零来渲染思乡人的孤独寂寞之感，孤舟就罢了，此时还是五更天，离家更是有万里之远，此景此情使得作者的思乡之情愈发浓烈，以至于“离人”滴下了“几行清泪”。都道男儿有泪不轻弹，只因未到伤心处。作者在这深夜的潇湘上，夜雨绵绵，孤舟在广阔的江面之上随波轻荡，内心那无处排遣的羁旅乡愁终于驱使他泪如雨下，那几滴清泪是离人思乡之泪啊！

这首曲子基调暗淡伤感，以“心碎”为主题，描写了作者旅途之中因雨而产生的孤寂感和思乡之情。那沉重的感情，使得曲外的读者也不禁为其掬一把同情之泪。

【双调】寿阳曲

马致远

云笼月，风弄铁，两般儿助人凄切。剔银灯欲将心事写，长吁气一声欲灭。

【鉴赏】

这是一首描写思妇愁苦心绪的散曲。

“云笼月，风弄铁”二句写景：乌云笼罩着月亮，晚风吹动着挂在屋檐下的响铃，发出叮当响声。“铁”即檐马，是悬挂在屋檐前的铁片，风吹会相互撞击发出清脆的响声。这两句通过声色描写渲染了昏暗惨淡的意境，烘托出女主人公凄苦无助的心情。夜深人静月朦胧，再加上这屋外叮当作响的响铃，“两般儿助人凄切”，使得屋内形单影只、独守长夜的女主人公心神不宁，凄凉伤感的感觉愈发浓重。“两般儿”指的是“云笼月”和“风弄铁”。“助”字更是说明了女主人本就伤感已久，而这昏黄的夜，铁片撞击的声音使得这股伤感情绪更加沉重。首三句一出，一幅悲凉孤寂的画面出现在读者眼前：夜已经很深了，月亮被云层所遮盖，一片黑暗，晚风轻拂，吹得屋檐下的响铃一直发出声音。屋内灯光昏暗，女主人公时站时坐时卧，听着那扰人的铃声，望着那时隐时现的月亮，思念着远方的良人。

夜越深，女主人公焦躁伤感的情绪越浓，最后只好起身把灯芯挑了一下让屋内的光线更亮一些，想把自己所有的思念、悲苦、忧愁都写下来寄给远方的良人，可千言万语到了嘴边却还是无法下笔，最后却长叹一声欲将灯吹灭就寝。“银灯”即锡灯，因其色白而通称银灯。“长吁气一声欲灭”句更将女主人公欲吹不忍，不吹却又难以下笔，欲说还休的矛盾心情刻画得入木三分。曲子就在那长叹声中结束了，而正是这种言不尽意不绝的写法，却更容易勾起读者的思考。女主人公长叹一声，欲灭银灯，可最后她把灯吹灭了吗？还是放弃吹灯行为，重新提笔将满腹心事写在纸上，是灭是留都给读者带来了无限的想象空间。

这首曲子感情描写细腻真切，用短短的五句话二十八个字生动逼真地描写出女主人公曲折变化的复杂心理，特别是末句，写得尤为成功，把女主人公的爱恨怨愁都写了出来，更有种意味深长的味道。

【双调】拨不断

马致远

菊花开，正归来。伴虎溪僧、鹤林友、龙山客，似杜工部、陶渊明、李太白，在洞庭柑、东阳酒、西湖蟹。哎，楚三闾休怪！

【鉴赏】

作者青年时仕途坎坷，经历蹉跎，在多地漂泊，中年方中进士，后在京城任工部主事，晚年时不满腐朽的朝廷，辞官归隐，过着“林间友”、“世外客”的闲适生活，似乎看破了世俗名利。这支小令即是作者归隐后所作，描写了闲适自得的田园生活。

“菊花开，正归来”典出陶潜辞官归乡之故事，点出归隐的事实，表明作者在菊花开放的时候，回归田园生活之中。一生坎坷的作者，中年之后归隐之心常浮现在心头，最终实现归隐之行时已是晚年。

中间“伴虎溪僧、鹤林友、龙山客，似杜工部、陶渊明、李太白，在洞庭柑、东阳酒、西湖蟹”这几句是鼎足对，将几组人物并排放在一起表明隐居生活的美好：这隐居生活多么美妙，有虎溪的高僧、鹤林的好友、龙山的名士相伴，像杜甫、陶渊明和李白般在大自然中饮酒赋诗，还能吃上洞庭湖的柑橘、西湖的螃蟹，喝上金华的名酒，好不惬意！“虎溪僧”指晋代庐山东林寺的高僧慧远。寺前有虎溪，高僧迎来送往从未踏过虎溪，可以说是一名真正的隐居高士。“鹤林友”指五代道士殷天祥，相传他曾在重阳节时在镇江鹤林寺作法使春天的杜鹃花绽开。“龙山客”指晋代名士孟嘉，生平荣辱不惊，行为泰然自若，受到世人的赞叹。“杜工部”即唐代诗人杜甫。“洞庭柑”指江苏太湖洞庭山所产的柑橘，是当地的特产。“东阳酒”也称金华酒，产自浙江金华，是当地的名酒。“西湖蟹”即杭州西湖的肥蟹，肉鲜味美。

但是世人之中依旧有不理解作者选择的，面对质疑声，他也仅是说哎，“楚三闾休怪！”楚大夫你不要怪我的选择啊！任楚国三闾大夫的屈原当年面对腐朽的楚国当朝无力挽回也不愿同流合污，最终选择了投江自尽。而作者面对元代统治阶级的腐败，社会的黑暗时与楚大夫一样忧国忧民且无力回天，但他选择的是归隐而不是自尽，表明了对元统治者的失望和放弃，同时也放自己一条生路，过起了闲适自得的隐居生活。

屈原选择投江自尽以表示自己的忠心和清白，作者选择给自己松绑归隐田园，二者并无可比性，自有其理由，但踏上归隐之路不得不说确是一种较为变通的选择。

【正宫】鹦鹉曲·山亭逸兴

冯子振

嵯峨峰顶移家住，是个不唧溜樵父。烂柯时树老无花，叶叶枝枝风雨。(幺)故人曾唤我归来，却道不如休去。指门前万叠云山，是不费青蚨买处。

【鉴赏】

作者以白贲《鹦鹉曲》原韵和了三十八首小令，这是其中一首，描写的是隐居之逸，塑造了一位遗世弃俗选择隐居山林的士大夫形象。“山亭”即山中之亭，“逸兴”即乐趣。

“嵯峨峰顶移家住，是个不唧溜樵父”二句告诉我们这位隐士是半路选择归隐，把家移到了这山势高峻的峰顶上居住，因是半路归隐，所以砍柴、打猎、做农活都显得不是特别利索，显得有些笨拙。“移家住”说明主人公是半路出世；“不唧溜”即不精明、不利索之意；“父”在古代是对德高望重的年长者的尊称，这位隐士虽干活不行，但学识渊博，谈吐不同于常人，故在隐居之地威望很高，受到人们的尊敬。

“烂柯时树老无花，叶叶枝枝风雨”二句描写隐居的生活：他每日一有时间便在那山亭之内摆弄围棋，身边相伴的是一棵不开花的千年老树，因岁月侵蚀，风雨摧残，老树的枝叶已日渐稀疏。“烂柯”意为腐烂的斧柄，指代围棋，《述异记》记载，晋王质进山砍柴，在一山亭内看到两个童子在下棋，便在旁边观看，一局完毕，他随身携带的斧柄已经腐烂，回到家才发现时间已经过了一百年。“叶叶枝枝风雨”句不仅是对无花老树的描写，更是隐射了隐士生活的简陋凄苦。

隐士虽然选择了归隐山水之中，但朝中依旧还有许多位居高位的故人，他们知道隐士生活的简陋和凄苦后，都来到山中呼唤隐士回去。“故人曾唤我归来”即故人们曾经来到这里唤我回归朝廷，可与朝廷内的相互倾轧、勾心斗角相比，山中的风雨和猛兽似乎都算不上什么，这里生活平静，人心简单，简直是世外桃源，所以隐士“却道不如休去”。“不如休去”这里虽然清贫，但是还是不回去比较好啊！

“指门前万叠云山，是不费青蚨买处”二句便是说明了为何“不如休去”的原因：你看这门前层峦叠嶂的青翠山峦和满空绚丽多彩的云层，充满了无限的山林乐趣，是不用花钱就能享受到的。在朝廷中，却是花钱也买不到这种心旷神怡的乐趣。这两句进一步烘托了归隐之乐。“青蚨”指钱。晋干宝《搜神记》记载，青蚨是一种水虫名，形状像蝉，在草叶上产子，若取其子，不论多远母虫随即飞来。若以母虫血涂在钱币上，钱能自动飞回。

【正宫】鹦鹉曲·野渡新晴

冯子振

孤村三两人家住，终日对野叟田父。说今朝绿水平桥，昨日溪南新雨。〔幺〕碧天边岩穴云归，白鹭一行飞去。便芒鞋竹杖行春，问底是青帘舞处？

【鉴赏】

这支小令描写了一位隐者的所见所闻和所为，勾勒出一幅景色宜人的山村图，表达了作者对隐居生活和大自然的喜爱之情。从此曲创作的背景看，这首曲子创作时作者乃留寓京城之时，故曲中的主人公并非作者自指，而是一位移居到此的隐者。“野渡新晴”即孤村渡口雨后初晴的美景。

“孤村三两人家住”点出主人公隐居的地点是在一个只有两三户人家的孤村渡口，村小人少，隐者终日面对的不是农村淳朴的老人，就是德高望重的农夫。“父”在古代是一种对品性高尚、德高望重的人的尊称。首两句点出了隐者生活的环境和生活圈子，点题中的“野渡”。

乡村人心淳朴，并无朝廷之内的勾心斗角，每日在村头桥尾相遇谈论的不过是今日的天气和种植的作物。主人公一早出门，碰到邻居，聊的是“今朝绿水平桥，昨日溪南新雨”，即谈论昨天溪南的一夜大雨，今天早上绿水已经涨到了桥面上。这两句不仅是以雨后来衬“新晴”,更体现了孤村生活的单纯和平静,无是无非,与人心险恶的官场形成了鲜明的对比。

主人公走过桥头,走到村口,抬头往天上看,发现“碧天边岩穴归云,白鹭一行飞去”,这两句是雨后新晴之景:雨后的万里晴空,天边的岩穴是云彩们归去的地方,一行白鹭向着蓝天飞去。受眼前广阔而宁静的景色影响,似乎我们的主人公的胸襟也有如那蓝天白鹭般,宽广无边,似乎所有的俗念都离他远去。

此豪情此胜景又怎能少了酒呢,于是主人公“便芒鞋竹杖行春,问底是青帘舞处?”他穿着草鞋,拄着竹手杖,乘兴外出游春寻找何处才是酒旗招展的地方。“底是”即哪里是、何处是;“青帘”即酒店的旗子。古时归隐之乐,在于两件事物,即山水边饮酒赋诗。有酒才有赋诗的灵感。故主人公趁着这美好的雨后新晴的天气,外出打听哪里有酒喝去了!

沉浮官场太久的人,对归隐总有着一股莫名的仰慕之情,在于世态之浑浊,人心之肮脏,向往那真诚自由的世界。作者即是如此,借描写隐居之乐,表达对回归大自然的向往之情。

【正宫】鹦鹉曲·别意

冯子振

花骢嘶断留侬住,满酌酒劝据鞍父。柳青青万里初程,点染阳关朝雨。(幺)怨春风雁不回头,一个个背人飞去。望河桥敛衽频啼,早暮到长亭短处。

【鉴赏】

历代以离愁别恨为题材的作品数量很多，冯子振这首描写离别场面的小令在内容和结构上都颇具新意。

上片首两句写离别场景：男子此时已经跨上马背，而骏马似乎闻到了准备出发的信号，在那嘶鸣不已，蠢蠢欲动。突然嘶鸣声断了，一位女子手持一杯满酒站在马前，劝男子干了这杯酒，从此就是劳燕分飞不知何时方能再见。曲中没有点明男主人公的身份，也未点明他此次出发的目的地，仅以“据鞍父”指代。

等男子喝完了那杯酒，女子唱起了哀伤缠绵的《渭城曲》。朝雨刚过，将那杨柳清洗得愈发郁郁葱葱，情人你就要离开这里，前往如离别曲中所唱的阳关般遥远荒凉的地方，前进之路迷茫，不知再次相见是在何时。“万里初程”表明了路途的遥远。“柳青青万里初程，点染阳关朝雨”典出王维的“渭城朝雨浥轻尘，客舍青青柳色新。劝君更尽一杯酒，西出阳关无故人。”(《送元二使安西》)，以“朝雨”、“柳青青”和“阳关”进行对比，用以突显女子的依依不舍之情。

下片首两句借景抒情。春天本是万物复苏，生机勃勃的季节，可在与心上人即将分别的女子眼里，一切事物都蒙上了一层伤感的颜色。你看那秋来春去的雁儿，在春风吹到这里的那一刹那，就不回头地“一个个背人飞去”。大雁迁徙本是自然规律，女子却借此说明男子在春季离开的事实，虽然她也明白男主人公的不舍，但分离却是一个不能更改的事实，别时容易见时难，于是口吻中不能自已地带有些许抱怨之情。情之深，恨之切啊！

“望河桥敛衽频啼，早蓦到长亭短处”两句继续描写离别场景。女子还在和情人细细诉说了自己的深情和不舍之意，猛一抬头，却看到河面的浮桥就在不远的前方，知道是长亭已即将到了，真正的分别时刻即将来临，顿时忍不住失声啼哭，又怕增添情人的伤感情绪，赶紧敛起衣袖，频频地擦去流下的眼泪。内心不知有多么怨恨这长亭之路为何如此短暂！“早蓦”生动地再现女子与情人交谈过于专心，以至于一抬头看到浮桥就在前方时惊愕悲伤之状。

这首曲子上下两片皆是描写女子不舍之情，男子的情绪却没有直接倾诉。但从送别场面和女子愈发激动的情绪来看，男子的离愁别恨也完全不亚于女子。

【正宫】鹦鹉曲·赤壁怀古

冯子振

茅庐诸葛亲曾住，早赚出抱膝梁父。笑谈间汉鼎三分，不记得南阳耕雨。〔幺〕叹西风卷尽豪华，往事大江东去。彻如今话说渔樵，算也是英雄了处。

【鉴赏】

元代时佛教、道教思想盛行，许多出世、虚无的影响在众多文人中存在，作者就是其中一员，他崇尚道教，并以道家的眼光对诸葛亮进行了评价。这支怀古伤今的小令即是其作，以怀诸葛亮之事来抒发自己的感叹。“赤壁”在今湖北蒲圻县长江南岸，因三国时的赤壁之战而闻名。

历代以诸葛亮为追怀对象的作品不少，最为出名的应是杜甫的《蜀相》，对那次战争和诸葛亮极尽赞美之词。但是在作者笔下，却以道家的眼光来品读诸葛亮的功德，展现了与旧人不同的观点，别具新意。

诸葛亮在出仕之前一直在南阳郡邓县（今湖北襄阳）西南的隆中一带隐居，“每晨夜从容，常抱膝长啸”，从容潇洒，日出而耕日暮而归，闲暇时抱膝安闲地长吟《梁父吟》。后来刘备三顾茅庐，将诸葛亮请了出来，并辅其成就大业。可在作者看来，刘备请诸葛亮出山是一个骗子的行为。“赚出”即骗了出来。对于刘备三顾茅庐之行，世人对其大都持赞美之态度，可在作者这里，却认为其是骗子之为，在诸多观点中可谓是首创，颇有新意。而诸葛亮是何等的盖世聪明，却依旧心甘情愿被刘备骗，表达了作者对诸葛亮的嘲笑态度。

尽管作者对诸葛亮出仕的行为不能理解，但他还是肯定了诸葛亮的功业。“笑谈间汉鼎三分”，他能够在谈笑间轻而易举地奠定了三分汉室的格局，“笑谈间”借用苏轼的“谈笑间樯橹灰飞烟灭”（《念奴娇·赤壁怀古》），隐约点出了赤壁大战的影子，表现了诸葛亮的从容和惊世才干。然而在鞠躬尽瘁地辅佐君主的时候，诸葛亮忘了当年在南阳逢雨耕作的隐居生活。“不记得”三字表达了作者对诸葛亮出仕的惋惜和感叹之情。

可是就算诸葛亮鞠躬尽瘁死而后已，最后留下的又是什么呢，下片四句便回答了这个问题。“叹西风卷尽豪华，往事大江东去，彻如今话说渔樵，算也是英雄了处。”那呼啸的西风卷尽了历史的风流和繁华，往事也如同那大江之水，滔滔向东流去不见踪影。一直到现在，渔夫樵子们还在谈论着诸葛亮的丰功伟业，如此这般这也算是英雄的一种结局吧。在作者看来，“大江东去，浪淘尽，千古风流人物”，多少功名成就，最后不过成为渔夫樵子一夜闲谈的资料罢了，既然如此，还不如留在茅庐之中，安闲自得度日呢！“彻”意为直到。

【仙吕】后庭花

赵孟頫

清溪一叶舟，芙蓉两岸秋。采菱谁家女，歌声起暮鸥。乱云愁。满头风雨，戴荷叶归去休。

【鉴赏】

这支小令描写的是江南水乡秋之风景和采莲女的生活，隐约抒发了作者的归隐之意。全曲皆是景语，宛如一幅景色优美的江南水乡画。

“清溪一叶舟，芙蓉两岸秋”二句描写的是水乡的秋景：某个秋日，一条清澈的江水蜿蜒向前，溪水清澈，靠近两岸的池塘里开满了荷花，此时，一叶小舟从江面上荡出来。“芙蓉”指荷花，“秋”道明了时令，“两岸秋”简洁明了地将两岸满目的秋色表现出来。

“采菱谁家女，歌声起暮鸥”二句写舟上的采菱女：舟上坐着一群前来采菱的美丽农家少女，她们欢笑嬉闹，唱着渔家的歌谣，那歌声掠过水面，飞入荷花丛中，惊起了一群躲在花中栖息的水鸟。“暮”说明此时已近黄昏，且承上文的“秋”，隐约透露出一丝秋暮萧条之感。“鸥”即水鸟。

谁料刚刚还是万里无云的晴空，突然涌现了一片乌云，风雨欲来。“乱云”即奔腾汹涌而来的乌云。“愁”不是采菱少女愁，而是画外之人愁，是作者愁！同时也承接上文的“秋”和“暮”，就此构成一个相对完整的意境，使得那秋意和暮色及愁绪一同容纳其中。

倾盆大雨随之而来，可是采莲少女却不慌不忙，随手摘下舟边的荷叶遮盖在头上作为雨具，并相互吆喝着掉转舟头归家吧。这里“归去休”既是指采莲少女相互呼唤归家，也是指作者那非常含蓄的归隐之心，并解答了上文的秋意、暮色和愁绪为何而来。“休”是语气助词，无实际意义。

作者精通诗、画、曲，与被称为全才的唐代诗人王维有着许多相似的地方。作为山水田园诗代表诗人的王维在世时半隐居半出仕的经历给后世留下了数量丰富的作品，许多作品写景抒情都极为精美到位，被北宋苏轼称赞其作品是“诗中有画，画中有诗”。赵孟頫这支小令也同样如此，曲给读者带来的画面感极强，通过对清溪、小舟、芙蓉、采菱女、渔家歌谣、暮鸥、乱云、荷叶等景物的描绘，向读者勾勒出一幅动静相宜，声色相接的江南水乡画，妙哉。

曲中作者表达归隐田园山林的手法非常含蓄，这与其生平经历有很大关系。出身宋之宗室的作者，元灭宋后却依旧在朝中担任官员，但是归隐和出仕一直在他的脑海中进行拉锯战，导致其一生都在纠缠于是否归隐。许是归隐之心不够强烈，故画、诗、曲中总是带着一股淡淡的归隐之心，令人捉摸不透，但这也算是其独特之处。

【中吕】朝天曲

薛昂夫

沛公，大风，也得文章用。却教猛士叹良弓，多了游云梦。驾驭英雄，能擒能纵，无人出彀中。后宫，外宗，险把炎刘并。

【鉴赏】

作者以“朝天子”曲牌作了二十首咏史小令，这一首写的是汉高祖刘邦。曲中对刘邦的功过是非进行了阐述，并对其过河拆桥，斩杀功臣的行为进行辛辣的讽刺。

“沛公，大风，也得文章用。”三句写刘邦作《大风歌》，并明白任用贤能为其打天下：刘邦归乡时曾作《大风歌》，明白诗文在治理天下时的用处。“沛公”即刘邦。他称帝之后归乡与故人饮酒，并作《大风歌》一首：“大风起兮云飞扬，威加海内兮归故乡，安得猛士兮守四方。”说明贤能猛士在他的帝业之中起到了重要的作用。

“却教猛士叹良弓，多了游云梦。”二句写刘邦使用权术斩杀功臣：刘邦依靠猛士们打仗建立帝业，可是称帝之后却寻找借口把那些功臣都给杀了。而那些功臣都是跟他出生入死过的好兄弟，他们又怎能不了解刘邦的心理，甚至是那绝顶聪明的韩信，最后也是在他的面前服服帖帖，完全不用“游云梦”之类的权术。韩信跟随刘邦多年，救过他多次，刘邦称帝之后却害怕韩信功高盖主，对其产生了猜忌之心，并借口去游云梦，声东击西来一次袭击抓住韩信，不料韩信却主动前来请罪，并说道“高鸟尽，良弓藏”。这两句是对刘邦诛杀功臣行为的讽刺。

“驾驭英雄，能擒能纵，无人出彀中。”三句写刘邦玩权术功夫之深，那帮英雄完全不是他的对手：他控制那些英雄，能够任意摆布，没有人能够逃脱他的圈套。而事实也确是如此，那一帮曾跟他同生死共患难的异姓兄弟最后都死在刘邦的手下。“无人出彀中”出自《唐摭言·述进士》，本为褒义词，言唐太宗对拥有贤士欣喜之情。

“后宫，外宗，险把炎刘并。”三句写吕后专权：这搞权术清功臣的刘邦，为的就是使刘氏江山长长久久，可是他没有想到当年他清理功臣时借助的外戚，最后却差点颠覆了他刘家王朝，你说可悲可叹不！刘邦死后，吕后专权，大肆提拔吕氏家族之人，差点将这汉朝换了皇帝的姓名，要不是朝中还有一帮贤臣，刘氏江山就攥在吕家人手里了。这三句写吕后却讽刘邦，讽刺他费尽心术，最后也逃不出历史的圈套，螳螂捕蝉黄雀在后，那吕氏就是那只黄雀啊！

作为一名封建时代的文人能够将历史之故事看得如此透彻，实在难得！而那封建朝代之中，多的是称帝之后过河拆桥之人，这是人类的劣根性，也是人类的可悲。

【双调】殿前欢·夏

薛昂夫

柳扶疏，玻璃万顷浸冰壶。流莺声里笙歌度，士女相呼。有丹青画不如。迷归途，又撑入荷花深处。知他是西湖恋我、我恋西湖？

【鉴赏】

作者以“殿前欢”曲牌作了四首关于春、夏、秋、冬的小令，这是描写夏日西湖之暮景的一首，表达了作者对西湖的喜爱之情。

“柳扶疏，玻璃万顷浸冰壶”二句是对西湖之暮景的描写：杨柳轻飘，西湖那万顷的碧波如玻璃般波光粼粼，空中的明月映照在水中，一片寒冽。作者描写西湖，抓住了西湖最为知名的景点苏堤和白堤上的杨柳和十里长波来进行描写，写出了暮色朦胧之下娇弱轻拂的柳姿，以及那映照这明月的清澈碧波。“冰壶”即皎洁的月亮。

“流莺声里笙歌度，士女相呼”二句写西湖上传来的声音：黄莺婉转而动听的叫声里隐约传来了丝竹管弦、男女之间嬉笑相互招呼之声、游人的欢声笑语,热闹非凡。这夜莺的叫声在西湖边上响起,已经够令人惊喜,那清脆悦耳声中再夹杂着游人的欢声笑语,更令人好奇,何事才能让其如此欢快,是西湖的美景还是身边的良人。

西湖之景已经够美了,再加上热闹的声音,使得那画面愈发灵动绝尘,是任何画笔都无法描摹下来的啊!“有丹青画不如”即就算是有丹青妙手也无法描绘出这景色啊!

“迷归途,又撑入荷花深处。”二句描写归途之事:天色已经很晚了,我们也该返程了,可小舟却在这映日的荷花丛中迷了路,一不小心又撑到了荷花盛开深处。这两句巧妙借用了李清照“兴尽晚回舟,误入藕花深处。争渡,争渡,惊起一滩鸥鹭。”(《如梦令》)的句意,给人以趣味横生的感觉。

“知他是西湖恋我、我恋西湖?”二句抒发了对西湖的喜爱:这样的留恋难返,到底是西湖太过留恋我而舍不得让我走,还是因我喜爱着这西湖而不舍归去呢?作者对西湖的喜爱之情活脱脱地映现出来了。

这首小令语言淡雅清丽,意境自然活泼,从景、声两个方面直接对西湖之美进行描写,又从颇有趣意的迷途之事来表达作者对西湖的喜爱,手法新颖。

【中吕】喜春来

张养浩

路逢饿殍须亲问,道遇流民必细询,满城都道好官人。还自哂,只落的白发满头新。

【鉴赏】

张养浩出身不凡，是唐名相张九龄弟弟的第二十三代孙。官途畅顺，19岁即被荐为东平学正，后历任堂邑县尹、监察御史、翰林学士、礼部尚书、参议中书省事等官职。但因看不惯统治阶级的黑暗和官场的尔虞我诈，以还乡归老为由辞官归乡，此后朝廷在八年内六次下诏书征召却不赴。文中天历二年(1329年)，关中发生旱灾，朝廷召其为陕西行台中丞，其不顾年老体弱，马上遣散所有的家当登车奔赴任所。他在赶赴任所的途中，经洛阳、潼关等地到达长安，一路目睹了灾民的惨状，内心更为悲痛。到任后，发放救灾粮食，彻夜为灾民奔波，《元史》本传记载，“到官四月，未尝家居，止宿公署，夜则祷于天，昼则出赈饥民，终日无少怠”，最终为民鞠躬尽瘁，享年59岁。

这首曲子为其前往陕西救灾时所作。首两句描写了他为民所作的事情：走在路上遇到饿死的人便亲自上前慰问，碰到流离失所的灾民必定会细细询问因何故而流浪，可整座城都在说我是一个好官员。“满城都道好官人”说得颇为凄凉，慰问关心灾民这些本都是为官者应该做的，是职责所在，可如今作者做了，却得到了灾民的一致称赞，可见当时的官员们是何等的滥用私权，不顾人民的死活，从中搜刮钱财，可见当时社会的腐败和黑暗！

作者一直关心人民的疾苦，并努力为人民排忧解难，他曾在《为政忠告》中写到“民陷水火，如己陷水火”，他是如此写的，也是如此说的，更是如此做的。所以当他看到关中的人们正处在水深火热之中，怎能不心急！怎能不竭尽其所能为他们减少一些痛苦。可是自己的力量毕竟还是微弱的，能做的实在太少，而社会又如此残酷黑暗，怎能让他心安。“还自哂”乃自我解嘲的意思。于是他自我解嘲，只落得个“白发满头新”的结果，自我解嘲之中包含着对灾民的歉意和自责。

作者一直都怀有“致君泽民”理想，一生清正廉洁，但统治阶级中贤臣太少，而奸臣过多，最终无法实现。这样一个心系苍生，胸怀天下的好官，实在值得敬佩！

【中吕】普天乐·闲居

张养浩

好田园，佳山水。闲中真乐，几个人知？自在身，从吟醉。一片闲云无拘系，说神仙恰是真的。任鸡虫失得，夔蚿多寡，鹏鷃高低。

【鉴赏】

作者因看不惯官场的腐败和险恶，愤而辞官隐居田园，这就是一首隐居田园所作的小令，描写的是隐居之乐，抒发了对田园生活的满足感。

首两句作者没有直接描写田园风光的美好，而是通过一个“好”和“佳”字来形容田园山水之景色宜人。写田园山水之好佳，从侧面烘托了生活在其间之人的心满意足。那里山清水秀，山花烂漫，作者身边也许还有野鹤相伴，在菊花边自斟自饮，兴致一来还可吟诗作赋一首，自由自在、无拘无束，这样闲适的生活怎一个惬意了得。

作者仕途较为畅顺，曾位居高官多年，最后却选择辞官归隐，许多人都不能理解，“闲中真乐，几个人知？自在身，从吟醉”四句便解答了他们的疑惑。这闲适自得的生活真是非常快乐，可这“弃微名来去心快哉”（贯云石《清江引》）的快乐感觉又有几个人明白？身子自由自在，不受世俗的干扰，不受君主的重托，不受奸臣的陷害威胁，做自己想做的事，畅所欲言,不用小心翼翼地生活,从容自在地任凭饮酒赋诗甚至是喝醉,这样的生活,又怎是黑暗的官场能与之相比的。而"世人笑我太癫狂,我笑世人看不穿"就是作者最想表达的想法吧。

"一片闲云无拘系,说神仙恰是真的"二句继续描写隐居之逸:隐居生活如同一片闲云般无拘无束,说这是神仙的生活都不为过。沉浸在宦海之中太久的作者,似乎都已经忘了新鲜空气是什么味道。当抛弃功名的背负重返大自然的怀抱之后,过起闲适自得的田园生活,觉得犹如神仙般自在。

生活都如仙境般美好了,那所谓的功名利禄不过是过眼云烟罢了,所有的斗争、争执和俗念如同鸡虫失得,夔蚿多寡,鹏鷃高低般都是没有意义的。"任鸡虫失得,夔蚿多寡,鹏鷃高低"即表达了这种思想。"鸡虫失得"出自杜甫的《缚鸡行》:"鸡虫得失无了时,注目寒江倚山阁。"在此用以比喻得失微小。"夔蚿多寡"借用《庄子·秋水》:"夔谓蚿曰:吾以一足跉踔而行,予无如矣。今子之使万足。独奈何!"的句意,表示争论的问题并无实际意义。"鹏鷃高低"化用《庄子·逍遥游》的故事,说明大鹏和鷃并无可比性,两者飞行高度是由自身条件决定的,以舒适自在为主,并无本质的区别。

【中吕】普天乐

张养浩

折腰惭,迎尘拜。槐根梦觉,苦尽甘来。花也喜欢,山也相爱,万古东篱天留在,做高人轮到吾侪。山妻稚子,团栾笑语,其乐无涯。

【鉴赏】

这首曲子是作者辞官归隐之后所作,描写了辞官的原因、隐居生活的乐趣,抒发了作者对大自然的喜爱之情。

“折腰惭,迎尘拜”二句写作者辞官的原因,即看不惯官场中的丑态和黑暗愤而辞官。“折腰渐”化用陶渊明不愿为五斗米折腰而辞官归乡之故事,萧统《陶渊明传》记载,陶渊明为彭泽令时,郡遣督邮至省,有官吏对陶说“应束带见之。”陶叹曰:“我岂能为五斗米折腰向乡里小儿?”第二日便辞官归乡。“迎尘拜”化用《晋羽·潘岳传》中潘岳的故事,话说当年晋潘岳谄附贾谧,每候其出,他便望尘而拜。这两句作者揭露了官场的黑暗和官员为博取功名而作出的种种阿谀奉承之事,并表达了自己的鄙视之情。

“槐根梦觉,苦尽甘来”二句写对过去的总结和对未来的展望:过去的官宦生涯不论是得意还是失意都不过是那南柯一梦般,如今选择了归隐是弃暗投明,苦尽甘来。“槐根梦”即南柯梦。

“花也喜欢,山也相爱,万古东篱天留在”三句抒发了对隐居生活的欣喜,隐居时看到的花是如此娇艳可人,那山似乎也在表示出对我的爱意,在这东篱之下的住所里,万古皆留在,才能保持人的高尚品性。“山也相爱”化用辛弃疾的“我见青山多妩媚,料青山见我应如是”(《贺新郎》)的语意。“东篱”出自陶渊明的“采菊东篱下,悠然见南山”,这里指隐逸处所。这里采用了拟人的手法,为山和花赋予了人格。也正是如此美好的隐居生活,使得作者欣欣然觉得自己也是一位世外“高人”了。高人不高人是其次,但从句中所散发出作者对隐居生活的欣喜、享受和喜爱之情却是情真意切的。

“山妻稚子,团栾笑语”二句转为对隐居生活的描写:妻子幼儿和自己团聚了,茅屋里传来了阵阵欢声笑语。作者沉浮官场多年,大部分时间都在外奔波,如今却能够安静地坐在屋里,看着妻儿,听着传来的欢声笑语,享受着天伦之乐,这样自由自在、惬意闲适的生活又怎能不让他喜欢呢！所以发出了“其乐无涯”的感叹,隐居的乐趣真是无边无际啊！“团栾”即团圆、团聚之意。

【中吕】朝天曲

张养浩

柳堤,竹溪,日影筛金翠。杖藜徐步近钓矶,看鸥鹭闲游戏。农父渔翁,贪营活计,不知他在图画里。对着这般景致,坐的,便无酒也令人醉。

【鉴赏】

作者辞官归隐之后描写了大量描写田园生活的作品,这是其中一支小令,描写的是某日外出钓鱼之时所见所思所感,勾勒出一幅恬静而自然的田园风景画,抒发了对田园生活的喜爱之情。

“柳堤,竹溪,日影筛金翠。”三句是作者之所见:杨柳低垂的堤岸,竹林覆盖的小溪,红日当空,阳光透过密密麻麻的树叶,宛若铺金撒翠般在地上闪动。“筛”字在此用得极为精准,形象而生动地描写出阳光透过树叶的缝隙铺洒在地上的情状。

“杖藜徐步近钓矶,看鸥鹭闲游戏。”二句是作者走进钓鱼沙滩时看到的景象:作者拄着藜杖悠闲地漫步走向钓鱼的石矶,眼前鸥鹭在沙滩上自由自在地嬉戏。“闲”是本曲的曲眼,不仅道出了鸥鹭悠闲自得的状态，更烘托出作者闲适舒畅的心情。

“农父渔翁，贪营活计，不知他在图画里。”三句继续描写所见和所思：农夫在自家的田里忙着耕作，渔翁在河边抓紧时间撒网和拉网，他们都在专心地经营自己手中的工作，殊不知他们其实也是田园山水画中的一员，并为其添彩加色，更显活力。

“对着这般景致，坐的，便无酒也令人醉”三句抒发面对此景的油然而生的感叹：面对着这般宜人的景致，纵然没有酒也是让人陶醉。这般景致不仅美丽，还宁静，与险恶的需要时刻提心吊胆的官场相比，简直就是世外仙境，因而就算是没有酒，也被这景色给迷醉了。抒发了作者对田园生活的喜爱之情。

为官本就是一件颇费脑力的职业，更何况是朝廷腐朽、社会黑暗的元代，正直、一心为民的作者身在其中，其耗费的心力更是不需多说，以至于他辞官归乡，卸下背上的重负之后，看到自然而淳朴的田园风光，不禁顿觉风景和生活都是如此的“闲”，而由于时代的原因，这农夫和渔翁也未必如作者所见的“闲”，但这“闲”是全身心的浸透，是从内向外散发而出的，故连带着作者眼前之景也带上了“闲”的影子。

【中吕】山坡羊·骊山怀古

张养浩

骊山四顾，阿房一炬，当时奢侈今何处？只见草萧疏，水萦纡，至今遗恨迷烟树。列国周齐秦汉楚。赢，都变做了土；输，都变做了土。

【鉴赏】

元代散曲中弥漫着一股虚无的思想，这支怀古叹世的小令即是如此，以骊山为怀古源头，表达了在关中一带建国称帝修建宫殿等所谓的丰功伟业最后不过都化为了尘土的思想。这种虚无思想产生在于元代政治黑暗、宦海风波而导致大量文人仕途失意、理想破灭，还于当时佛教、道教思想的盛行有关。

作者青年入仕，曾位居高位，后因看不惯官场的黑暗而辞官归隐，弃朝廷的多次征召而不顾，天历二年(1392年)，关中大旱，作者临危受命为陕西行台中丞，赶赴任所途中经过潼关、骊山等地，怀古伤今，便以“山坡羊”曲牌作了一组七题九支小令，《骊山怀古》便是其中一支，是作者登临骊山放眼四望时之所见所感所触。“骊山”在今陕西临潼县东南。

登上骊山朝四周遥望，阿房宫已经在一场大火中灰飞烟灭，当时的繁花奢侈，如今都在哪里了？首三句作者便直接抛出这么一个设问，“当时奢侈今何处？”“阿房宫”据《三辅黄图》描述：“始皇广其宫，规恢三百余里，离宫别馆，弥山跨谷，辇道两属，阁道通骊山八百余里。”又据《史记·秦始皇本纪》记载：“……前殿阿房，东西五十步，南北五十丈，上可以坐万人，下可以建五丈旗。”可见其奢侈程度实乃非语言所能描述。可是如此奢侈之处，最后也是在项羽引兵屠咸阳之时一把火给烧掉了，“火三月不灭”(《史记·项羽本纪》)。

“只见草萧疏，水萦纡，至今遗恨迷烟树。”三句描写如今骊山的风景：当年的奢华已消失在历史之中，如今只看到一片荒凉的景象，一腔遗恨之情也消失在历史长河之中，长得稀疏的野草、回旋婉转的河流和笼罩在雾岚之间的参天大树。

“列国周齐秦汉楚”句列举了列国的周齐秦汉楚等国家，为的是后面的抒怀感悟打下铺垫。“赢，都变做了土；输，都变做了土。”这些国家，赢了的，都变成了尘土，输了的，也都变成了尘土。无论输赢，最终都变成了尘土，那最初的争斗、战争意义又何在？表达了封建历朝历代无论输赢，最终都不可避免灭亡的命运的思想，带有些许虚无的意味。

这支小令，语言浅显质朴，篇幅短小但内容却博大，思想深刻而醒世，特别是"赢，都变做了土；输，都变做了土！"之思想，发人深思。

【中吕】山坡羊·潼关怀古

张养浩

峰峦如聚，波涛如怒，山河表里潼关路。望西都，意踌躇。伤心秦汉经行处，宫阙万间都做了土。兴，百姓苦；亡，百姓苦。

【鉴赏】

作者以"山坡羊"曲牌作了一组七题九支小令。《潼关怀古》便是其中最为有名的一支，是作者在潼关道上向长安方向望去时的所见所感，表达了对广大平民百姓的同情。"潼关"在今陕西省潼关县，关城建在雄伟的华山山腰，下临气势磅礴的黄河，地势险要，是古代兵家必争之地。

首两句写潼关的地形和重要的军事战略地位：在潼关路上看过去，潼关一带山河表里的地势非常险要，内有峰峦如聚的华山，外有波涛汹涌的黄河。首两句连用两个比喻来形容潼关地理位置的险要。"峰峦如聚"即华山的群峰众峦像是在这里聚集，"波涛如怒"指黄河波涛巨浪像是在这里发怒，声势惊人，"聚"和"怒"字生动传神地描摹出华山之雄伟连绵和黄河之水的奔腾气势。

“望西都，意踌躇”写作者向长安的方向望去，潼关向西三百里便是长安，从西周开始到唐，有十个朝代在那建都立国。可一想到这十朝古都的兴衰，作者的思绪不禁此起彼伏，心潮不定。“西都”指长安。“踟蹰”本为犹豫、徘徊不定之意，在此形容作者思潮起伏，心绪不定。

“伤心秦汉经行处，宫阙万间都做了土”二句道出了“意踌躇”的原因，令人伤心的是行经这秦汉宫殿的遗址，可叹这曾经奢华靡丽的万间宫殿如今都化作了尘土。化为尘土的又何止是这“宫阙万间”，多少帝王将相、英雄豪杰最终也都化为了尘土，踪影全无。“伤心”即令人伤心之意，是形容词作动词用。

“兴，百姓苦；亡，百姓苦”抒发了作者的感叹：朝代的兴盛，百姓受苦，朝代的灭亡，百姓依然受苦。无数个朝代，你灭了他，又有下一个他来灭了你，可怜的是却苦了无数老百姓！这个结句，可以说是对统治者的鞭挞，也是对老百姓的关心和同情，更是对朝代更替的深刻反思。这种思想，在古代文人之中并不多见，实在令人敬佩。

这首曲子寓情于景，触景生情，基调悲壮沉郁，气势雄浑豪放，写景抒情和议论完美地结合在一起，思想性和艺术性都极高，是首流芳千古的名作。

【双调】沉醉东风

张养浩

班定远飘零玉关，楚灵均憔悴江干。李斯有黄犬悲，陆机有华亭叹。张柬之老来遭难，把个苏子瞻长流了四五番。因此上功名意懒。

【鉴赏】

作者以"沉醉东风"作了一组七首小令，均以"因此上功名意懒"结句，这是其中一篇，描述了选择归隐的原因，即社会黑暗、官场险恶，人心特别是君心难测，抒发了作者对其的激愤之情。

从内容上看，全曲无一句景语，而是列举了历史上的六个人物的悲惨遭遇，得出了"上功名意懒"的结语。从作者的生平来看，作者年少天资聪慧，被人推荐入朝，当上朝廷大官监察御史的时候也不过二十八岁，但因其正直的性格在是否设立尚书省上惹到了当权者，迫于无奈辞官归隐，后又复出，官至礼部尚书乃至参议中书省事，后第二次选择请辞归隐，八年归隐时间内作者置朝廷六次下诏征召而不顾，直到天历二年，关中大旱时才临危受命任陕西行台中丞，为官四月，为灾民费尽心神，终病逝于任上。作者一生经历了四任皇帝，从武宗到仁宗、再到英宗，最后是文宗，旧皇的驾崩与新帝的即位，中间的利益争夺之激烈不言而喻，更何况几位皇帝在位时间都不长，加之元代的社会原因，身在官场的三十年对于作者来说，是为民请愿，为民解忧愁的三十年，但也是心神憔悴、苦于宦海风波的三十年，如此经历，令其得出"上功名意懒"的结论也是情理之中。

本曲前六句即描述了历史上的六个名人，第一个是班超，当年班超以战功被封为定远侯，位居高位，但身处之地远离家乡，年近七十时不堪思乡之情的折磨而上疏请求调回关内，七十一岁时才被召回，不久便撒手离世。如此一个声名显赫之人，终生也就是得到个"远飘零玉关"的结局，"飘零"二字道出了班超远离家乡的飘零流浪之感。第二个是屈原，身怀救国救民之济，雄才大略的楚三闾楚大夫，最后却未受楚怀王的重视而被流放到江南，最终不忍看到楚国的灭亡而选择了投汨罗江自尽。"憔悴"是作者对为国为民而死的屈原下的定论，英雄可悲，落到了投江自尽的憔悴结局。第三个是李斯,他辅佐秦始皇成就大业,后又扶持秦二世即位,可是正是一个这样对当国者、对人民而言都有过伟大贡献的人,最后却被自己亲手推上帝位的人腰斩于市。“黄犬悲”是其临行前说的某句话,道出了其可悲而又无奈的结局。第四个西晋的陆机,同时因在官场中受到小人陷害而命丧于此。第五个是唐朝的张柬之,为国为君为民鞠躬尽瘁,虽曾官至宰相然最终还是权力斗争之中败下阵来,落到了激愤而死的下场。第六个是北宋苏轼,官途可谓是费劲波折,一路被贬谪,离京城越来越远,最后远达琼州(今海南岛)。“流了四五番”道尽了苏轼的贬谪之路。

这些人,有心怀大志者,有为国为民耗费所有心神者,有雄才大略者,可最后得到的却无一例外均是悲惨的结局。这样的前人之鉴,外加自身的经历,怎能不让作者发出对功名的追求心灰意懒,不如选择归隐的感叹。为作者叹息,但更为那个时代可悲,为留不住人才可悲啊!

【双调】得胜令·四月一日喜雨

张养浩

万象欲焦枯,一雨足沾濡。天地回生意,风云起壮图。农夫,舞破蓑衣绿;和余,欢喜的无是处。

【鉴赏】

在作者的一生之中,天历二年(1329年)四月一日的那场雨最为刻骨铭心,因为关中几千万老百姓因这场雨而得救了!成千上万头牲畜也获救了！还有那万顷庄稼，更是因着那场雨，重新散发出绿意！《元史·张养浩传》记载，作者"道经华山，祷雨于岳祠，泣拜不能起，天忽阴翳，一日二雨。"这首小令描写的就是下雨时作者欣喜若狂的心情，以及农民的庆祝活动，表现了作者爱民如子，与民同甘共苦的伟大品格。

"万象欲焦枯，一雨足沾濡"二句叙述了大雨的降临：这场大旱已经持续了很久，大地焦渴，庄稼干枯，老百姓们饥饿困苦，万物都处在焦枯的状态里。一场救命的及时雨将天地万物都浸润了。这两句感情转变剧烈，首句是极度焦灼之状态，而此句却迅速转为欣喜若狂，烘托出四月一日这场大雨的降临，给作者、关中的老百姓带来了无法形容的欢悦感。"足沾濡"说明雨势之大，其实"沾濡"的不仅是足，还有关中的土地。关中的人民和作者的心里都因着这场雨，滋润起来。

"天地回生意，风云起壮图"二句对雨后的场景进行描写。作者选取的是天地和风云两个景物来进行描写，天地囊括了世间的万物，托这场雨的福，生机重回世间万物，而大雨来袭，风起云涌，如同一幅气势磅礴的壮图一样展现在关中人民的眼前。

"农夫，舞破蓑衣绿；和余，欢喜的无是处"四句写人们和农夫雨后的欣喜和快乐：天天在盼望降雨的农夫，高兴地披着绿色的蓑衣在雨中手舞足蹈，把蓑衣舞破也在所不惜，连同我，也欢喜得不知如何是好。"绿"字在这里用得极好，不仅表明了蓑衣的颜色，还暗指万物因这场大雨回春。"和余"即连我之意。"无是处"乃元时俗语，意为不得了。

一生都在关心人民的作者曾在《为政忠告》中写到"民陷水火，如己陷水火"，也是这样做的。此次关中大旱，他"到官四月，未尝家居，止宿公署，夜则祷于天，昼则出赈饥民，终日无少怠"，可见其用心程度。可以说，四月一日这场大雨的降临，对农民们而言是场救命雨，对作者而言，也是及时雨。

【双调】水仙子·咏江南

张养浩

一江烟水照晴岚，两岸人家接画檐。芰荷丛一段秋光淡，看沙鸥舞再三。卷香风十里珠帘。画船儿天边至，酒旗儿风外飐。爱杀江南！

【鉴赏】

这是一首描写江南水乡风景的小令，前七句皆景语，末句表达了作者对江南水乡的喜爱之情，整首小令在“秋光淡”的背景下，通过对烟水、晴岚、人家、画檐、芰荷、沙鸥、珠帘、画船、酒旗等景物的描摹，向读者勾勒出一幅色彩绚烂、风景秀丽、动静相宜的江南水乡图。

首句写江南水乡的水和阳光：晴空烈日，阳光照耀在江水之上，升腾起薄薄的水蒸气，犹如迷蒙的烟雾。江南那一江的烟水与晴岚相映成趣。次句写江南的人家：江岸两边人家鳞次栉比，屋檐相连成片。“接”字说明人家的密集；“画檐”指绘有花纹和图案的屋檐，而在古代，只有富裕人家才有财力和人力在屋檐上描绘花纹和图案，表明了江南水乡人家的富足。

“芰荷丛一段秋光淡”句写江南的荷花和菱叶：那江面上的荷花和菱叶丛秋光恬淡。“秋光淡”不仅是对秋景的描写，更是作者对秋景的隐约感触。“看沙鸥舞再三”句写沙鸥：江面上的沙鸥或在沙滩上悠闲踱步，或飞至江面之上飞舞盘旋，乐此不疲。“舞再三”形象传神地再现了沙鸥踱步飞舞的情状。

"卷香风十里珠帘"即"十里香风卷珠帘",化用自杜牧的"春风十里扬州路,卷上珠帘总不如"(《赠别》),意味这十里的香风把珠帘卷了起来。风是无色无味的,在此作者却言其为"香风",是花香还是人身上的香味?结合珠帘一分析,人身上的香粉味更为恰当,从而勾起了读者对珠帘内的香人儿的想象。给人以香艳之感。

"画船儿天边至,酒旗儿风外飐"二句从远景和近景对江南风景进行描写:远处美丽的船儿像是从天边驶来,近处酒家的旗帜在秋风之中飘扬。这两句意境上有相通之处,"画船"句是远航归来,"酒旗"句是召唤饮酒投宿。"飐"指风吹物体时颤动之状。"爱杀江南!"转为主观感受的描写,是作者的感叹:江南真让人喜爱啊!点明主旨和抒发感情。

这首小令景物描写颇具特色,使用了动静结合、远近相间、大量数词的手法,使得那江南景物栩栩如生,如跃纸上,极为成功。

【双调】殿前欢·对菊自叹

张养浩

可怜秋,一帘疏雨暗西楼。黄花零落重阳后,减尽风流。对黄花人自羞,花依旧,人比黄花瘦。问花不语,花替人愁。

【鉴赏】

菊花在古代作品中象征着高洁的品格,古代咏菊的作品就更多了,如唐元稹的"秋丛绕舍似陶家,遍绕篱边日渐斜。不是花中偏爱菊,此花开尽更无花"(《菊花》),再如唐吴履垒的"粲粲黄金裙,亭亭白玉肤。极知时好异，似与岁寒俱。堕地良不忍，抱枝宁自枯”。而张养浩这首小令却没有赞美菊花的所谓高洁品格，而是寓情于景，借景抒情，写菊花，道秋愁。由什么引起秋愁，作者却未明示。

都说秋风秋雨愁杀人，在这秋日之下，外加带着些许凉意的秋雨，使得作者愈感颓靡。一开曲就是“可怜”的秋，其实不是秋可怜，可怜的是在那悲秋伤时的人儿。“一帘疏雨暗西楼”句转向对作者周边的环境进行描写：秋风苦雨，使得这西楼黯然滋生丝丝凉意。秋之“可怜”，西楼之“暗”，首两句作者便营造了一股萧瑟清寂的气氛。

“黄花零落重阳后，减尽风流”二句描写菊花之凋零：重阳节后，绚烂绽放的菊花已经凋零，减尽了之前的风流姿态。菊花盛开之时颜色极为金黄，故言“黄花”。面对着衰败的菊花，作者对其不禁产生了怜惜之意，是人怜花。

“对黄花人自羞，花依旧，人比黄花瘦”三句是对作者的自我描写。对着那凋零的菊花人却感到羞愧，因为明年菊花依旧绚丽绽放，而人却比黄花削瘦憔悴。“年年岁岁花相似，岁岁年年人不同”（刘希夷《代悲白头翁》），这明年的菊花绚烂依旧，而人却变得更为苍老。这三句作者的自怜。“人比黄花瘦”句直接引用李清照的“帘卷西风，人比黄花瘦”（《醉花阴》）。

“问花不语，花替人愁”二句写花怜人：明年花依旧，人却比黄花瘦，将自己的心事告知菊花，花却不回答。菊花虽不语却替人发愁了起来，即人不如花！这三句是作者对时光如水，流逝不回的无奈感慨，也是对人生无奈的表现，人连花都不如，还有何乐趣而言！“问花不语”句巧妙化用欧阳修的“泪眼问花花不语”（《蝶恋花》）。

这首曲子基调伤感，题目为《对菊自叹》，但作者为何自叹，却非常隐晦。从其生平来看，应是辞官归隐之前所作，所叹之愁应是对宦海风波的无奈和心里的憔悴。

【南吕】金字经·乐闲

张可久

百年浑似醉，满怀都是春，高卧东山一片云。嗔，是非拂面尘，消磨尽，古今无限人。

【鉴赏】

作者一生奔波于宦海之中，且都是小官吏，甚至是八十岁了还任"监税松源"，长期的抑郁不得志使得他向往归隐，于是在他的作品中，较之其他类作品描写归隐的景和情之作就多一些。这首小令描写的就是怀才不遇的感慨和对归隐的向往之情。

"百年浑似醉，满怀都是春，高卧东山一片云"三句直抒胸臆表达了对归隐生活的向往。人生不过短短百年，那岁月就如同醉酒般昏昏然地眨眼即逝，可是不论怎么样，内心深处还是怀揣着一片春光，如果可以一定要仰卧在高高的东山之上，闲适自在地观赏天上悠悠的白云。这三句表达了对隐者怡然自得生活的向往，可是古代的文人，归隐只是其逃避现实的一种选择罢了，对归隐的向往来源于生活的经历太过沧桑，令人难以承受导致的。作者同样也是如此，长期为小官吏的经历，带给他太多的东西，有好有坏，如果归隐能让他彻底解脱的话，他也不会 70 岁还担任"昆山县幕僚"这样的小官吏。"高卧东山"典出东晋谢安弃官隐居东山的典故，后人以此比喻隐居或隐居行径。"东山"即现今浙江上虞县西南。

"嗔，是非拂面尘，消磨尽，古今无限人"四句表达了对世事沧桑的彻悟、人间是非的厌恶和怀才不遇的感慨。言真是可恨啊，这人间的是非就像是扑面而来的飞尘，不知消磨掉古今多少胸怀雄心壮志之人啊！从语义上看，似乎作者已经看破了红尘，抛弃了功名富贵的羁绊，但在那解脱的表象之下却是深深的无奈和纵有一身才能也无法施展的感慨。

元代是文人绝望的时代，许多文人或早或晚最终都选择了归隐以求解脱，可是在作者这里，却一直强撑到了八十多岁才归隐于杭州，是他的毅力太过坚定还是因为其他的不得已的苦衷就不得而知了。从这首小令的题目“闲乐”来看，作者写的虽是闲适快乐的隐居生活，是一种对功名富贵、世事沧桑的彻底领悟，但能够彻底领悟，却还是不能够将其放下，这是人类的通病，所以在这闲乐描写的深层处，却是失意文人的愤懑和无奈。

【黄钟】人月圆·春晚次韵

张可久

萋萋芳草春云乱，愁在夕阳中。短亭别酒，平湖画舫，垂柳骄骢。一声啼鸟，一番夜雨，一阵东风。桃花吹尽，佳人何在，门掩残红。

【鉴赏】

这是一首描写离情的小令。题目为《春晚次韵》，乃知是唱和某首诗词并依原诗用韵次序，但所和之作因年代久远并不确知。

“萋萋芳草春云乱，愁在夕阳中”首二句写愁由景生，在这春天的夕阳里，看着那茂盛的芳草，和凌乱的春云，作者内心深处无法抑制地涌出愁绪来。离离原上草，一岁一枯荣，这枯了来年又繁荣的芳草触动了作者的离思，这草今年枯了明年还会再次发芽繁茂，而那离人呢？离开后却不知什么时候才会回来。

“短亭别酒，平湖画舫，垂柳骄骢”三句写昔日分别之景，作者没有详细描写当日分别之场景，而是截取了当时的短亭、别酒、平湖、画舫、垂柳和骄骢六种景物加以渲染。当年他们是在短亭之上离别的，佳人与作者两人举杯共饮离别酒后，登上平湖之上的美丽船只，离他而去，只剩作者一个人在杨柳低垂的短亭处对着一江湖水沉思，身边是不离不弃的青白杂毛的骏马。“短亭”乃两人分别的地点，是旧时送行饯别之处，“画舫”乃载佳人离去的交通工具，“垂柳”既是周边的环境，古人还有折柳送别之习。昔日分别的场景依旧历历在目，现如今，景物依旧，可当时的佳人却已不在。

“一声啼鸟，一番夜雨，一阵东风”三句折入对眼前景物的描写，昨夜下了一夜的大雨，刮起了一阵凌厉的东风，而此时身边传来一声鸟之啼叫。这三句鼎足对连用“一声”、“一番”、“一阵”三个数量词，在音律之上读起来易造成回旋之感，给人以朗朗上口之感。

“桃花吹尽，佳人何在，门掩残红”末三句写作者之所见所感：正是这一夜的大雨和东风，将那桃花吹尽，佳人却不知在哪里，屋门掩盖住一地残红之景。“桃花”二句化用唐崔护“去年今日此门中，人面桃花相映红。人面不知何处去，桃花依旧笑春风”(《题都城南庄》)的句意，只不过在作者这里，今日桃花却非依旧，而是被东风吹尽。“门掩”一地残红更是一种自欺欺人的行为。

这首小令通过昔日分别时的依依不舍和深情烘托出如今人各天涯的浓浓离情，颇有新意。

【黄钟】人月圆·山中书事

张可久

兴亡千古繁华梦，诗眼倦天涯。孔林乔木，吴宫蔓草，楚庙寒鸦。数间茅舍，藏书万卷，投老村家。山中何事？松花酿酒，春水煎茶。

【鉴赏】

这是一首怀古叹世的小令。

首句“兴亡千古繁华梦”即表明了作者的感慨：世事无常，千古兴亡，不过是繁华梦一场，最终什么都没有剩下。“诗眼倦天涯”乃作者厌倦世俗的态度，“诗眼”即作者的眼力，作者一生在下级官吏之间徘徊，作过路吏、首领官、桐庐典史、昆山幕僚等，足迹遍及江苏、浙江、安徽、湖南一带，可谓是看透了世事红尘。“倦”字即表明了作者经历一生的坎坷之后而散发出的厌倦尘世的态度。

“孔林乔木，吴宫蔓草，楚庙寒鸦”三句通过几处名胜古迹昔日的繁华与如今的凄凉进行对比，表达了“兴亡千古繁华梦”的感叹。“孔林”是孔丘的坟墓，在今山东曲阜。孔子这样一个学识渊博，才华横溢的大学者最终还是抵不过岁月的流逝，如今只剩下一座高耸乔木覆盖之下的坟墓而已。“吴宫”即吴国的王宫，也叫馆娃宫，当年吴王夫差为了讨好西施扩建了宫殿，极尽奢侈和豪华，可如今那些豪华的宫殿最终只剩下丛生的蔓草，一片荒凉罢了。“楚庙”指楚国的宗庙，当年修建得气势磅礴，建筑巍峨高耸，可如今却只剩下残垣断壁，寒鸦在上面鸣叫。圣人、枭雄、圣庙，最终都抵不过时间，化人物为尘土，化繁华为凄凉。

“数间茅舍，藏书万卷，投老村家”三句写隐居之后的生活：在某个偏僻幽静的地方修建几间茅舍，把家中万卷藏书都放置于茅舍之中，在村中生活到老。“投老”意为临老，到老。“山中何事？松花酿酒，春水煎茶”三句则进一步描写隐居之逸：在山中做什么事情呢？用那松木花来酿酒，用那春水来煎茶。“松花”即松木花，可以用来酿酒。这六句向读者展现了一幅隐居图，这里虽然没有豪华的宫殿，没有山珍海味，但是这里同样没有勾心斗角，没有尔虞我诈，有万卷诗书，自酿的松花酒，自煎的春水茶，过着宁静闲适，诗酒相伴，自由自在的生活，实在是妙哉！

千古繁华，不过梦一场。作者在曲中直抒胸臆，抒发了对朝代兴亡无常的感慨，表现了作者看破世俗，不如归隐山林的人生态度。元代没有给文人们提供一个一展才华的平台，却赠送给他们入仕不如归隐山林的礼物，悲乎！

【黄钟】人月圆·吴门怀古

张可久

山藏白虎云藏寺，池上老梅枝。洞庭归兴，香柑红树，鲈脍银丝。白家池馆，吴王花草，长似坡诗。可人怜处，啼乌夜月，犹怨西施。

【鉴赏】

这是一首怀古之作，曲中作者抒发了对兴亡的感叹，含蓄隐约地表现了归隐之心。“吴门”即苏州。

"山藏白虎云藏寺,池上老梅枝"二句描写吴中第一名胜虎丘的景物。"山藏白虎"即隐含了虎丘之名的来历,相传春秋时吴王夫差葬父于虎丘之处,葬后三日有白虎踞其上而得名。"寺"指云岩寺塔,此塔高耸入云,历史悠久,历史记载其曾在宋时被列为"五山十刹"之一,"云藏寺"言寺庙高耸巍峨,直插入云层之间。"池"指剑池,相传是吴王阖闾之墓,但作者却将笔触的重点放在了剑池之上的一株苍老的梅枝。如此一来,作者将虎丘的四大景物完整地展现了出来,描绘出一幅虎丘景物图。

"洞庭归兴,香柑红树,鲈脍银丝"三句写因虎丘之景触发的想象,皆是与苏州有关的典故和特产。"洞庭归兴"乃是与苏州有关的一个典故,当年范蠡帮助越王勾践打败吴王夫差之后,虽归隐于太湖之上。这里作者巧妙地化用了范蠡归隐之典故,含蓄地表达了自己的归隐之念。"洞庭"即苏州西南的太湖,那里风景宜人,花果新鲜,特别是那里的红橘尤为有名。"香柑红树"即描写红橘成熟时的景象,满树结满了累累红果,与那满山的红枫叶相映成景。"鲈脍银丝"乃是之吴中的特产鱿鱼丝,此地所产的鱿鱼特别鲜美,用来晒干切成丝更是美味。

"白家池馆,吴王花草,长似坡诗"三句继续描写吴中的名胜古迹。"白家池馆"即白居易的遗迹,当年白居易曾任苏州刺史,常到虎丘游玩。"吴王花草"即姑苏台,里面有宫殿无数,豪华奢侈,乃吴王为讨西施欢心而扩建,后吴国灭亡,被越国一把火烧毁。"可似坡诗"写虎丘如今的景色依旧如同苏轼《虎丘寺》中所写般美好,作者在此借苏诗含蓄表达了归隐之心。

"可人怜处,啼乌夜月,犹怨西施"末三句抒发感慨:最怜人的地方,那夜月里不停啼叫的鸟儿,似乎还在怨恨由西施导致的亡国之恨。而朝代的兴亡与国家的发展和国君的自身行为有关,将兴亡之责推到一个女人身上有欠妥帖。

作者一生挫折,长期屈位于下僚,仕途的不顺、社会的大环境的影响使得他心头经常浮现归隐之念，而他的一生，也是时官时隐，最后在杭州的一处地方归隐终老。

【正宫】小梁州·失题

张可久

篷窗风急雨丝丝，闷捻吟髭。淮阳西望路何之？无一个鳞鸿至，把酒问篙师。迎头便说兵戈事，风流再莫追思。塌了酒楼，焚了茶肆。柳营花市，更呼甚燕子莺儿！

【鉴赏】

作者一生漂泊，足迹曾游遍大半个中国。而他的作品在当时传唱度极高，传当朝的皇帝也曾命宫女吟唱他的小曲，可见其作品流传度。才子佳人，才子虽然落魄，但那满身的才气依旧引得无数佳人来到他的身边，红颜知已虽不确知，但也应该有那么几个。这首小令就是借问曾经交往过的歌妓舞女之事，借以表达社会动乱不断的沧桑感。

首两句写景写愁闷：那急风扑打在作者乘坐的篷船窗户之上，发出哐啷哐啷的声音，窗外是细雨绵绵不绝，这风雨交加的时刻最易勾起人的愁闷。无奈愁闷难遣，只好捻着胡须思索如何吟诗填词以消耗时间。“篷”点明了作者此时正坐在船上，表明作者正在通过水道远行。“淮阳西望路何之？无一个鳞鸿至，把酒问篙师”三句写作者吟诗填词时可能想到某位曾经的红粉佳人，便向西边的淮阳望去，想看看今日这船程将走到哪里。无奈这么多天都没有收到一封书信，便端着酒杯走到船头向船夫倾诉起自己的疑惑。“鳞鸿”即鱼雁传书，此处指书信。“篙师”指船夫。谁知道船夫一开头，就跟作者说起了如今时常发生的兵戈战事，并劝作者不要在惦记什么书信了，风流已经成为往事了，也不要再去回忆追思那些风流韵事了。“兵戈事”即战事。而那些酒楼在战火中已经坍塌了，茶肆也已经被烧成了灰，那些歌台妓院就更不用说了，成了军队驻扎的地方，往日的歌妓舞女如今是想找都找不到了！“柳营花市”指歌楼妓院。“燕子莺儿”本是鸟儿之名称，在此作者指那些歌妓。

元末社会矛盾已经到了一触即发的状态，多地发生混乱和起义。作者在这首小令中借询问往日的红颜知己的下场引出对兵戈战事的言论。他没有直接说明战事给平民生活带来的毁灭性破坏，而仅是从塌了的酒楼、焚了的茶肆，还有那已经变成军营之地的花红酒绿之地，来说明战争给人们带来的破坏和流离失所。作者以“失题”为题目，乃是不便言明内心的真实想法，才隐其题。在表达对战争的看法时也同样如此，含而不露，却引人深思。

【中吕】红绣鞋·天台瀑布寺

张可久

绝顶峰攒雪剑，悬崖水挂冰帘。倚树哀猿弄云尖。血华啼杜宇，阴洞吼飞廉。比人心，山未险。

【鉴赏】

这首小令描写的是天台山瀑布之景。作者以险为主笔调，勾勒出天台山瀑布寺的奇险,表达出人心险恶的思想。"天台"浙江天台县北某座山名。天台山瀑布是天台八景之一。

首句写天台山的险,那尖削的山峰就像是一把闪着寒光的宝剑一样。"雪"说明山之高,山顶之上的空气十分寒冷。此句写瀑布,那瀑布从悬崖上垂直而下,像是一张张散发着寒气的水帘。"冰"字说明瀑布水温之深。首两句就给人营造了一股奇寒的氛围。

"倚树哀猿弄云尖"写山上的猿猴,那些猿猴依靠树藤的弹力而飞跃哀鸣于山中,而山高入云,远远看上去,那些猿猴像是在云间飞腾,忽隐忽现。"云尖"即在白云缭绕的山峰处哀嚎,侧面反映了天台山之高。"血华啼杜宇,阴洞吼飞廉"写山中的杜鹃鸟和洞中的狂风:那山林之中的杜鹃鸟发出凄厉的鸣叫声,每一声中都饱含着血丝。阴洞中漆黑一片,但从洞中呼啸而出的狂风却十分凌厉,发出怒吼的声音。"血华啼杜宇"化用望帝啼鹃的典故,即古蜀国皇帝望帝冤死,化成杜鹃鸟日夜发出悲鸣,声声都带着血丝,最后那些鲜血变成了鲜红的杜鹃花。此处仅用以形容山林之中杜鹃鸟叫声之悲鸣。"飞廉"即风伯,是传说中的风神,此处指风。这三句通过猿之哀鸣,杜鹃之悲啼,阴洞之狂风等声音渲染出天台山的凄厉悲凉的氛围。

"比人心,山未险"末句一出,作者前面极度渲染出天台的险,瀑布的惊寒都有了一个合理的解释,是为了与人心进行对比。这天台瀑布已经够险了,而这人心与其相比,竟然还不如人心险恶!可见人心多么肮脏!

这首小令将景物描写和讽刺人心完美地结合在了一起,是情景交融的完美体现,曲的前五句着力描写天台山和天台瀑布的奇和险,为末句的议论奠定基础。乔梦符有"豹尾"之言,可见曲的结尾之重要性,而这首小令的末句可以称得上是"豹尾",是画龙点睛之句,一出使得全曲的境界提升了好几个层次,含蓄抒发了作者对世道黑暗,人心险恶的元代社会的感慨。

【中吕】红绣鞋·虎丘道士

张可久

船系谁家古岸？人归何处青山？且将诗做画图看。雁声芦叶老，鹭影蓼花寒，鹤巢松树晚。

【鉴赏】

这首小令在当时脍炙人口，犹如一幅美妙的画面，令人不禁沉浸在画景之中。而从内容上看描写的是深秋的虎丘之景，从题目来看作者描写的是拜访虎丘生活的道士时所见所感，并表达了两人的深厚情谊。“虎丘”相传是吴王阖闾之暮的所在地，作者曾以《人月圆·吴门怀古》为题作了一首对虎丘名胜古迹、英雄豪杰为对象进行描写的怀古叹世之小令。

首两句以连续两个设问向读者勾勒出一幅美丽的画面：一只小舟系在一个古老的渡口边上，秋风吹来，小舟在河边轻轻地浮动，却始终无法摆脱那细绳的束缚。河里碧波荡漾，在秋日夕阳的斜照之下闪耀出丝丝波光，河的四周全都是青翠的山峦，人们都已经回家了，四周静寂无声。“人归何处青山？”句点题，既是对眼前景物的描写，也是对虎丘道士的行踪进行了阐述。作者寻友而未见，所以问人到底在这座青山的何处地方？

诗境即画境，王维的诗有“诗中有画，画中有诗”的美称，如此作者面对满山的风景，“且将诗做画图看”，描写了末三句的鼎足对，以表达与虎丘道士的深厚友情。

“雁声芦叶老，鹭影蓼花寒，鹤巢松树晚”三句写作者正在专心寻找虎丘道士时,突然听到芦苇丛深处竟然传来了雁叫之声,瞥见了蓼花丛中栖息的鸥鹭影子,看到了松树上鹤巢里已经聚集了鹤群,原来倦鸟都已经归巢,暮色已经拉开了序幕。此处作者没有直接描写二人的深厚感情,而是通过寻人太过专注而忘记了时间的流逝来烘托出感情之深,此手法颇巧妙。而“老”、“寒”和“晚”字的使用又将那深秋的景色增添了一丝萧寒的气氛。这三句作者通过对芦叶雁声、蓼花鹭影、松树鹤巢等景物的描绘,勾勒出一幅意境清寒的倦鸟归林图。

这首曲子篇幅短小,语言简练淡雅,是一首不可多得的描写深厚友情的佳作。元人高栻夸赞作者是“才华压尽香奁句,字字清殊”,极是。

【中吕】红绣鞋·西湖雨

张可久

删抹了东坡诗句,糊涂了西子妆梳,山色空濛水模糊。行云神女梦,泼墨范宽图,挂黑龙天外雨。

【鉴赏】

这首小令描写的是雨中西湖之景,意境极为朦胧。

“删抹了东坡诗句”句言这延绵不绝的雨把那苏轼笔下描写西湖的“湖光潋滟”的美景给删抹了。苏东坡曾作诗描写西湖之美景,成为歌颂西湖美景的代表作。诗曰“湖光潋滟晴方好”(《饮湖上初晴后雨》),可是这潋滟的湖光如今却被烟雨迷蒙所替代。“糊涂了西子妆梳”句写雨中的西湖上空,只有浓抹的厚厚云层,把西子浓妆淡抹的妆梳都给弄糊涂了。同是苏轼的《饮湖上初晴后雨》曰“若把西湖比西子，淡妆浓抹总相宜。”而如今这伴随大雨而来的是西湖上空那浓厚的云层，使得本来淡妆浓抹总相宜的西湖之景给弄糊了，只能浓抹而非淡妆。“山色空濛水模糊”句写雨中的西湖山色空濛，雨点滴在湖面之上，一片模糊之景。“山色空濛”借用苏轼《饮湖上初晴后雨》中的原句“山色空濛雨亦奇”。

“行云神女梦”句写西湖上空朝云暮雨。此句化用宋玉《神女赋序》中楚襄王梦到巫山神女之故事。楚襄王来到巫山游玩，倦而寝，一女子入梦来并与其一夜风流，离去之时与楚襄王说她是巫山的神女，朝为巫山云，暮为巫山雨，后世即以巫山云雨来形容男欢女爱。此处作者言西湖上空的云和雨。“泼墨范宽图”言西湖这样雨的雨势之大，犹如范宽的泼墨作画法般，整个西湖犹如范宽笔下的一幅泼墨图。“泼墨”乃中国国画的一种画法，如同墨迹泼洒而出。“范宽”即北宋著名的画家。“挂黑龙天外雨”言雨和闪电：那西湖上空是不是闪现一条黑龙般的闪电，声势惊人，而那十里西湖沉浸在雨的世界之中，雨水和湖水连成一片，分不清哪块儿是雨，哪块儿是湖。

这首小令除第三句是景物描写之外，其余句子皆借用典故来渲染西湖这场大雨的雨势和景象，抒写手法独具一格。而曲中多处化用诗词典故却不露痕迹，熔铸无痕迹，还能够脱胎换骨，引出一番新的意境，可见其控制词字的能力之强。

【中吕】普天乐·西湖即事

张可久

蕊珠宫，蓬莱洞。青松影里，红藕香中。千机云锦重，一片银河冻。缥缈佳人双飞凤，紫箫寒月满长空。阑干晚风，菱歌上下，渔火西东。

【鉴赏】

作者一生时官时隐，后辞官在杭州一带隐居终老。他以西湖的景色为题材作了不少小令，这是其中一首。

首两句便直述西湖如那世外的仙境般美丽绝伦。“蕊珠宫”乃是道教传说中的仙宫。“蓬莱”是传说中的五座海上仙岛之一。世外仙宫四季如春，景色肯定是美不胜收，作者以仙宫之美作比西湖之景，可见西湖之美在作者眼里已是非人间所有了。

“青松影里，红藕香中”二句描写了西湖的两处胜景。“青松影里”即九里松一带的风景，从西湖的行春桥到天竺有一片九公里的松林，青翠苍茫，景色极为迷人。“红藕香中”指曲院风荷的风景，曲院在行春桥的南面，湖边有一家酿造官酒的曲院，院内种满了荷花，逢荷花开放的季节香气扑鼻。作者选取了西湖两处胜景进行描写，以点带面，表现出西湖景之美。

“千机云锦重，一片银河冻”二句写天上之景：那西湖上空的云和晚霞就像是织女用织机织出的千重云锦，绚烂夺人，随着时间的推移，那艳丽的晚霞逐渐散去，只剩下一片清冷的银河。“重”字写出了晚霞数量之多,给人一种厚重的感觉。“冻”字则渲染了银河夜色的清冷。

“缥缈佳人双飞凤,紫萧寒月满长空”二句乃是作者的所见所想,“缥缈”句是虚景,“紫箫”句是实景描写。夜色愈发浓厚,清寒的明月也挂上了枝头,皎洁的月色洒满了整个长空,此时远处隐约传来飘渺的箫声,箫声中包含了诸多的感情使得作者展开联想的翅膀,看着远处的夜空,似乎两位佳人骑着彩凤,手持紫箫,向那寒月飘逸而去。“紫箫”指紫竹制成的箫笛。

“阑干晚风,菱歌上下,渔火西东”三句又转为景色描写,是作者目之所见:夜风轻拂着阑干,远处传来了采菱女唱的菱歌,歌声悠扬,上下飘散,渔火如那星空般闪烁于湖面之上。“上下”即歌声飘渺,充斥着西湖的夜空之中。“西东”即渔火分布范围之光,湖的东西面都遍布了。

这首小令描写的是西湖的夜景,作者通过虚实结合、远近相接、色彩搭配等手法描摹出西湖如那世外仙宫般的夜景之清丽和飘渺。可以说,这首小令是描写西湖景色的作品中的佳作。

【中吕】普天乐·秋怀

张可久

为谁忙,莫非命。西风驿马,落月书灯。青天蜀道难,红叶吴江冷。两字功名频看镜,不饶人白发星星。钓鱼子陵,思莼季鹰,笑我飘零。

【鉴赏】

作者一生屈位下僚,困顿潦倒,抑郁不得志,先是路吏这样的下级官吏，后转为首领官，至正七年年岁已七十有余还出任昆山幕僚，可见其人生之坎坷。这首小令抒发的就是这种郁郁不得志、终年奔波漂泊的无奈感叹。

首两句乃作者自问自答，说究竟是为了谁才这样如此辛苦奔波，不得安宁？难道一切都是命中注定。作者一生不得志，长期位居下僚，此景此情，令他不由得怀疑自己，难道这一生的奔波、漂泊和不得志都是命中注定的？

“西风驿马，落月书灯”二句则是转为对漂泊状态的描绘，作者终日在萧瑟秋风之中驱马奔波在天涯路上，落月下，一卷书籍，一盏青灯陪伴他度过漫漫长夜。在作者的一生中，书籍成为了他排遣的最忠诚的朋友，不离不弃，他曾在《人月圆·山中书事》描绘过他的隐居生活，那是几间茅舍，用来装他的万卷书籍，喝着自酿的松花酒，品着自煎的春茶，生活惬意闲适。那样的生活与如今的羁旅奔波有着天壤之别。

“青天蜀道难，红叶吴江冷”二句写景抒情，言那蜀道之难难于上青天，从吴江上看到满山红叶，一片凄冷。“青天蜀道难”化用李白的“蜀道难，难于上青天”（《蜀道难》），作者在此暗喻仕途之路难以攀登，功名难遂的现实。“吴江”即松江。“难”和“冷”是作者见景之感触，更是对生活现状的一种体会。

“两字功名频看镜，不饶人白发星星”二句抒发岁月不饶人，功名无处寻的感叹。岁月如梭，为那功名二字，镜中人此时已是满头白发。岁月没有因为人的努力或失意而停止前行的脚步，李白说朝如青丝暮成雪，而今在这功名之下，作者的白发已如那星星般遍布头上，可悲可叹。

“钓鱼子陵，思莼季鹰，笑我飘零”三句抒发归隐之心，那隐居垂钓的严光，那弃功名而归隐的张翰如今都在笑我飘零。“钓鱼子陵”典出严光宁愿隐居垂钓而不愿接受汉武帝征召的故事，“思莼季鹰”化自弃功名爵位而归隐的季鹰，即张翰。作者以两人为例子表达了归隐之念。但作者一生因种种现实的无奈，始终处于半官半隐的状态。

这首小令语言婉约淡雅，讲究格律，用典较多却无痕迹，颇能体现作者“其词清而且丽，华而不艳”(《太和正音谱》)的特点。

【中吕】普天乐·秋怀

张可久

会真诗，相思债。花笺象管，钿盒金钗。雁啼明月中，人在青山外。独上危楼愁无奈，起西风一片离怀。白衣未来，东篱好在，黄菊先开。

【鉴赏】

这是一首描写闺思的小令。

“会真诗，相思债”二句写女主人公思念心上人，像是前世欠了他的债一样，今生才会对他害相思。“会真诗”即情诗，女主人公看到了心上人曾经给她写的情诗，不由得勾起了对他的思念。

“花笺象管，钿盒金钗”二句通过四种事物来渲染女主人公的相思之情。“花笺”即女子家使用的外表精美的信笺，“象管”指象牙制成的笔管，也指珍贵的毛笔。这两样东西应该是她和心上人吟诗唱和时所用。“钿盒”即以金属宝石等镶嵌作装饰的盒子，“金钗”乃女子的饰物。“钿盒金钗”在此指心上人给女主人公的定情信物，直接引用白居易“惟将旧物表深情，钿盒火金钗寄将去”(《长恨歌》)中的句子。这几样东西都见证了女主人公与心上人相会相处时的甜蜜，如今物在人非，更是引得女主人公的相思愈加强烈。

“雁啼明月中，人在青山外”二句借景抒情，在这明月高挂的夜里，大雁的啼叫声远远传来，雁秋去春来，可人却不知归期，依旧还在青山之外。“人在青山外”化自欧阳修“平芜尽处是春山，行人更在青山外”（《踏沙行》），作者巧妙地化用了欧词，并将雁归与人在青山外形成了鲜明的对比，渲染出女主人公对心上人的盼归之心的迫切。

“独上危楼愁无奈，起西风一片离怀”二句描写女主人公的活动。相思无法排遣，只好独自一人登上高楼，但高处不胜寒，那萧瑟的秋风迎面扑来，一片无奈的离愁更是无处消遣，弄得女人公不知如何是好！“危楼”即高耸的楼阁。这两句直抒胸臆，表达了女主人公思心上人却无法相见的离愁别绪，在那萧瑟秋风的吹拂之中，那感觉使人更加无奈。

“白衣未来，东篱好在，黄菊先开”三句继续描写女主人公的活动。既然那位白衣人一直未来，而愁绪又无处消遣，只好品赏那东篱边上盛开的黄菊聊以自慰。“白衣未来”这三句典出陶渊明友人使白衣人送酒之故事，陶渊明在九月九日这天却无酒可饮，便侧坐在宅边的菊花丛边上，品赏着眼前清丽的菊花，却见白衣人飘然而至，原来是王弘使童仆送酒而来。此处作者是引用该故事的框架而未用其意境。白衣此处指女主人公的心上人，她久候心上人不归，无奈之下只好赏菊以排遣，可是那浓浓的相思之情又怎是这几丛菊花就能排遣得开的。

这首小令语言淡雅，意境凄忧，少有景物渲染，仅是通过对几种事物的陈列便将女主人公一腔相思渲染得淋漓尽致，高矣！

【中吕】山坡羊·闺思

张可久

云松螺髻，香温鸳被，掩春闺一觉伤春睡。柳花飞，小琼姬，一声“雪下呈祥瑞”，团圆梦儿生唤起。谁，不做美？呸，却是你！

【鉴赏】

这首小令描写闺思，但是这闺思却是通过女主人公与女侍的趣意横生的对话来渲染，独具新意。

“云松螺髻”句写女主人公的头发。春暖花开之时，女主人公在闺房之内躺在床上昏然入睡，她的发髻被高高地挽起，像云一般蓬松，像青螺一样盘旋的形状，美不胜收。作者没有直接描写女主人公的相貌和情状，而是通过头发来刻画其美。但是这么一个美人儿，却是“香温鸳被”，即一个人躺在鸳鸯被之下做着关于与夫君相会的甜蜜美梦，可是梦越美却衬得那现实越发凄凉。“掩春闺一觉伤春睡”句解释了女主人公睡觉的原因，原来是她寂寞伤春，无人伴，对屋外绚烂多彩的春景不敢兴趣，而是一个人在屋里闷头大睡，想在梦里重温夫妻相处的甜蜜。

“柳花飞”即春景。屋内女主人公在闷头大睡，窗外却是一片生机勃勃之景，那漫天飞舞的柳絮，使得天空呈现一片灰白色。“小琼姬”即美丽的小丫头，小侍女。那位美丽的小侍女看到窗外的柳絮，以为是下雪了，瑞雪兆丰年，不禁惊呼起来，“雪下呈祥瑞”，下雪啦！好吉祥啊！不料这一声惊呼把女主人公的美梦给打断了。“团圆梦儿生唤起”，即梦中正在与夫君团圆,可能两人还在执手相看泪眼之时,小丫头的这一声惊呼把我们的女主人公硬生生地从梦中夫君的身边扯回到了现实之中。美梦被打断实在恼火,呵斥了一句“谁,不做美?”,是谁那么讨厌,不成合别人的好事,竟然打断了我的美梦。转头一看,却发现是那个不知情事的小丫头,无奈地“呸”了一声,道出了“却是你”的结语。那一声“呸”里饱含着女主人公无限的沮丧,将她那嗔怒的表情完全展现出来。女主人公的无奈在于不知再次入睡还能与夫君相会否,可恨啊!这一个团圆梦就被生生打断了!

这首小令写法新颖独特,构思巧妙,描写传神生动,饱含趣意,读完令人忍俊不禁,是一首不可多得的佳作。

【中吕】山坡羊·客高邮

张可久

危台凝伫,苍苍烟树,夕阳曾送龙舟去。映菰芦,捕鱼图,一竿风旆桥西路。人物风流闻上古。儒,秦太虚;湖,明月珠。

【鉴赏】

作者的生平虽不详,但从作品之中可断定其曾在江南一带长期停留,江苏、浙江、安徽和湖南一带也都曾到过。从这首小令的题目看,作者曾在高邮短期停留。这首小令描写的就是客高邮时的所见所感所叹,感叹的对象是秦少游。“高邮”即位于江苏省西部,高邮湖的东岸。秦少游乃北宋文学家,扬州高邮人士,是北宋后期著名婉约派词人,文字工巧精细,音律和谐美妙，情韵兼具。

“危台凝伫，苍苍烟树，夕阳曾送龙舟去”三句乃是作者所见所想：站在高台上向远处凝望，眼前是运河旁边茂盛的苍茫林木，夕阳笼罩，犹如一层烟雾索绕在前方，这里隋炀帝的龙舟曾经通过运河向南方前去，夕阳依旧，而龙舟却不见踪影。《隋书·炀帝纪》记载，隋炀帝当年乘坐龙舟“幸江都”，过高邮向南而去。

“映菰芦，捕鱼图，一竿风旆桥西路”二句是作者目之所见，只见捕鱼的那些小舟在芦苇茭白蒲中穿插而行，迎风扬帆穿行而过桥西的水路，船身在视线里变得越来越小，直至变成一个黑点，而这景色犹如一幅图画般美丽。“菰芦”即茭白和芦苇；“旆”即船上的帆。

“人物风流闻上古”句写高邮之地出的英雄豪杰。“风流人物”即历史上出生于高邮的英雄豪杰，在这指秦少游。“儒，秦太虚；湖，明月珠”四句以高邮湖的特产明珠来与当地的风流人物秦少游进行对比，表明秦乃如明珠般的神采奕奕的值得人敬佩的人物，表达了作者对秦少游的仰慕之情。“秦太虚”即秦少游；“明月珠”乃高邮湖的特产珍珠，颗大色泽晶莹剔透。秦少游的词风与作者的曲风有相通之处，作者也曾表示过对秦的景仰之情。故以高邮之地产的珍珠来陪衬此地出的名人，可谓是非常妥帖而恰当。

这首小令风格清雅淡远，明·朱权《太和正音谱》称作者的曲子是“词清而且丽，华而不艳，有不吃烟火食气，真可谓不羁之才；若被太华之仙风，招蓬莱之海月，诚词林之宗匠也，当以九方皋之眼相之”，所言极是。

【中吕】卖花声·客况

张可久

十年落魄江滨客，几度雷轰荐福碑，男儿未遇暗伤怀。忆淮阴年少，灭楚为帅，气昂昂汉坛三拜。

【鉴赏】

作者一生流落江湖，困顿漂泊，长期位居下僚，郁郁不得志。他的散曲中也经常抒发壮志难酬的感慨，这与当时的朝代有着莫大的关系。在元代，实行民族歧视政策，朝中重臣或各省大员，基本都是北人来担任，汉人能当官的机会非常少，就算是当上了官，不是受到排挤或歧视，就是位居那些不重要的衙门之中，故元代失意的人文较之其他朝代数量更多，程度也濒临于绝望，毕竟在其他朝代还有希望可言，而在元代，仕途之路是“难于上青天”的。

作者这首小令就是描写了长期流落江湖、位居下僚，困顿落魄的状态，长期在杭州一带漂泊，“十年落魄江滨客”描写的就是这样的状态。“十年”并非确知，而是指时间非常长。作者长期沦落为江滨客，生活困顿，奔波于各处任所，饱受羁旅之苦。“几度雷轰荐福碑”句指作者命运多舛，多次受到命运的捉弄，人生经历颇为坎坷。“雷轰荐福碑”典出送张镐之故事，《冷斋夜话》记载，书生张镐生活贫困，便前去投奔在鄱阳（今属江西）主政的范仲淹，时荐福寺内有以荐福寺碑乃唐代大书法家欧阳询所书，范准备拓印千本以赠张镐售之以赚取进京赶考之路费，谁料一夜之间,那块碑被一声炸雷给劈碎了。后世以此来比喻被命运捉弄。“男儿未遇暗伤怀”句进一步抒发了作者的怀才不遇和飘泊流离之感叹。作者身在远离故乡之地为一小官吏,有苦不知向谁倾诉,这“暗”说明了其抑郁愁闷之时多是暗自伤怀,而无法找人倾诉或排遣!可见其境况之悲惨!

“忆淮阴年少,灭楚为帅,气昂昂汉坛三拜”三句是怀古,所怀之人乃韩信。韩信是淮阴的少年,生活艰苦,曾受过种种磨难和挫折,后来却被刘邦登坛拜为大将,指挥军队打败了楚军,辅佐刘邦打下了大汉的天下。“忆”即作者由眼前之境想起韩信的一生,虽如作者般曾饱受人生挫折,但最后却灭楚为帅,建功立业,表达了作者对韩信的羡慕之情,和其内心未被残酷现实打消掉的“兼济天下”的雄心壮志。

但是终其一生,作者的雄心壮志都未能实现,最终还是选择了归隐杭州终老。英雄却无用武之地,在元代是非常普遍的现实,那是一个朝代的悲哀!

【双调】殿前欢·离思

张可久

月笼沙,十年心事付琵琶。相思懒看帏画,人在天涯。春残豆蔻花,情寄鸳鸯帕,香冷荼蘼架。旧游台榭,晓梦窗纱。

【鉴赏】

自古多情伤离别,这离情引起的相思、愁绪,甚至是抱怨都是人类最为本真的感情,因而这离情别恨在古代文人的作品里出现的频率最高,也是有因可究的。这首小令描写的就是因离别引起的相思和离愁之情,抒发了女主人公无法排遣的伤感和惆怅之情。

"月笼沙"乃是景色描写,直接用唐杜牧诗句"烟笼寒水月笼沙"(《泊秦淮》),即月色笼罩着河沙,一股迷蒙的氛围顿时蔓延在四周。我们的女主人公此时出场了,她无心欣赏这朦胧的月色,只是将那十年的心事都弹在琵琶声里。她十年的心事又因何而起呢?

"相思懒看帏画,人在天涯"二句回答了这个问题,原来离人在天涯,已经有十年都没有回来了,这十年的相思越堆越厚,使得女主人有些无力承受这满腹的相思了,连那帏屏上的图画都懒得抬眼去看,整个人萎靡不振,心神不宁,将所有的深情都倾注在那琵琶之上,似乎只有那琵琶才知道这相思何时才了,何处才停歇!

"春残豆蔻花,情寄鸳鸯帕,香冷荼蘼架"三句描写了春天里的三种植物,或正面或侧面来渲染女主人的孤寂和伤感。"春残豆蔻花"即春天过去了,豆蔻花却开了,"豆蔻花"花名,初夏开花,象征春光已残,后以豆蔻喻未嫁少女。抒发了女主人公惜春、伤春之情。这一年的时光又过去了,可离人还是没有回来,而我们的女主人公却又老了一岁。"情寄鸳鸯帕"句直接抒发相思之情,女主人公将满怀相思之情寄托在鸳鸯帕上,希望这鸳鸯帕能把她的深情传递到离人那里。"香冷荼蘼架"句写荼蘼之香,这荼蘼在春去的时候散发出清香的味道,只不过春光已去,香则香矣,还是稍显孤独和寂寞。此句同样抒发的是对青春流逝的感叹,不知还有多少个十年来等待离人的归来。

既然如此,那就昏然入睡吧,至少能够在梦里和离人团圆。"旧游台榭"即梦中重游了当年和离人一起呆过的楼台亭榭,满心欢喜,可是梦醒后发现旭日映照在了窗纱之上,新的一天又开始了,而等待却一直都在。

【双调】水仙子·次韵

张可久

蝇头老子五千言，鹤背扬州十万钱，白云两袖吟魂健。赋庄生《秋水》篇，布袍宽风月无边。名不上琼林殿，梦不到金谷园，海上神仙。

【鉴赏】

这首小令题为“次韵”，则当唱和某作，并依其韵而作，但因材料缺失，已不可考。

元代社会黑暗，佛教道教大兴，许多失意文人在仕途之中饱受挫折，最终无奈选择了超脱，即归隐山林之为。这首小令表达的就是摆脱功名利禄之为，描写的是归隐之逸。

“蝇头老子五千言，鹤背扬州十万钱”二句连用两个典故，其一是老子的《道德经》共五千余字，经中言做人要知足常乐，要亲信寡欲，要自然和谐等方能更好更快乐地生活在这个世界上。其二是唐代《商芸小说》中所记载的故事，有一群客人在讨论一生的目标和追求，有一个人说，一生要能做扬州刺史足矣，一个说要有家财万贯，还有人说想骑鹤升天当神仙，可却有一人说他想家财万贯地骑着仙鹤去做扬州刺史。大千世界无奇不有，鱼和熊掌都想兼得，可见此人心之贪。但作者仅是取“骑鹤升天”之意，表明抛弃世间俗念去做一个自由自在的神仙。“白云两袖吟魂健”句便是对那些能够抛弃功名富贵羁绊的人的行为：两袖清风一无所有却拥有天下，在那白云间自由翱翔，随心所欲，无拘无束，而在如此自由自在的状态之下诗兴也愈发强烈。

“赋庄生《秋水》篇，布袍宽风月无边”二句描写的是抛弃功名利禄束缚后的生活：将功名富贵远远地抛在身后，无拘无束，身穿着宽松的衣服，得空时就诵读庄子的《秋水》篇，享受眼前美丽无比的风光和月色，这生活是如此的美好。“庄生《秋水》篇”即《庄子·外篇》的一个篇名，文章阐述了世间的万物都是相对的，告诫人们要放开胸怀，享受生活给予的一切美好，不要去争夺什么，因为一切天已经注定。

“名不上琼林殿，梦不到金谷园，海上神仙”三句继续抒发鄙视功名利禄的感叹。名不会上琼林殿，做梦也不想拥有如金谷园般豪华的宫殿，功名利禄如云烟，只想做一个两袖清风，无所束缚的海上神仙！“琼林殿”乃北宋皇帝欢宴新及第进士的场所。“金谷园”即晋豪富石崇修建的一座园子，极豪华富丽。

但实际上作者却受各种原因之故，一生半官半隐，直到年老时才辞官归隐。这满怀的抛弃功名利禄的念头也只是念头而已，但有念头却无条件去实现更为折磨人。

【双调】水仙子·次韵金陵怀古

张可久

朝朝琼树后庭花，步步金莲潘丽华，龙蟠虎踞山如画。伤心诗句多，危城落日寒鸦。凤不至空台上，燕飞来百姓家。

【鉴赏】

这是一首唱和之作，和谁之作已不可考。曲中通过对金陵之风流人物、历史古迹的怀古，抒发了兴亡无常的感慨。“金陵”即今南京。

首两句连用两个典故描写了陈齐两位昏君。“朝朝琼树后庭花”写的是陈后主，据史籍记载，陈后主荒淫无道，终日与妃嫔和歌妓们玩乐不问朝政，还选一些最为艳丽的诗词作为歌词配上乐曲让宫女学唱，最为出名的是《玉树后庭花》，后世以此曲为亡国之曲。后隋军攻城，君国同亡。“步步金莲潘丽华”即齐东昏侯，史籍记载他昏庸无能，宠爱潘妃，还令人用金条刻出莲花的形状并铺在地上，让潘妃走在上面，并笑言这是步步生莲花。后梁武帝攻城，君妃皆亡。两个典故，两位昏君，两位美人，两个国家，就这样灰飞烟灭于历史的长河之中，但作者并未继续深入描写，折入对金陵之景的描写。“龙蟠虎踞山如画”写如今的金陵城依旧龙蟠虎踞，山色如画般美丽。这一句典出诸葛亮的评论金陵地形时所说之话语。作者将如今的景物与几位亡君放在一起，有意表明山河依旧，而人却不同的兴衰无常之感慨。

“伤心诗句多”句表明金陵这个城市的伤心诗句实在是太多了，无法一一道出，只好看着眼前“危城落日寒鸦”，即眼前的落日余晖之下，许多乌鸦在这座高耸伫立的城市上空徘徊。“危城”、“落日”、“寒鸦”勾勒出一幅伤感的画面，表达了作者由怀古引发出的感伤之情。

“凤不至空台上，燕飞来百姓家”二句继续抒发感慨：那凤凰已经不再到这凤凰台之上了，而燕子飞来也是直接进入百姓家，不会再去寻找王谢之家了。“凤凰台”乃南京的一个景点，史籍记载南朝宋年间有一只凤凰飞到南京的山上，以其吉瑞而在山脚修建了一座凤凰台。“燕飞来百姓家”典出刘禹锡“旧时王谢堂前燕，飞入寻常百姓家”（《乌衣巷》）的句意。这两句抒发了朝代更迭兴衰无常的感叹。

诚然，在历史的长河之中，掩埋了多少英雄豪杰、君王将相，万事万物皆有定数,故要努力但切莫强求。

【双调】折桂令·村庵即事

张可久

掩柴门啸傲烟霞,隐隐林峦,小小仙家。楼外白云,窗前翠竹,井底朱砂。五亩宅无人种瓜,一村庵有客分茶。春色无多,开到蔷薇,落尽梨花。

【鉴赏】

这是一首描写隐居之逸的小令。“村庵”即农村里的小屋,“即事”即眼前的事情。从题目来看,这首小令描写的是农村里的一些当前事情。

“掩柴门啸傲烟霞,隐隐林峦,小小仙家”三句描写了房屋的周围环境。生长得非常茂盛的树木密密麻麻地排列在一起,树林深处,有一座小小的茅舍,那个茅舍正掩着柴门,里面的人过着“啸傲烟霞”的生活。“啸傲烟霞”即犹如仙境般美妙的生活。从句式上讲这三句是倒装手法,作者却将过着犹如神仙般的生活提到了首句的位置,起到强调的作用,并统领全曲。“仙家”即小小的茅舍。

“楼外白云,窗前翠竹,井底朱砂”三句鼎足对描写的是从屋内向外和里看时所见之景。从屋内往外看,只见白云朵朵飘在天空之上,而窗前种植着青翠的竹子,屋里的人正在专心地炼制朱砂。“翠竹”一般用来象征高洁的品格,作者在这里意指屋内人同窗外的翠竹般拥有着高洁的人格。“井”即丹鼎,古时用来炼制丹药的容器,井状。“朱砂”古代炼丹时的原材料,炼丹是古时隐士的象征。

“五亩宅无人种瓜，一村庵有客分茶”描写村居生活。主人没有在家种瓜，却与客人一起品茶。“五亩宅”即普通的农村之家。“种瓜”典出秦东陵侯召平国亡后归隐长安城东种瓜之事，在此作者仅指无人种瓜之实，以表现主人生活的闲适自得。“分茶”即品茶，古时高雅人士有客人到访时沏茶之礼，此处突出主人虽居深山野林之中，但交友圈子和品味依旧高雅。

“春色无多，开到蔷薇，落尽梨花”三句描写春色，这里的春色不是很多，现在只是蔷薇盛开的时候罢了，你看屋边的那些梨花都落尽了。梨花落尽蔷薇开，季节应是暮春时节。“春色无多”是反语，梨花尽蔷薇开，可谓是春色无边。好日子时间过得总是比较快的，不知不觉，这一年的时间就这样过去了，烘托出隐居生活的悠闲自在。

这首小令，意境清新，语言雅丽，对仗工整，是一首值得慢慢品读的作品。

【双调】折桂令·次韵

张可久

唤西施伴我西游，客路依依，烟水悠悠。翠树啼鹃，青天旅雁，白雪盟鸥。人倚梨花病酒，月明杨柳维舟。试上层楼，绿满江南，红褪春愁。

【鉴赏】

这是一首描写春景的小令。从题目看，乃是唱和某人之作，但唱和何人何作却已无法考究。

首句直接点名踏春西游之实。作者唤上西施与他一同踏春西游，美人相伴，应是欢快惬意无比，但眼前的景物还是带上些许苍茫之感。“客路依依，烟水悠悠”二句即是描写了这种苍茫感，你看，前面的客路依依，烟水迷蒙，不是迷离是什么？

紧接着作者用三个鼎足对来描写所见之景，勾勒出一幅色彩鲜艳、动静相接、色形声结合得天衣无缝的春景图。“翠树啼鹃，青天旅雁，白雪盟鸥。”春天来了，花儿红了，草儿绿了，树木更显郁郁葱葱，杜鹃鸟在茂盛繁密的树上鸣啼；天气晴好，万里无云，一片晴空，晴天之上飞过一排旅雁，正整整齐齐地向前方飞去；碧波之上，停靠着许多鸥鸟，他们或悠闲地走在沙滩边上，或扑翅欲飞。“翠”、“青”、“白”三种颜色一出，不仅勾画出一幅生机勃勃的景象，更是一首春之赞歌。

“人倚梨花病酒，月明杨柳维舟”二句写由景引发的春愁。此景此情使得作者完全沉浸其中，景色虽美，可站立在梨花树下，想到随着春日深处梨花将会凋谢，春愁无法抑制地涌动而出，只好用酒来消除奔涌而出的春愁。夜幕开始降临，明月缓缓地升上天空，杨柳低垂，春风轻拂，杨柳摇摆起自己的腰肢随风舞动，乘一叶扁舟于湖面之上，一切都是那么幽静，可那幽静之中却透露出隐隐哀伤。“病酒”即伤了酒。

“试上层楼，绿满江南，红褪春愁”三句一转由春愁引发的哀伤，语调轻扬起来。作者试着登上高楼，入眼却是满目江南绿，特别是绿中绽放的那抹红花更使得那春愁消失殆尽。红、绿是春天最为明显的颜色特征，更何况是在绿满的情况下，所以那春愁也被这满目春景给打败了，刹那间惆怅、哀伤等等，所有的春愁都消逝得无影无踪。

这首小令展现的是一幅春时图，画面之上充斥着红、绿、青、白等颜色，有人有物，有声有色，有动有静，真可谓是妙不可言！

【双调】折桂令·西陵送别

张可久

画船儿载不起离愁，人到西陵，恨满东州。懒上归鞍，慵开泪眼，怕倚层楼。春去春来，管送别依依岸柳。潮生潮落，会忘机泛泛沙鸥。烟水悠悠，有句相酬，无计相留。

【鉴赏】

这是一首送友的小令。“西陵”应指西陵渡，故址在今浙江省萧山县。

首句直接点明离别愁绪之深：“画船儿载不起离愁”这深深的离愁别绪是这艘华丽的大船都承载不起的啊！“画船”即华丽的船只，体积颇大。可连如此大的船只都载不动这满怀的离愁，可见这愁绪深到何等程度！“人到西陵，恨满东州”二句描写送别之处和友人前行的目的地，抒发了浓浓的离愁。两人在西陵渡口分别，友人将前往东州，无奈这离情别恨太过深刻，竟然一路跟着友人的船只来到东州这个地方，可见两人感情之深厚。“东州”乃友人前往之地，具体之地已无法考究。

“懒上归鞍，慵开泪眼，怕倚层楼”三句写分别后的场景。友人登上画船，船儿越行越远，最后只剩一个黑点漂浮在江面之上，作者不得已才跨上马背返程。都说男儿有泪不轻弹，只因未到伤心处。如今作者却努力睁开泪眼，想再次看一下友人离去的方向，可见作者对友人的离去是多么不舍。想回去寻一处高楼登高远望，也许还能看见友人的船影，又怕一个人独倚高楼，离别愁绪更浓郁，可如何是好！

“春去春来，管送别依依岸柳。潮生潮落，会忘机泛泛沙鸥”四句描写分别之后的情景。春去春来，西陵渡口只有送别时岸上的依依杨柳依旧陪伴着作者；潮起潮落，日过一日，独有那水上的沙鸥与作者相对无言，放空所有的想法，而友人的踪迹早已不见，只剩独立江边、形单影只的作者一人遥望前方，渲染出作者的孤独和凄凉感。

“烟水悠悠，有句相酬，无计相留”三句抒发不舍之情。“烟水”句承上四句而言，作者站立渡口边，看着眼前悠悠烟水，不过是徒增作者的离愁罢了，也曾有过深情的诗句相赠，但最终还是没能把友人离去的脚步，对友人的不舍，两人的深厚情谊，所有的情意都在这“无计相留”中袅袅升起，情深意长。“相酬”即相赠之意。

这首小令语言典雅，对仗工整，讲究格律音韵，是一首描写送别之情的佳作。

【双调】折桂令·九日

张可久

对青山强整乌纱，归雁横秋，倦客思家。翠袖殷勤，金杯错落，玉手琵琶。人老去西风白发，蝶愁来明日黄花。回首天涯，一抹斜阳，数点寒鸦。

【鉴赏】

这首小令从内容上看可知是作者暮年时所作，抒发了暮年时的愁绪。“九日”即农历九月初九重阳节，重阳节登高怀乡是该节的习俗。

“对青山强整乌纱，归雁横秋，倦客思家”三句描写了归隐和入仕的矛盾心情，对着青山勉强地整理所戴的乌纱帽，归雁排列整齐地横跨整个秋空，而困倦的游子此时在思念故乡。“对青山”句化用孟嘉落帽的故事，晋朝时大将军恒温曾在重阳节时于龙山宴请宾客，忽一阵大风吹来，吹落恒温头上的乌纱帽，但他泰然自若地将帽子捡起，重新戴上，众人皆为之敬佩其气量。此处作者用之却是指代出仕和归隐取谁舍谁的矛盾，“强”字即表现这种矛盾的心情。“归雁横秋，倦客思家”写思乡之情，大雁南归总是容易引发游子的离愁，可思乡却还是不能归，若归了便是辞官归乡，这因着种种原因亦是不可取的。

“翠袖殷勤，金杯错落，玉手琵琶”三句是对仕途生涯中美好时光的追忆：当年有着翠袖美女在身边殷勤劝酒，众人各自举起自己的酒杯痛饮，交错起伏，身边还有个女子弹奏琵琶为之助兴，这场面是何等的热闹！“翠袖殷勤”化用宋晏几道“彩袖殷勤捧玉钟”（《鹧鸪天》）的句意，指身穿翠袖的女子。这样的生活在作者坎坷的仕途生涯中可谓是美丽但却不能再现的美好回忆。年岁渐老，却依旧在仕途之道上奔波令人不由地感伤。

“人老去西风白发，蝶愁来明日黄花”二句就抒发了作者的伤感之情。秋风萧瑟，人在不知不觉中已经老去，已是满头白发。人终究会变老，就如花最终会凋谢一样，可是面对着那凋谢的黄花，连蜂蝶都为之发愁，何况人乎？这两句化用了苏轼“相逢不用忙归去，明日黄花蝶也愁”（《九日次韵王巩》）的句意，抒发了作者的归隐之心，却又无法强迫自己下定决心。

“回首天涯，一抹斜阳，数点寒鸦”三句继续抒发感伤之情。回首看着自己走过的路，再看看眼前，只见一抹斜阳照在不远的前方，几只寒鸦正准备归巢。“点”说明寒鸦与作者距离之远，以斜阳和寒鸦渲染出一股感伤凄凉的气氛。“一抹”两句化自宋秦观的“斜阳外，寒鸦数点”（《满庭芳》),以苍茫凄清的景色烘托出作者的孤寂和无奈。

作者人生坎坷,仕途非常不顺,曾长期担任路吏这样的小官吏,七十余岁时还担任昆山幕僚之类的职务,可见其仕途之坎坷。人生和仕途的坎坷使得这暮年时的回首愈发感慨和感伤,这首小令表达的就是此种伤感的情绪。

【双调】蟾宫曲

郑光祖

弊裘尘土压征鞍鞭倦袅芦花。弓箭萧萧,一竟入烟霞。动羁怀西风禾黍秋水蒹葭,千点万点老树寒鸦,三行两行写高寒呀呀雁落平沙。曲岸西边近水涡鱼网纶竿钓艖,断桥东下傍溪沙疏篱茅舍人家。见满山满谷,红叶黄花。正是凄凉时候,离人又在天涯。

【鉴赏】

这是一首描写羁旅秋愁的小令,通过寓情于景、情景交融的手法刻画出一个伤感哀愁的天涯游子的形象。

宋玉《九辩》云:“悲哉秋之为气也,草木摇落而变衰。”在古人的眼里,秋是萧条而凄凉的,特别是羁旅之上的离人,更易触动人的离愁。曲中的主人公正是看到满目萧条的秋景,触景生情而发出“正是凄凉时候,离人又在天涯”的感叹。

深秋时节,主人公风尘仆仆地走在天涯路上,前往何处作者并未明示,可是从他的装扮来看是长途跋涉已久,你看,裘衣之上已经布满灰尘,连那征鞍之上也是尘土覆盖，他握着马鞭欲扬起却又放下，满心疲倦而不愿再去催促与他一路同甘共苦而来的马儿，别在身上的弓箭随着马儿的前进摇晃颠簸。眼前尘土飞扬，芦花飞舞，一片苍茫。秋风愁人，禾黍离离，秋水迷离，蒹葭苍苍，老树昏鸦呀呀鸣叫，那三行两行的秋去春来的大雁停靠在平沙上休憩。曲折的水岸西边渔人们正在撒网捕鱼，钓鱼的人安静地坐在小舟之上，鱼绳和钓竿轻垂湖面。远处的断桥东面是一条清澈的小溪，依水而建的是稀稀拉拉的疏篱围在外面的茅舍，再远处，只见满山满谷的红叶黄花。

这首曲子与马致远的“枯藤老树昏鸦，小桥流水人家，古道西风瘦马。夕阳西下，断肠人在天涯”（《天净沙·秋思》）有着异曲同工之妙。结构上，全曲可分为三个部分，第一部分从“弊裘”句到“三行”句，写的是目之所见全部萧条悲凉的秋景，渲染出伤感的秋愁。第二部分是“曲岸”句至“红叶”句，还是写目之所见，可描写的是宁静的乡村生活，用以反衬出羁旅天涯路上离人无法抑制的离愁。第三部分是末两句，抒发了在这凄凉时刻，离人却还在天涯路上奔波漂泊的流离感。写作手法上，曲中使用了寓情于景，情景交融的手法，在景中渲染出萧瑟凄凉的氛围，如曲中的“弊裘”、“尘土”、“”西风“、“秋水”、“昏鸦”、“归雁”等景物，再如“倦”、“萧萧”、“羁怀”等词，营造了伤感凄清的气氛。

“蟾宫曲”全曲十一句共五十字，定格句式乃六四四四四四六六四四四，而这首小令却有九十七字，即有四十七字为衬字。可以说，衬字成为本曲的一大亮点，如使“千点万点老树寒鸦”中“千点万点”是衬字，形象地描绘出秋日黄昏乌鸦聚集的众多，其发出的鸣啼是何等的悲戚，烘托出秋日的萧瑟凄凉感，使得吟唱之时更加流畅，犹如行云流水之势。

【越调】柳营曲·叹世

马谦斋

手自搓，剑频磨。古来丈夫天下多。青镜摩挲，白首蹉跎，失志困衡窝。有声名谁识廉颇？广才学不用萧何。忙忙的逃海滨，急急的隐山阿。今日个，平地起风波。

【鉴赏】

作者的生平不详，但从作品内容来看，应曾入仕，后辞官隐居。这首小令就是作者对前半生的自述，抒发了怀才不遇及仕途之险恶的感叹。

“手自搓，剑频磨”二句是对青年时代的描述：青年时期的作者胸怀大志，对于前途充满信心，所以双手自搓，勤学好问，刻苦求学，只求某日能够入仕一展自己的才能。“剑频磨”本指频频磨剑，在这指用心准备大显身手。

“青镜摩挲，白首蹉跎，失志困衡窝”三句是对中年时代的描述，作者省略了饱受挫折的阶段，而是直接跳到失意蹉跎的状态。作者轻轻地抚摸那青铜镜，却发现鬓发已白，岁月蹉跎，自己依旧是虚度光阴，郁郁不得志而困居于那“横窝”之中。“横窝”即简陋的小屋。

“有声名谁识廉颇？广才学不用萧何”二句以廉颇和萧何为例表达了对现实的不满和入仕之难：如今的社会，就算是有廉颇的名声，可是却依旧没有人赏识，有萧何的贤臣，也不会加以重用，意即自己光有一身本领和才能，却无人赏识，抒发了作者怀才不遇的感叹。

"忙忙的逃海滨,急急的隐山阿。今日个,平地起风波"四句写选择归隐和归隐的原因在于仕途的风险难测。既然又选择归隐,那说明曾经出过仕,但因为某种原因而不得不辞官归隐。"忙忙"二句是对归隐时的状态进行描写,"逃"字说明选择归隐的不情愿,"海滨"说明归隐之地的遥远,"山阿"说明归隐之地的隐秘。到底是何事才能使得作者如此慌张匆忙地逃离到偏远之地进行归隐。"今日个"二句解释了原因,原来是平地起风波,即这场宦海风波来得无缘无故,却又折煞了众多官员,才使得作者仓促归隐。

元代的仕途环境之险恶,文人作品中多有表现。可以说,那是一个文人普遍绝望的朝代,朝中多年不举办科举考试,入仕之门相当于对文人关上了,而就算是才华横溢被推荐入朝,却因元实行的民族歧视政策而在朝内饱受排挤和歧视,地位也并不算高,加之朝廷腐败,社会黑暗,许多文人都选择了归隐,而元时文人的作品中也多表现一种"超脱"的情绪,便是在这样的一个社会环境下被逼迫出来的一种人之本能反应。

【双调】折桂令·席上偶谈蜀汉事因赋短柱体

虞集

鸾舆三顾茅庐,汉祚难扶,日暮桑榆。深渡南泸,长驱西蜀,力拒东吴。美乎周瑜妙术,悲夫关羽云殂。天数盈虚,造物乘除。问汝何如,早赋归欤。

【鉴赏】

这是一首咏史之作，咏的是三国之事，表达了世事由天定的宿命论观点。这是作者存世的唯一一首散曲。

“鸾舆三顾茅庐，汉祚难扶，日暮桑榆”三句描写刘备之事：当年刘备三顾茅庐才请得诸葛亮出山，可是蜀汉王朝已如同那日暮的桑榆，气数已尽，是难以扶持的。“鸾舆”本指皇帝的车驾，也指代皇帝，此处指代刘备。“祚”皇位之意。“桑榆”指夕阳西下时，阳光照在桑树和榆树的树梢上，后用来比喻人的年老之时。

“深渡南泸，长驱西蜀，力拒东吴”三句以鼎足对来描写诸葛亮的丰功伟绩：诸葛亮他五月南渡金沙江，抚夷越和诸戎，北拒曹魏，力阻东吴的侵犯等。作者仅以诸葛亮的四个事迹的描写来点出其一生辉煌的功绩。这三句既是阐述了诸葛亮的丰功伟绩，也是对上两句“汉祚难扶，日暮桑榆”的进一步说明。刘备死后，无能新帝即位，内忧外患，诸葛亮在此情况之下既要内稳国内，外拒外敌的入侵，其盖世才能可见一斑。

“美乎周瑜妙术，悲夫关羽云殂”二句写周瑜和关羽：美妙啊，那周瑜的神奇妙术，能够在谈笑间令那曹军灰飞烟灭，悲叹啊，关羽却因为东吴偷袭荆州兵败而早早死去。这两句是对偶句，把两个结局完全不同的人放在一起，以产生一种对比鲜明的效果，为后文的抒发感叹奠定基础。

“天数盈虚，造物乘除”二句是由史得出的感叹：人世间的此消彼长，都是由天注定，造物所致，你不论怎么挣扎，最终都逃脱不了命运的控制。你看那知人善用的刘备、那盖世才能的诸葛亮、那神机妙算的周瑜、那功绩显赫最后却大意失荆州而亡的关公，他们的命运都是天注定的。“问汝何如，早赋归欤”继续抒发感慨：既然如此，又何必与天抗争，又如何与命运争夺呢？还不如早早归隐山林为好。

作品中关于“天数盈虚，造物乘除”的结论是老庄的无为思想，在元时文人中较为盛行，与当时的时代背景有关，其他文人作品之中也多有表现。

【中吕】上小楼·隐居

任昱

荆棘满途，蓬莱闲住。诸葛茅芦，陶令松菊，张翰莼鲈。不顺俗，不妄图，清风高度。任年年落花飞絮。

【鉴赏】

这是一首描写隐居之逸的小令，抒发了作者淡泊名利的情怀。元代的大背景之下，文人笔下对隐居生活和乐趣的描写颇丰，这是其中一首。

首两句表明归隐的原因是因为仕途的险恶。“荆棘满途”本指道路之上布满荆棘，非常难走，用以比喻处境的艰难和道路的坎坷，在此指宦海风波，令人无法适从只好选择归隐。“蓬莱闲住”即选择蓬莱来闲适自得地居住，无拘无束，自由自在。“蓬莱”或指浙江绍兴市龙山下的某个风景点，或指如蓬莱仙岛般美丽的地方。

“诸葛茅芦，陶令松菊，张翰莼鲈”三句鼎足对通过描写历史上曾经隐居的三人进行阐述。第一个是诸葛亮，未出仕前曾在南阳躬耕，后刘备三顾茅庐才将其请了出来。第二个是陶渊明，陶渊明不愿为五斗米而折腰，遂弃官归隐田园，在屋舍周边栽种上菊花和松树，终日饮酒赏菊，好不惬意。第三个是张翰，这位名士同样极具个性，就因秋风起而怀念家乡的菰菜、莼羹、鲈鱼脍，便曰“人生贵适志，何能羁宦数千里以要名爵乎?”弃官归家。作者在这里选择了著名的三位人物来进行阐述，表明隐居生活是如此的惬意，虽仅有一座茅庐，但是有松菊可赏，有山里的野味可尝，有自家酿的香酒可尝，甚至还有自己煎煮的清茶可品，如此生活又何必入仕，在那狼堆虎窝里争抢个死你我活呢！

“不顺俗，不妄图，清风高度”三句便表明了作者淡泊名利的情怀。他不相随与世俗，也无意妄想求得半官一职，所以才能保持着清风亮节般的高洁风度。老庄思想言之万事万物皆有定数，莫强求，顺天命，旷放超脱，保持内心的清静即可，这三句表达的即是如此老庄思想。

“任年年落花飞絮”句表明作者内心的淡泊，任每年落花飞絮飘扬，他依旧无欲无求地在那蓬莱之处恬静自得的生活着，看岁月流逝，看世事无常，内心却不起一丝波澜。“落花飞絮”亦虚亦实，可指春日里的落花和柳絮，也指纷纭世态。一个“任”字即表现了作者淡泊恬静的心态。

这首曲子基调悠闲，用典自然无痕，且以景语结曲，含义深远，勾起人无限深思。

【中吕】普天乐·花园改道院

任昱

锦江滨，红尘外。王孙去后，仙子归来。寒梅不改香，舞榭今何在。富贵浮云流光快，得清闲便是蓬莱。门迎野客，茶香石鼎，鹤守茅斋。

【鉴赏】

这首小令描写的是一处从花园改为道院后的环境和生活，抒发了对远离尘世的道院的喜爱之情。

首句描写了道院的地理位置，这道院是由一处花园改造而成，所以它地处在繁华的江滨之上，但是却远远地屏隔了一墙之隔的红尘。“锦”字写出了昔日花园的花团锦簇、姹紫嫣红。“红尘外”即身在繁华的尘世之外。“王孙去后，仙子归来”二句人员来往的不同，还是花园的时候，来的都是一些王公贵族，如今变成道观之后，来了道士和仙真。“王孙去后”出自淮南小山“王孙去兮不归，春草生兮萋萋。”(《招隐赋》)此仅指当时赏花品春的公子王孙如今都已离去。

“寒梅不改香，舞榭今何在”二句继续描写道观内的景色。那寒梅不论是在花园时还是道观之时都迎着寒风绽放，散发出一股馨香，但曾经在园子中央的舞榭歌台如今却不见踪影。“改”字点明了昔日的花园如今只有这梅花之香依旧。“今何在”更是抒发了岁月流逝给万物带来的变化。

“富贵浮云流光快，得清闲便是蓬莱”二句接着上文的花园到道观的变化来抒发岁月流逝的感叹和内心恬静的重要性。那人世间的功名和富贵，就像天边的一片浮云，不可凭依，岁月流逝，万物谁都留不住时间的前进的年轮，既然如此，内心恬静清闲，在那里都是蓬莱仙境般的美妙之处。“蓬莱”即传说中的蓬莱仙岛。

“门迎野客，茶香石鼎，鹤守茅斋”三句描写道观的生活场景。你看，那道观里进出的都是野客和山人，石鼎之中飘出阵阵茶香味，与院中的梅花香混合在一起，清丽迷人，而在道士居住的那排草屋前面，白鹤忠诚地站在门口，此番情景，烘托出道观的素雅清淡。

这首小令以花园和道观今昔不同来进行描写，抒发了盛衰枯荣无常的感叹，表达了他淡泊恬静的情怀。都说小隐隐于野，中隐隐于市，大隐隐于朝，那作者如此内心“得清闲”便是世外仙境的观点，可以说是中隐或大隐了。

【双调】清江引·题情

任昱

南山豆苗荒数亩，拂袖先归去。高官鼎内鱼，小吏罝中兔。争似闭门闲看书。

【鉴赏】

作者生平不详，但其一生未仕，游于市井间，可见其对仕途的厌恶之情。这首小令即是描写宦海风波和隐居之趣。

首句描写隐居的生活，化用的是陶渊明的“种豆南山下，草盛豆苗稀”（《归田园居之三》），写过着南山种豆的隐居生活。“拂袖先归去”即拂袖先行离开这个险恶、勾心斗角、尔虞我诈的官场，归隐田园。“先”字凸显了归隐心之急迫，还表明了官场之中还有许多执迷不悟之徒沉浮宦海。这两句是倒装结构，本是先离开官场，后在南山种豆，如此倒装意在强调归隐之趣。

“高官鼎内鱼，小吏罝中兔”二句描写宦海风波，言高官就像那鼎中的鱼，危险却不自知，小官吏就如那罝中的兔子，任人宰割。“高官”句典出南朝梁丘迟作的《与陈伯书》“将军鱼游沸鼎之中”，表明虽位居高官，但是处境却是非常危险的。伴君如伴虎，稍有不慎，就会招来杀身之祸，诛灭九族。“小吏”化用杜甫“昔如水上鸥，今如罝中兔”（《有杯石州郑十八司户》），表明当一个小官吏却也是如那砧板上的鱼，任人宰割，受人限制，还要俯首迎拜，毫无自尊可言。这两句道出了仕途的险恶和弱肉强食的残酷现状，而正是这么一个地方，却引来无数竞奔者为之追逐，争得个你死我活，抢得个风卷残云，可悲乎！

所以作者最后来了这么一句“争似闭门闲看书”，与其在宦海风波里沉浮，成为他人手中的棋子，砧板上待宰杀的鱼，还不如选择归隐田园，闭门在茅舍之内闲适自得地看书吟诗作赋。“争”即怎，怎么之意。“看书”是古时文人隐居闲乐的方式之一，所以同时代的张可久才会在述其隐居生活时言及“数间茅屋，藏书万卷”（《人月圆·山中书事》），有书为伴，足矣。

这生活在元代的文人，未入仕途的厌倦仕途的险恶，入了仕途的同样因为宦海浮沉而向往归隐生活，且不说最终他们是否都选择了真正归隐，但这么一个心态却是那个朝代，或者说是古今官场的通病，只不过在元代，这样的病态愈发严重罢了。

【双调】清江引·钱塘怀古

任昱

吴山越山山下水，总是凄凉意。江流今古愁，山雨兴亡泪。沙鸥笑人闲未得。

【鉴赏】

这是一首怀古叹世的小令，抒发了作者千古兴亡的感慨，和为世俗所羁绊无法挣脱的无奈感。

作者入曲即言那吴山和越山山下的水奔涌向前，带着一股凄凉的意味。草木本无情,因人带着情绪看着他们,才使得其带上或喜或悲的色彩。“总”字表明了这山水千百年来一直都带着凄凉的意味,意在突出兴亡无常之叹。作者的眼里,那些滔滔不绝的流水为何披着一层凄凉的面纱,下两句便回答了这个疑问。“吴山”在浙江杭州城南钱塘江北岸,“越山”在浙江绍兴以北钱塘江南岸的山,本皆是钱塘江两岸的山,因古时分属越、吴两国而别名。

“江流今古愁,山雨兴亡泪”二句写这江河流水终年不绝,见证多少兴衰成败,所以那江水承载的是那千古的愁绪,而山中的倾盆之雨更是为那千古兴亡而流下的眼泪。江流千年来一直都在流动,故承载的是今古几千年的愁绪,而山矗立在人世间的时间更为长久,从猿人还未进化成人类的时候已经在安静地看着世间的万物,故这山之雨宣泄的是千古兴亡带来的伤痛。以江流承载千古愁,以山雨宣泄兴亡泪,此写法颇具新意。

“沙鸥笑人闲未得”句是作者的自嘲,你看那沙滩上闲适的沙鸥都还在笑我不得闲!“沙鸥”在文人作品中被象征为隐士的形象,此处作者借“沙鸥笑人”来自嘲其受世俗所累,不得闲的无奈现状。其实,现实生活中又有几人能够真正摆脱那功名利禄、富贵荣华的羁绊,求得真正的超脱。可以说,句中的“人”可谓是囊括了万千世界诸多人群,当然也包括作者自己。

抒发兴衰无常、历史变迁和物是人非的作品很多,借以警醒世人,正如杜甫所说的“昔人不暇自哀,而使后人哀之,后人哀之而不鉴之,而使后人复哀后人也。”(《阿房宫赋》)但历史就是一个怪圈,一个许多人都明白的道理,参透了,可有的就是放不下或做不到。千古兴亡的感慨代代皆有,可是岁月流逝,此代终究为后人提供怀古叹世的题材,人类之哀在于此罢。

【中吕】普天乐

滕宾

翠荷残，苍梧坠。千山应瘦，万木皆稀。蜗角名，蝇头利，输与渊明陶陶醉。尽黄菊围绕东篱，良田数顷，黄牛一只，归去来兮。

【鉴赏】

作者以"普天乐"为曲牌名作了十一首无题小令，主题都是描写隐居之乐。这是其中的第三首，通过对秋日风光的描绘，抒发了对官场仕途的厌恶之情，和对归隐生活的向往之情。

曲子以描写秋景入手，选择极具秋之特征的景物进行描状。首两句写春天里青翠欲滴的荷花如今已经凋谢，而苍梧叶子在秋风的吹拂之下，在树枝上摇摇欲坠，是对近景的描写。"翠"对"残"，"苍"对"坠"，表明夏去秋来的时光变迁给万物带来的影响。三、四句继续描写萧瑟的秋景。千山因草叶尽落，故远远看上去，群山形状消瘦不少，而树林也变得稀疏可数，是对远景的描写。以"瘦""稀"来形容秋之景，文人作品中颇多，如同一时代的卢挚"天长雁影稀，月落山容瘦"（《沉醉东风·无题》），给人一种高旷和寂寥的滋味。这四句对仗工整，意境浑然天成，四句最后一个字"残""坠""瘦""稀"更是写出了秋日万物萧条，气氛凄凉的景色，乃写景之佳句。

作者触景生情，回首平生顿觉生活无奈，大半人生已过却功名成就一事无成，依旧奔波于红尘之中，为所谓的"蜗角名，蝇头利"等功名利禄所羁绊。“蜗角名,蝇头利”即蜗角的虚名,蝇头的小利。“蜗角”典出《庄子·则阳》,“蝇头”更是被称为微利的代表。作者以此二句表达了对功名利禄的鄙视之情。然其终究是常人,所鄙视却无法下定决心如陶渊明般毅然辞官归隐,得到真正解脱,这一点上,确是输给了陶。“输与渊明陶陶醉”便是表达了此种情绪。“输”字说明了作者在归隐和在仕的矛盾心理,表现了对陶渊明的敬佩仰慕之情。

一直在期盼却一直无法下定决心,但这并不妨碍其对隐居生活的设想。“尽黄菊围绕东篱,良田数顷,黄牛一只”几句便是对以后隐居生活的畅想:茅屋周边的东篱要全部栽上黄菊,要买下良田数顷,黄牛一只,过起良田中耕耘,黄菊便饮酒赋诗的闲适自得的生活!远离红尘是非,自由自在的隐居生活犹如世外桃源,怎能不让人心动,“归去来兮”,归去吧,归去到那不是仙境却胜似仙境的田园生活中去。最后一句表明了作者归隐之心已定。

在封建社会,如世外仙境的田园生活是不存在的,现实太过黑暗,农民们终日为生计、劳役、赋税而奔波,也只有那些有着一定基础的归隐之士方能过起那只羡鸳鸯不羡仙的隐居生活。

【中宫】叨叨令·道情

邓玉宾

一个空皮囊包裹着千重气,一个干骷髅顶戴着十分罪。为儿女使尽些拖刀计,为家私费尽些担山力。你省的也么哥,你省的也么哥,这一个长道理何人会?

【鉴赏】

作者以《叨叨令·道情》作了四首小令，这是其中一首，表达了功名利禄皆为身外之物的思想，和警悟世人的本意。

首两句直接说明人的躯体内包裹着一重又一重的气，是一个皮做的无底袋子，一个干骷髅也背负一身的罪恶。“空皮囊”是佛家语，道教有时也借用，指的是人的肉体和躯干。道家认为人的躯体里由“元气”构成，气在人在，气虚人虚。“干骷髅”典出《庄子·至乐》，庄子前往楚国的途中，看见一个空骷髅，停马问之，此骷髅是死于“夫子贪生失理”，还是死于“将子有亡国之事，斧钺之诛”，或是“将子有不善之行，愧遗父母妻子之丑”、“将子有冻馁之患”、“将子之春秋故”，深夜的时候骷髅托梦给庄子，说庄子所言的“皆生人之累也，死则无此矣”，后庄子告知要让司命为其复命，骷髅却表达了不愿重归品尝人间疾苦的想法。“干骷髅”在此象征人生的苦难。这两句表明人生在世，苦难常有，富贵功名却不长久，不如想开一些，不要为那功名利禄所羁绊。

“为儿女使尽些拖刀计，为家私费尽些担山力”二句则是描写了凡夫俗子的种种可笑行为：那些人为儿女煞费苦心，挖空心思，机关算尽，只怕不能把天拉下来永久为儿女遮风挡雨，有些人为了家庭为了儿女为了自己，费尽力气来攒积家私。虽说儿孙自有儿孙福，莫为儿孙作远忧，可在儿女问题上，父母们总是参不透看不清这两句，不自觉地为儿孙掏心掏肺。而钱财功名也都身外之物，生不带来死不带去，可世上大部分人都还是看不明白，仍是以“担山力”的姿态去攒积家私。“拖刀计”指使尽计谋，算尽机关，“担山力”指用尽所有的力气去搬掉大山。

作者对上述行为是非常不赞同的，所以发出了“你省的也么哥”的感叹，这些你们都懂了吗！并使用了两个重叠句用以强调其震撼之情。“也么哥”是表示感叹的语气助词，并无实际意义，在“叨叨令”的定格句式中常出现。为了使警醒意味更浓重，末句又再次强调了“这一个长道理何人会?”这么一个道理有谁明白？可惜，世人中明白的人始终还是太少了！当局者迷旁观者清啊！

这首曲子语言浅白通俗，生动却带有深刻的警示之意。作品行文流畅自然，遣词造句颇见功夫。

【正宫】叨叨令·悲秋

周文质

叮叮当当铁马儿乞留玎琅闹，啾啾唧唧促织儿依柔依然叫。滴滴点点细雨儿淅零淅零哨，潇潇洒洒梧叶儿失流疏剌落。睡不着也末哥，睡不自也末哥，孤孤另另单枕上迷颩模登靠。

【鉴赏】

这是一首描写秋愁的小令，与其他描写秋愁的作品不同的是，本曲大量使用了叠字与象声词，以主人公的听觉来渲染秋之愁绪，独具匠心。

首两句写风吹响铃声和深夜蟋蟀叫声：那秋风吹动着门前屋檐下响铃的铁片，发出叮当的响声，而入秋之后，那蟋蟀依旧不停地叫唤，似乎在提醒人们，天气变凉了，要记得添加衣服，也要记得缝制衣物以便安全舒适地度过即将到来的寒冷冬天。“叮叮当当”和“啾啾唧唧”是形容词，是对铃声和叫声的形容。而“乞留玎琅”和“依柔依然”是象声词，它们的使用生动传神地再现了风吹响铃之声和蟋蟀的叫声。“铁马儿”即古时人家门前的响铃，两块铁片绑在一起而成，风一吹两块铁片撞击发出清脆的叮当响声。“促织”即蟋蟀。“闹”字表明了秋风之凌厉,而“叫”字则表现出蟋蟀叫声的欢快。

“滴滴点点细雨儿淅零淅零哨,潇潇洒洒梧叶儿失流疏刺落”二句写秋雨和梧桐叶落之声:窗外秋雨绵绵,发出滴答滴答的响声,而梧桐叶儿也脱离了枝干的束缚,洋洋洒洒地飘到地上,秋风一吹,发出“失流疏刺”的声音。“滴滴点点”和“潇潇洒洒”是对秋雨飘洒和梧桐叶儿掉落情状的描写,“淅零淅零”和“失流疏刺”是象声词,是对秋雨和落叶之声的形容。“哨”指雨点在秋风的吹拂之下弯弯曲曲的情状,在深夜的屋里,作者是看不到风吹雨弯的样子的,这是他通过听到之声推测而得。

首四句两两对仗,渲染出初秋雨夜的喧闹噪杂的氛围,是一种以动写静的手法,反衬出屋内羁旅之人的孤寂和萧条之感。屋外的声音越热闹,越衬得屋内之人的形单影只,孤枕难眠。

“睡不着也末哥,睡不自也末哥,孤孤另另单枕上迷颩模登靠”三句便是对主人公内心的愁绪:睡不着啊睡不着,睡不着的我只好孤零迷惘倦怠地靠在单枕之上。主人公是因这屋外喧闹之声而难以入眠,更是因那热闹之声勾起的乡愁离情而心绪纷乱。“睡不着也末哥”两句重复使用,强调了主人公难以入眠的痛苦和愁绪难遣。“孤孤另另”和“迷颩模登”更是将主人公愁绪满怀,辗转反侧的情状刻画得入木三分,使得那股凄凉悲伤之感更为浓郁。

这首曲子构思奇巧,语言浅显生动,纯用白描,可以说是使用情景高度交融的描写手法的佳作之一。

【正宫】绿幺遍·自述

乔吉

不占龙头选，不入名贤传。时时酒圣，处处诗禅。烟霞状元，江湖醉仙。笑谈便是编修院。留连，批风抹月四十年。

【鉴赏】

作者一生远离仕途，穷困潦倒，寄情诗酒。《绿幺遍·自述》便是一首自述其人生态度的小令。

首两句直接点明作者不占状元榜上的名额，也不入名人贤者的册薄。是不愿意占状元榜、不愿入名贤传，更是不屑。首两句便以两个否定句直言作者的人生态度既不入仕，也不追求所谓的功名贤能，态度非常超脱。"龙头选"指状元榜，"名贤传"即记录名人圣贤的书。

"时时酒圣，处处诗禅"二句写作者的生活状态：时时都是与酒为伴，处处都在吟诗谈禅。"酒圣"即善于饮酒的人。古人颇为钟爱喝酒，有煮酒论英雄的曹操，三杯不过岗的大虎英雄武松，杯酒释兵权的赵匡胤，"明月几时有，把酒问青天"的苏轼，借酒消愁的阮籍，但最为知名的还是被唐时人称为酒圣的李白。饮酒之人，心中或多或少有些抑郁，自称酒圣之人，则是满心愤激之情了。作者作为元代那么一个大背景下的一位落魄文人，理解为借酒一醉方休解百愁也未尝不可，"诗禅"即作诗论禅，在此是诗道和禅道的并称。清王士慎曰"舍筏登岸，禅家一位悟意，诗家一位划境，诗禅一致，等无差别"（《香祖笔记》）。

“烟霞状元，江湖醉仙”二句继续自述人生态度：我是那游山玩水的状元，也是那浪迹天涯的醉仙。“烟霞”指大自然的山水。“笑谈便是编修院”句言谈笑古今故事就如同是进了翰林院，修史编著。“编修院”即翰林院，是国家编修历史的机关。不求仕途，只求成为山水之中的状元，浪迹天涯的酒中神仙，作者的狂放由此可见一斑。

“留连，批风抹月四十年”二句是对人生前四十年的总结：吟风弄月，留连风月场中，四十年就在那里匆匆流逝了。有山有水还有美酒，又怎能少了美人呢？美人可是酒兴诗兴大发的一个最强催化剂啊！所以作者的前四十年，在那留连吟风弄月、风月场中悄然而逝了。

这首曲子风格清新婉约，以直爽的态度自述了人生态度和四十年不悔的人生之路选择。

【中吕】山坡羊·冬日写怀

乔吉

朝三暮四，昨非今是，痴儿不解荣枯事。攒家私，宠花枝，黄金壮起荒淫志。千百锭买张招状纸。身，已至此；心，犹未死。

【鉴赏】

这是一首讽刺黑暗现实的小令，抒发了作者对贪婪荒淫之人的批判之情。

元代社会黑暗，官吏腐败，人民身处水深火热之中。作者一介布衣文人，看不惯那贤愚颠倒、是非不分、腐朽黑暗的社会，一生未仕。这首曲子的描写对象便是俗念过重、被黑暗社会同化了的人群。一个社会存在大量不合理的事实不算可悲，最为可悲的是世人都认为那些不合理的事实是对的。作者笔下那些朝三暮四、贪得无厌、买官卖官的人在元代可以说是一个非常庞大的群体，这是那个时代的悲哀。

首三句写朝三暮四、昨非今是，可是贪恋财色的富痴之人却不明白荣枯变化、世事兴衰无常的道理。“朝三暮四”本是贬义词，源自庄周《庄子·齐物论》，指玩弄手法欺骗人，后用来比喻反复无常；“昨是今非”亦是常常变卦之意，在此两个皆用来指代世事无常，万事不可捉摸，没有定数。“痴儿”指傻子、呆子，在这指贪恋财色之人。

“攒家私，宠花枝，黄金壮起荒淫志”三句是“痴儿不解荣枯事”的体现：这些富人们拼命积攒家私，宠爱女子，有了金钱便生荒淫之心，沉浸在物欲横流之中，不知回头。这两句讽刺那些贪财之人的贪婪和荒淫。在元人的作品中，讽刺贪财敛物行为的作品颇多，如邓玉宾在《叨叨令·道情》中曾写道：“为儿女使尽些拖刀技，为家私费尽担山力。”可见当时社会腐败黑暗已经到了一定程度。

“千百锭买张招状纸”句继续对富人进行讽刺：他们用搜刮来的钱财，到头来不过买到一张招供认罪的状纸罢了。“招状纸”古时犯人招供认罪的供状文书。可就算如此那些人，虽最终落得个身败名裂的下场，可贪心却无法停止。“身，已至此；心，犹未死”四句即是表达了这种感叹，批判了当时社会的堕落和腐朽。长江后浪推前浪，前浪死在沙滩上。前一拨贪婪荒淫的富人死在了斩刀之下，又有一大拨后者义无返顾地填充上来，可恶可悲可叹！

【越调】小桃红·效联珠格

乔吉

落花飞絮隔珠帘，帘静重门掩。掩镜羞看脸儿渐，渐眉尖，尖尖指屈将归期念。念他抛闪，闪咱少欠，欠你病恹恹。

【鉴赏】

这男女相思之情在古代人文笔下真是百写不厌，情态各异。李白的是“相思相见知何日？此时此夜难为情”（《三五七言》），柳永笔下是“衣带渐宽终不悔，为伊消得人憔悴。”（《凤栖梧》），与作者同时代的徐再思则是“平生不会相思，才会相思，便害相思。”（《折桂令》），作者又是如何抒写相思之情，且看下文。

“落花飞絮隔珠帘，帘静重门掩”首二句由景入手，描写女主人公生活的环境：暮春时节，厚重的大门紧掩着，落花柳絮在院内漫天飞舞，女主人安静地坐在珠帘的后面，透过珠帘的缝隙看着满天的落花柳絮，你说重门深院之中的她在想什么呢？又在思念着谁呢？“隔”和“掩”字说明女主人公经常一个人呆在屋内，院内很少有人走动，渲染出一股寂寞静廖的氛围。

“掩镜羞看脸儿渐，渐眉尖，尖尖指屈将归期念”三句写念：从上面的环境描写转入女主人公的动作和内心活动上，她坐在梳妆台前，看着镜子里依旧美貌的面容，那脸儿是美丽的，那眉尖也是美丽的，却突然感到含羞忙将镜子掩上，正想抿嘴一笑，忽然想起纵然有万般美丽，那离人也是看不见的！不由得抬起手来细细计算离人的归期，却发现距离他归来的时候还很远，那刚刚上扬的嘴角不由得垂了下来，形成一个悲哀的弧度。

“念他抛闪，闪咱少欠”二句是女主人公的怨：抱怨离人抛下她，抱怨他没有办法给她温暖和关爱，抱怨他让她一个人在这暮春时节对着落花飞絮独自哀愁。爱之深，念之切。女主人公的怨是建立在深深的爱意之上，所以怨只是爱的另一层表现罢了。越念越怨越爱，终于导致女主人公“欠你病恹恹”了。这“欠你病恹恹”句一出，那多愁善感、善良痴情的思妇形象就浮现在读者面前了。

这支小令题为《效联珠格》，意谓仿效联珠格的体裁来写的，即上句末一字和下句第一个字相同，句句押韵。作者严格按照音韵句式来作曲，行文流畅自然，可见其遣词用字功力之深厚。

【双调】卖花声·悟世

乔吉

肝肠百炼炉间铁，富贵三更枕上蝶，功名两字酒中蛇。尖风薄雪，残杯冷炙，掩青灯竹篱茅舍。

【鉴赏】

作者的作品中，表达富贵功名如云烟，最终不过一抔黄土的思想颇多，如《水仙子·游越福王府》、《折桂令·丙子游越怀古》等小令。《卖花声·悟世》这支小令塑造的也是一个视功名富贵为粪土的寒士形象，描写寒士的穷困而落魄的生活场景。作者一生漂泊，经历曲折，曲中的寒士可看做是作者的自比。

“肝肠百炼炉间铁，富贵三更枕上蝶，功名两字酒中蛇”三个鼎足对乃是寒士直抒胸臆表达了对世态人情的感悟：寒士的肝肠因那世事的残忍，如同那炉中百炼出来的钢铁，已经变得坚硬冰冷；对于富贵，寒士认为那不过是如庄生梦中的蝴蝶般如梦如幻，一点都不真实；功名同样如此，如同那杯中的蛇影，令人自相惊扰却无实际意义。“枕上蝶”典出“庄周梦蝶”，当年庄周做了个梦，梦到自己变成了一只蝴蝶，并且忘了自己是人类，梦醒后发现自己依旧是人，特别困惑，到底是自己变成了蝴蝶，还是蝴蝶变成了自己。后世以此来比喻虚无、梦幻。“酒中蛇”化用“杯弓蛇影”的典故，《晋书·乐广传》记载，某人在乐广家饮酒做客时，看到杯中的弓影便以为是蛇在酒杯之中，心惊胆战地将酒喝了下去，回去以后却吓出病来。后世以此来比喻因疑神疑鬼而引起恐惧。

“尖风薄雪，残杯冷炙，掩青灯竹篱茅舍”三句是对寒士生活场景的描写：他生活在一处竹篱茅舍之内，对着一盏青灯，就着几样冷菜，喝起了剩酒，而屋外则是尖锐刺骨的寒风和随风翻卷的薄雪，“掩”字既是对茅舍之门的关掩，更表明了寒士把那内心希翼之门关上，就能够隔绝外界的狂风暴雨，生活简陋却依旧怡然自得。这三句通过对清冷环境的描写来烘托出寒士处境的困顿落魄，表现了寒士在恶劣环境中依然能够泰然处之的高洁品格。

这支小令语言质朴，巧用对仗，前三句是鼎足对，中间两句是合璧对，节奏感极强，刻画出一个命运坎坷却超脱的寒士形象。

【双调】折桂令·秋思

乔吉

红梨叶染胭脂,吹起霞绡,绊住霜枝。正万里西风,一天暮雨,两地相思。恨薄命佳人在此,问雕鞍游子何之?雁未来时,流水无情,莫写新诗。

【鉴赏】

这是一首描写相思之情的小令,作者以一个思妇的口吻,道出了对漂泊不归离人的思念之情。文中以较为传统的情景交融、用典之手法来渲染出思妇的孤寂和相思之情,旧题材之中写出新意来。

"红梨叶染胭脂,吹起霞绡,绊住霜枝"三句是秋景描写:红色的梨叶经过秋风秋雨的润然显得愈发深红,如同胭脂一般,秋风一吹,那红艳如朝霞的叶片随风轻舞,有的掉落地面,有的被那霜打过的枯枝绊住,卡在哪里不动。宋玉《九辩》曰:"悲哉秋之为气也。萧瑟兮,草木摇落而变衰",诚然,这秋风确是恼人,刮到了思妇的心里,让她不由自主地打了一个冷战。而那落叶,犹如那漂泊在外的离人般,是否也如同这落叶般,被"霜枝"绊住了回家的步伐,不知停在了哪里。首三句通过对秋景的描写,为下文的抒情奠定了基础。

"正万里西风,一天暮雨,两地相思"三句继续渲染秋之萧瑟。都说秋风秋雨愁杀人,而思妇这里那万里的秋风,一天的暮雨,更是愁得她感叹起"两地相思"来。"两地相思"化用李清照的"一处相思,两处闲愁"(《一剪梅》)句并进行调整,诉的是离情带来的相思。

“恨薄命佳人在此,问雕鞍游子何之?”二句点明女主人秋思的源头是那未归的游子。女主人公自恨薄命,满怀因离人而起的愁思不知如何消遣,便又气又怨地问自己,当时怎么不用雕鞍把游子锁在自己的身边,如今也就不用饱受这相思之苦了!“问雕鞍”句化用柳永的“早知恁地,悔当初不把雕鞍锁”《定风波》的句意,表达了思妇对未阻止游子远行的悔恨之情。

“雁未来时,流水无情,莫写新诗”三句抒发相思之情:这秋日的大雁都知道回归南方,而离人你此时又在哪里?流水无情,还是莫写新诗的好。“流水无情,莫写新诗”典出“红叶题诗”的故事,言唐一宫女,在红叶上题诗并投入护城河中令其顺水漂出宫外,后被一男子拾得,女子出宫后与该男子结为夫妻,有情人终成眷属。作者在这里赋予了其新意,“流水无情”即题诗也无用,它不一定能给你传递到离人的手里,反映了与离人之间无法书信来往的现状,表达了对离人的担忧和思念之情;“莫写新诗”更妙,有新就有旧,“新”字表明了思妇之前其实已经写过许多首旧诗给离人,只是无奈送不到他的手里罢了,所以由爱转为怨,直接撂出一句狠话:还是不要给他写新诗了!言语之中传递的却是对离人深深的思念之情。情之深,怨之切啊!

【双调】折桂令·客窗清明

乔吉

风风雨雨梨花,窄索帘栊,巧小窗纱。甚情绪灯前,客怀枕畔,心事天涯。三千丈清愁鬓发,五十年春梦繁华。蓦见人家,杨柳分烟,扶上檐牙。

【鉴赏】

这是一首描写作者羁旅乡愁的小令,其在《绿幺遍·自述》中曾说过“批风抹月四十年”,结合曲中的“五十年春梦繁华”,可见此曲乃其五十岁时所作。在这个知天命的岁数里,却依旧天涯漂泊,又恰逢春雨绵绵、举家扫墓的清明时节,怎能不勾起他满怀的客愁呢!

“风风雨雨梨花,窄索帘栊,巧小窗纱”三句写目之所见:暮春时节的清明,经过一春的风吹雨打,梨花已经开始凋谢,作者身在一个安装着狭索细密窗帘和巧小窗纱的房间里,看着漫天飞舞的梨花,客居他乡的愁绪不禁涌上心头。“清明时节雨纷纷,路上行人欲断魂”,作者眼前,风雨有了,落花有了,更身在清明时节的异乡之中,怎能叫他不“断魂”呢!

“甚情绪灯前,客怀枕畔,心事天涯”三句写游子的客愁:面对着一盏孤灯,窗外是飞舞的落花,羁旅乡愁、天涯漂泊之苦等愁绪纷纷涌上心头。“甚”字起领三句,将那万般思绪都括入其中。一生漂泊不定的作者,本该习惯如此客居他乡之时,无奈此景此情太过凄清,又或是年岁渐老,怀旧之心甚于往日,才导致这满怀的“情绪”、“客怀”和“心事”不知道于何人听。

“三千丈清愁鬓发,五十年春梦繁华”二句继续抒发忧愁:这客居他乡的忧愁如同那三千丈白发一样深长,五十年来的生活眨眼就过去了,只有在春梦里才会出现繁华的生活场景。“三千”句化用李白的“白发三千丈,缘愁似个长”(《秋浦歌》)的句意。那愁绪如同三千丈的白发般深长,而只有梦里才会出现的繁华之景,都令漂泊客乡的作者颓废,怅恨之情愈发浓烈。

“蓦见人家,杨柳分烟,扶上檐牙”三句转为写景:蓦然抬头,看见窗外的人家,门前杨柳与屋檐齐高,在春风的吹拂下轻舞,远远望去如同含烟带雾,一片迷蒙。“蓦”字说明作者的客愁被打断,抬头望向窗外,却发现一片富于生机的景色。这里采用了反衬的艺术手法，以窗外景物的生机勃勃反衬作者客居他乡的孤独，不着一字言愁，而愁更甚。

【双调】折桂令·登姑苏台

乔吉

百花洲上新台，檐吻云平，图画天开。鹏俯沧溟，蜃横城市，鳌驾蓬莱。学捧心山颦翠色，怅悬头土湿腥苔。悼古兴怀，休近阑干，万丈尘埃。

【鉴赏】

这是一首怀古叹世的小令，描写的是作者登姑苏台的所见所思所感。“姑苏台”在今苏州西南，为春秋吴王所建，后被越国毁灭，只留下残垣断壁。作者就是站在这“旧苑荒台”（李白《苏台览古》）之上，举目四望，进而抒发怀古伤今之感叹。

“百花洲上新台，檐吻云平，图画天开”三句是作者对姑苏台建筑的想象和勾勒：建立在百花齐放的苏州城上的姑苏台，楼阁巍峨高耸，屋檐的兽头和瓦当插入云中，与云持平，如果登上这里四处遥望，则是一片云阔天开，风景如画的宏伟画面。姑苏台在吴国灭亡时已经被越国所毁，首三句描写的姑苏台景色应是作者根据历史记载外加自己的想象勾勒而出。

“鹏俯沧溟，蜃横城市，鳌驾蓬莱”三个鼎足对继续描绘作者脑海中的姑苏台：站在姑苏台的楼阁之上，像大鹏展翅飞翔于高空之中，能够俯瞰苍茫的海洋，像海市蜃楼般繁华，横竖理成城市，像背负着蓬莱仙岛的大鳖一样力大无穷。这三句以比喻的方式描绘了姑苏台楼阁的雄伟壮阔。“沧溟”即海水弥漫之状。“鳌驾蓬莱”即背着仙岛移动的巨鳌,据《列子·汤问》记载:渤海中漂浮着岱舆、员峤、方壶、瀛洲、蓬莱五座仙岛,玉皇大帝为了防止仙岛漂流掉,便命“巨鳌十五,举首而戴之,六万岁一交焉。”

“学捧心山颦翠色,怅悬头土湿腥苔”二句是作者的感慨:学西施捧心的东施如今都在哪里了呢?远远望去只剩下那含着青翠之色的远山。而当年被逼自杀的忠臣伍子胥的头还悬在城门之上吗?似乎到现在都还能闻到他的鲜血滴入黄土之中的血腥味。“学捧心”即学西施捧心的东施,由此含蓄引出西施。“悬头”典出《史记·伍子胥列传》,是伍子胥被逼迫自杀之后说的话,“而抉吾眼悬吴东门之上,以观越寇之入灭吴也。”作者以东施和伍子胥之事侧面描写吴王夫差的荒淫无度和斩杀忠臣的暴行。

“悼古兴怀,休近阑干,万丈尘埃”三句写作者登姑苏台回想历史而思绪万千,但千万不要太过靠近那个阑干,因为那里有万丈的尘埃。“休近阑干,万丈尘埃”二句表达了元代即将步入吴国后尘的感慨,并抒发了富贵功名最终不过一抔尘土的感叹。

【双调】折桂令·丙子游越怀古

乔吉

蓬莱老树苍云,禾黍高低,狐兔纷纭。半折残碑,空馀故址,总是黄尘。东晋亡也再难寻个右军,西施去也绝不见甚佳人。海气长昏,啼鴂声干，天地无春。

【鉴赏】

这是一首作于丙子年的怀古小令。“丙子”即公元1336年（元顺帝至元二年）。“越”指今浙江绍兴一带，古为越地。

“蓬莱老树苍云，禾黍高低，狐兔纷纭”三句是景物描写，是作者游古越之地时之所见。古越之地上一株株千年老树高耸入云，托着苍茫萧森的云朵，禾黍长得稀稀疏疏，参差不齐，山狐野兔在田野之间游窜相逐。“蓬莱”本指蓬莱仙岛，在此指古越之地，古时人认为古越之地风调雨顺，风景秀美，犹如人间仙境。以“蓬莱”起句更有与后面荒凉萧瑟景色形成鲜明对比之意，古之繁华绚烂，愈发衬出今之萧条荒凉。这三句通过老树、苍云、禾黍和狐兔等景物的描写勾勒出一幅荒凉萧条的古越图。

“半折残碑，空馀故址，总是黄尘”三句继续描写古越遗址的景色：当年的金碧辉煌如今只剩下断壁残垣，空留下陈旧的故址与黄土相伴，让今人来怀古、缅怀。而总是黄尘的又何止是那金碧辉煌的宫殿，还有那些英雄豪杰、美人杰士，他们都如那昙花一现般，烟消云散于历史的长河之中。“空”字是本曲的曲眼，说出了兴衰成败不过一场空的人生哲理。

“东晋亡也再难寻个右军，西施去也绝不见甚佳人”二句抒发的就是朝代兴亡，功名富贵美貌最终不过一把黄土的感叹：东晋亡了之后再也难以寻找一个像右军般的人才，西施去世之后也再不见绝色佳人。“右军”指东晋书法大家王羲之，曾官至右军将军，故也有人称其为“右军”。这两句是为了强调上一句的“总是黄尘”，即人才如王羲之，美貌如西施，最后也不免沦为一抹黄尘。

“海气长昏，啼鴂声干，天地无春”三句转为写景：在这古越大地上面朝大海，却总是被那朦胧烟雾所干扰，听不到杜鹃鸟的啼叫声，天地间似乎也寻找不到一丝春意，一片阴沉暗淡。“啼鴂”即杜鹃鸟。这三句是景物描写,也是对生活环境的映射,元代末年,统治阶层已腐朽不堪,黑暗已经延及社会的各个角落,而作者作为一个失意落魄的文人,在黑暗、残暴的统治下,总感觉不到春天的气息。“天地无春”便是他对所处时代的含蓄感触。

这首小令以景语起,以景语结,中间穿插抒情、议论,叙述,结构完整而流畅,是一首不可多得的佳作。

【双调】水仙子·若川秋夕闻砧

乔吉

谁家练杵动秋庭,那岸纱窗闪夜灯。异乡丝鬓明朝镜,又多添几处星。露华零梧叶无声。金谷园中梦,玉门关外情,凉月三更。

【鉴赏】

这是一首描写客乡游子之秋思秋愁的小令。曲中的主人公即作者自己。作者一生大部分时间都在羁旅他乡中漂泊流浪,这首小令应是作者在某个萧瑟秋日于他乡驿站所作。

李白在《子夜吴歌》中这样写道“长安一片月,万户捣衣声。秋风吹不尽,总是玉关情。”从此,那声声捣衣声就成为后世文人抒写客愁或相思的载体。这首曲子也是如此,在开头即点明了正是这秋夜里传来的捣衣声牵动了身在他乡异地的游子的愁思。听到那声声撼人心肺的捣衣声,作者忍不住把头转向了窗外,看到了河对岸人家女子在灯下捣衣的身影。那个女子是为出征在外的丈夫赶制冬衣吗?她的丈夫是否就要回来与她团聚了？由彼及此，作者想到了远在千里之外的亲人，其中有他的妻子和孩子，他们现在都在干嘛呢？是不是如那对岸女子般在为他赶制冬衣。想到了妻子，人生的大半时间都在流浪的作者忍不住看了看镜子，想看一看自己是否还是如同当年一样，无奈镜中之人却已鬓发发白。岁月已经无情地在他的身上烙下了痕迹。此时，屋外寒露稀零，梧桐树叶无声地从树上掉下来。夜已三更，明月高挂空中，那皎洁的月光如同温柔的母亲般，似乎一直都明白那些深陷金谷园之梦和玉门关外情的人们对远方亲人的思念之情。

作者或直接引用典故，或进行句意上的调整和修改，使得其能够更好更准确地表达其思想感情。如“异乡丝鬓明朝镜”句化用的是李白的“高堂明镜悲白发，朝如青丝暮成雪”的句意，抒发了作者岁月流逝的感叹。再如“玉门关外情”句，典出李白的《子夜吴歌》，与“金谷园中梦”一样，均是用来表达人们对身在远方的亲人的思念之情。

此外，曲中的遣词用字也颇见功力，如首句的“动”字，写出了女子为丈夫甩动胳膊捶打织物的动作，更引动了作者的秋愁。再如末句的“凉”字，可以说是本曲的点睛之笔，是点题之字，还写出了客居他乡的作者有家却不能回的凄凉心情，起到了首尾呼应的作用。

【双调】水仙子·游越福王府

乔吉

笙歌梦断蒺藜沙，罗绮香馀野菜花。乱云老树夕阳下，燕休寻王谢家，恨兴亡怒煞些鸣哇。铺锦池埋荒甃，流杯亭堆破瓦，何处也繁华？

【鉴赏】

这是一首怀古之作，抒发了作者兴衰无常的感叹。曲中弥漫着一股老庄的无为思想，这与元时道家大兴有关，也与失意文人对时代的失望甚至是绝望有关。“福王府”在绍兴府山阴县，是南宋福王赵与芮的府第。《万历会稽县志》记载：“宋福王府在东府坊，宋嘉定十七年(1224)理宗即位，以同母弟与芮奉荣王祀，开府山阴蕺山之南。”由此可以想象福王府邸当年的豪华。

“笙歌梦断蒺藜沙，罗绮香馀野菜花”二句描写福王府如今的衰败：当年笙歌曼舞的宫殿如今已经变为杂草、蒺藜丛生的沙地，而那锦衣罗裙的绮香风如今也已幻化为那迎风绽放的野花。作者描写眼前所见之景，还写脑中所联想到的当年之繁华，以当年的繁华和如今的萧条衰败作比，更显如今的破败不堪。那杂草、蒺藜丛生的沙地令他想起了当年在这片土地上拔地而起的座座豪华辉煌的宫殿，而那绽放的野花之香更是让他想起当年来往穿梭于此地的王公贵族、女侍歌妓。

“乱云老树夕阳下，燕休寻王谢家，恨兴亡怒煞些鸣哇”三句描写的是福王府如今的破败：云朵在福王府的上空乱窜，夕阳西下，照着府内的那棵干枯老树，如此破败的景象令作者忍不住对那飞来寻找屋檐建巢的燕子说，不要再到这里寻找王谢贵族之家了，它们都已消失不见了，只剩下那池塘边呱呱叫的青蛙，似乎是在为福王家族的兴衰成败发出哀叹。此景让作者那兴衰无常的感触、怅恨更加深刻，渲染了苍凉的氛围。

“铺锦池埋荒甃，流杯亭堆破瓦，何处也繁华？”三句继续描写福王府的衰败：这里除了沙地野草野花、夕阳老树鸣蛙，还剩下什么？再往前看到了铺锦的池塘中掩埋的颓垣老井，流杯亭里堆积成山的破瓦，可是就算如此，当年的繁华此时又还剩下些什么？“铺锦池”和“流杯亭”都是当年王府的游览胜处，如今却为断井颓垣和破瓦所覆盖，化为一堆废墟，怎能令人不为之感叹！这三句抒发了作者世事无常，荣华富贵不长久的思想。

这首小令以怀古为主题，以借景抒情为主要写作手法，勾勒出一幅破败荒芜苍凉的福王府遗址图，抒发了作者兴衰无常的感叹。

【双调】水仙子·寻梅

乔吉

冬前冬后几村庄，溪北溪南两履霜，树头树底孤山上。冷风来何处香？忽相逢缟袂绡裳。酒醒寒惊梦，笛凄春断肠，淡月昏黄。

【鉴赏】

这是一首咏梅的小令，可以分为三个部分，第一部分是前三句，描写的是寻梅的过程；中间两句是第二部分，描写的是梅花的香味和形态；末三句是第三部分，是赞颂梅花。

前三句乃鼎足对，写寻梅的过程：作者冬前冬后地转遍了几个村庄，走遍了小溪的南面和北面，双脚甚至都沾满了霜雪，最后又爬上了孤山，在孤山的上下仔细寻找，可却还是没有见到梅花的踪影。“冬前冬后”言作者寻梅时间之长，整个冬天都在寻找；“溪北溪南”说明作者寻梅的路程之遥远，从溪的南面走到了北面；“两履霜”说明寻梅过程的艰辛，一脚霜一脚雪地遍地寻找梅花的踪迹。如此描写为下文寻得梅花时的欣喜若狂奠定感情基础。“孤山”位于杭州西湖之中，北宋著名诗人林逋曾隐居于此，以种梅和养鹤为平生爱好，终身不仕不娶。

中间二句写遇到梅花和梅花的香气和形态：寻梅不遇的作者正沮丧

地站立山头，忽然一阵寒风吹来，一阵梅花的幽香夹杂其中，作者一回头，发现梅花竟然就在身后，如同一位缟衣素裙的美女，清丽脱俗且飘逸，使我不禁沉醉在它的风华绝代之中，颇有种“蓦然回首，那人却在灯火阑珊处”的感觉。

末三句连用三个典故来赞颂梅花：“酒醒寒惊梦”典出赵师雄遇梅花仙子的故事，当年赵师雄在林舍里碰到一女子，两人相约去喝酒并喝醉了，等他醒来时却发现自己躺在一棵白梅树上，原来是昨晚他梦见的是梅花仙子。此句在此意在形容梅花之幽香，能使人梦醒酒醒。“笛凄春断肠”化用晋向秀的《思旧赋》内的故事，向秀当年与嵇康、吕安等人私交甚好，嵇康善于吹笛，被司马昭杀害后，向秀后来一听到有人吹笛，就想起嵇康。在此说明作者听到凄凉的笛声，便想到梅花即将落尽离去的事实，不禁伤心“断肠”。“淡月昏黄”化用自宋林逋的“疏影横斜水清浅，暗香浮动月黄昏”(《山园小梅》)，此句字面意思是描写冬夜昏黄的月色，实际赞颂的是梅花的神韵。

这首小令风格清丽质朴，语言通俗，感情含蓄，用典妥帖。通篇句句都是与梅有关，却无一字是梅，是一篇咏梅的佳作。

【双调】殿前欢·登江山第一楼

乔吉

拍阑干，雾花吹鬓海风寒，浩歌惊得浮云散。细数青山，指蓬莱一望间。纱巾岸，鹤背骑来惯。举头长啸，直上天坛。

【鉴赏】

这是一首描写登楼感受，抒发作者理想世界的小令。作者的作品中有一定数量是怀古叹世之作，表达的是一种世事无常，功名富贵不长久的思想，而在这一首小令，却是写登楼之为，实则述超脱之志。“江山第一楼”指江苏镇江北固山甘露寺内的多景楼，有“江山第一楼”之美称。

这首小令起句就给人一种耳目一新的感觉，以动作切入本曲。“拍阑干”既点题，还给人一种惊醒之觉，作者为何拍阑干，是内心积郁太多的不平之事还是其他，引起读者的注意。“拍阑干”句巧妙化用辛弃疾的“把吴钩看了，阑干拍尽，无人会，登临意”(《水龙吟》)的意境。“雾花吹鬓海风寒”句写作者登楼远望的感受：强劲的海风带着水气和一丝寒意迎面扑来，吹得作者鬓发四散飘飞。此句塑造了一个迎着凌厉海风站在阑干处的登楼者形象。“浩歌惊得浮云散”句写作者在楼上放声高歌，那歌声直入云霄，惊得那浮云四处散去。这一句表现了江山第一楼的高耸入云，还突显了作者张狂、傲视浮云的性格。

“细数青山，指蓬莱一望间”二句乃是作者登楼的感触：细数眼前的青山，那蓬莱仙岛在一指相望的距离之内。登上江山第一楼，面对这宽阔的大海，心胸也如同那大海般宽广起来，超脱之感油然而生，那蓬莱仙境似乎也就在不远的一望之间了。

末四句是对作者超脱之态的描写，“纱巾岸，鹤背骑来惯”二句写作者带着纱巾像古人王乔一样，骑在鹤背上遨游云空。“鹤背骑来惯”典出王乔的故事，传说王乔骑鹤升仙，作者以此来渲染自己的超脱之态。“举头长啸，直上天坛”二句则写作者抬头仰天长啸，那啸声直上高高的天空，那姿态，那啸声，似乎作者已经完全摆脱了世俗的干扰，进入理想中的“蓬莱”仙境之中。

作者生活在文人普遍失望甚至是绝望的元代，社会和时代无法提供他们想实现的东西，他们只能借助于“超脱”之态、以近似于虚无之念来摆脱时代给他们带来的痛苦。

【正宫】醉太平

曾瑞

相邀士夫，笑引奚奴。涌金门外过西湖，写新诗吊古。苏堤堤上寻芳树，断桥桥畔沽醽醁，孤山山下醉林逋。洒梨花暮雨。

【鉴赏】

西湖是杭州的名胜之一，古代文人赞美西湖的作品多如牛毛，如宋苏轼的“水光潋滟晴方好，山色空蒙雨亦奇。欲把西湖比西子，淡妆浓抹总相宜。”(《饮湖上初晴雨后》)，写的是雨后初晴的西湖美景；再如宋杨万里的“毕竟西湖六月中，风光不与四时同。接天莲叶无穷碧，映日荷花别样红。”(《晓出净慈寺送林子方》)，写的是盛夏时分西湖的绚丽景致。曾瑞的这首小令，描写的是早春二月的西湖风景，与其他大量篇幅用以描绘西湖之美的作品不同，作者通过对游西湖的过程和路线的叙述，表达了吊古之情，抒发了对西湖美景的喜爱之情。

首两句叙述的是游西湖之前的相关准备：邀请三五同是“士夫”的好友，带着两三个仆役，兴高采烈地向西湖出发了。“士夫”金元后指一般男子，在此指作者的朋友。“奚奴”即仆役。

“涌金门外过西湖，写新诗吊古”写游西湖的目的是为了写新诗吊古伤今。浩浩荡荡的一群人从杭州城内出发，出涌金门向西湖出发，凭吊故人,怀古伤今写新诗。"涌金门"又叫丰豫门,是杭州原城门名。

"苏堤堤上寻芳树,断桥桥畔沽醽醁,孤山山下醉林逋"三句是鼎足句,分别描述了游湖的路线:从苏堤到断桥,再到孤山。作者他们先是在苏堤之上寻花问柳,寻找春天的气息。"苏堤"在西湖湖中,贯通湖的南北,夹道种植许多花柳,故作者言之"寻芳树"。接着他们来到了断桥之上。"断桥"是白堤的入口处,最为出名的是此处万柳如云,如同仙女的裙带般飘逸。作者他们在断桥桥畔这里买了"沽醽醁",准备带着美酒上孤山,饮酒观赏美景。最后他们来到了孤山,在山上与林逋畅饮不醉不归。孤山是西湖中独立的一座山峰,在山上望四周顾盼可见西湖之全景。"林逋"乃北宋名人,曾在孤山隐居,赏梅养鹤,终身不仕。西湖孤山之上层建有"林逋庐",曾是西湖的名胜之一,后被毁。作者的性格和经历与林逋颇为相似,故他认为两人可以惺惺相惜,畅饮不醉不归。一个已死的人又怎能出来陪作者一醉方休呢!如此描写不过是宣泄作者内心的抑郁愤激之感罢了。而这种抑郁不得志的感觉,存在于元代的大多数文人心中,是那个时代的悲哀。

"洒梨花暮雨"是本曲的点睛之笔,转为写景:众人将西湖游了个遍,心满意足地在夜幕时分归程了。而二月早春的杭州,细雨纷纷,梨花应春风春雨绽放枝头,娇艳欲滴。一个"洒"字道出了春雨细润的特点,更以拟人的手法突显了春雨怜惜梨花的情状,怎一个妙字了得。

【双调】折桂令·过金山寺

赵禹圭

长江浩浩西来，水面云山，山上楼台。山水相连，楼台相对，天与安排。诗句成风烟动色，酒杯倾天地忘怀。醉眼睁开，遥望蓬莱，一半儿云遮，一半儿烟霾。

【鉴赏】

“金山寺”是杭州的名胜之一。《新白娘子传奇》里白娘子为了逼迫法海放了许仙而水漫金山，金山寺就在金山之上。金山在今江苏镇江西北，本是独立长江水之中的一座山，清道光年间因江沙沉积，现已与南岸连在一起，成为内陆山。作者作的这支小令题为《过金山寺》而非《登金山寺》，即其乘船驶过长江时路过金山，曲中描写的是作者的所见所感。“金山寺”始建于东晋明帝时，依金山而建，曾被称为是“江中的一朵芙蓉”。

前三句写长江之水奔腾起伏，从西而来，起伏不定的水面上突显一座云蒸霞绕，巍峨高耸的云山，山上有一座气势雄伟的楼台。这是作者在长江之上所见之景。以西来的长江之水带出水面之上突兀而起的金山，金山之上又有一座气势磅礴的大庙。“云山”即金山，因是拔江而出，且巍峨高耸，水蒸气、雾气弥漫，从远处看有种“云蒸霞绕”的感觉。

“山水相连，楼台相对，天与安排”三句描写金山寺：金山与长江山水相连，楼台上下相互映照，山在水中，楼在山中，相映生辉，这样的情景，是大自然的鬼斧神工，是上天给安排好的，是人间少有的。金山从江面上突兀而起，从作者的视角看过去，则是山水连成一片，而金山寺的诸多楼阁是修建在金山顶峰，上下在江水的映照之下相对无言，如此胜景人间罕见，故言“天与安排”。

“诗句成风烟动色，酒杯倾天地忘怀”二句是作者看到气势磅礴的金山和金山寺之后的感触：作者被眼前的胜景给吸引住了，并诗兴大发，顷刻间一首作品完成，时间之快，感情之充沛令那天上的风云和烟霞都为之动色，手中的酒杯也因内心的激动而将杯中之酒洒满整个船板，整个人似乎已经跃出天地之外，处于一种“忘怀”的境地。

“醉眼睁开，遥望蓬莱，一半儿云遮，一半儿烟霾”四句写的是作者之所见：作者睁开迷醉的双眼，看着前方的金山，在雾岚之间时隐时现，如那蓬莱仙岛般虚无缥缈，非人间所有。“醉”字用得极妙，表明作者不仅是因手中之酒而醉，更是因那缥缈迷蒙的金山之景而心醉神怡。

这首曲子气势雄壮，描写金山和金山寺时没有按照常规的景物来进行描写，而是紧抓住山水云的相映相依来进行烘托渲染金山的巍峨挺拔，金山寺的雄伟峥嵘，可谓是颇具新意。

【正宫】塞鸿秋·代人作

贯云石

战西风几点宾鸿至，感起我南朝千古伤心事。展花笺欲写几句知心事，空教我停霜毫半晌无才思。往常得兴时，一扫无瑕疵。今日个病厌厌刚写下两个相思字。

【鉴赏】

这首散曲描写的是相思之情。题为“代人作”，从曲之口吻和内容看，应是代某位女子而作。

首两句以物起兴，以那迎着西风展翅飞翔的鸿雁起兴，勾起女主人公关于南朝兴亡的千古伤心事。秋风萧瑟，因距离悠远，所以眼中的鸿雁只有“点”般大，可是西风凌厉，它们却能迎着西风飞翔而“至”，不得不佩服其精神。吴激的“南朝千古伤心事，还唱后庭花”（《人月圆》），这里并非实指南朝伤心事，而是借以表达主人公隐约含蓄的相思之情。“南朝千古伤心事”化用“战”字统领全曲，可以解释为迎战，抗争。“宾鸿”即鸿雁，大雁。“南朝”指东晋之后的宋、齐、梁、陈四朝，四朝皆以建康（今南京市）为都城。

大雁南飞，触景生情，勾起了主人公无端的愁绪，于是展开景致华美的信笺“欲”写下几句知心的话语，可是满腹情思却无法写出笔端，因为脑子混乱理不出一丝头绪来，白白地拿着洁白如霜的毛笔停在那里半天。主人公的“知心话”为何并不明说，而是故作玄虚，令读者好奇不已。“空”字刻画出了女主人公“欲”写而写不出来的矛盾情状。“霜毫”即由白兔毛做的毛笔。“无才思”即没有一丝头绪。

此种情况曾发生，平日里兴致一来，洋洋洒洒许多字一挥而就，且毫无瑕疵。往日的“一扫无瑕疵”和今日的“空教我停霜毫半晌无才思”形成了对比，烘托出主人公内心的混乱和悲伤。

“今日个病厌厌刚写下两个相思字”末句道出了造成这满腹离恨和悲伤的根源在于相思。今日精神萎靡，身体不适，对着铺开的信笺，折腾半天却只写下两个“相思”二字。从“塞鸿秋”的定格句式来看，此曲末句应为七字，在此作者加了七字，即“个”、“病恹恹”、“刚”、“两个”为衬字，这些衬字的使用强调了主人公因那“相思”而造成的悲伤和无奈。“两个相思字”与“一扫无瑕疵”同样也形成了鲜明的对比，使得那相思显得愈发触目惊心。

这首曲子基调含蓄，结构精巧，一波三折，在层层递进中将主人公的情思推向高潮，而衬字的大量运用，应着那迷离的相思之情，使得全曲读起来极具韵味，令人回味无穷。

【南吕】金字经

贯云石

蛾眉能自惜，别离泪似倾。休唱《阳关》第四声。情，夜深愁寐醒。人孤零，萧萧月二更。

【鉴赏】

这是一首描写离愁别绪的小令。作者成亲后不久即辞母别妻前往江南永州任职，多年后因“万言书”请辞翰林侍读学士之职，前往南方游学，直到死后共十年都未能返回大都（北京），一生中与妻子聚少离多，也曾与歌妓交往，故曲中所写的美人未能确指，许是其妻子，又或是其某一个知己。

首两句写送别之景。“蛾眉能自惜”中的“峨眉”指美人，意为美人明白应该克制情绪，过度悲伤对身体容易造成伤害。“能自惜”即知道珍惜自己。但分离之场景太过伤感，使得她控制不住泪如雨下。“倾”即倾倒而出。

场面已经够伤感了，可是幽怨悲伤的离别曲更勾得美人不能自已。

"休唱《阳关》第四声"，请不要唱离别曲中的第四声啊，那样离别之曲未结束，那送行二人就不用那么快分离。《阳关》即《渭城曲》，或《阳关三叠》，乃王维诗作《送元二使安西》谱曲而成。该曲的第四声即诗的第四句"西出阳关无故人"。元代，送别之时别吟唱此首离别曲，如姚燧的"阳关旧曲低低唱，只恐行人断肠"（《醉高歌·感怀》），再如冯子振的"柳青青万里初程，点染阳关朝雨"（《鹦鹉曲·别意》）。

后四句写别后之景。"情，夜深愁寐醒"，送别离人，美人回到家里，因那离情扰得她愁苦悲伤直到深夜才睡，不过却是睡了又醒，后再难以入眠。"情"指离情。"深"的不仅是夜，还有美人满怀的愁绪。"寐醒"二句突出了美人辗转反侧，睡了又醒的萧索冷落境况。"人孤零，萧萧月二更"，孤枕难眠，一个人躺在床上更觉孤苦，而那孤寂感使得美人睡意尽散，不由得抬头望向窗外，此时月已经爬到中天的位置，原来已经是二更天了。"萧萧"本是象声词，在此用以形容月之圆，渲染环境的孤寂凄清。

这首曲子构思颇为巧妙，前半部分写别时之景，后半部分写别后之情，别时之景的描写为别后之惆怅和孤寂打下感情铺垫，承转自然感人。

【中吕】红绣鞋·欢情

贯云石

挨着靠着云窗同坐，偎着抱着月枕双歌，听着数着愁着怕着早四更过。四更过情未足，情未足夜如梭。天哪，更闰一更儿妨甚么！

【鉴赏】

因封建社会女子不得上学堂的限制，当时许多女子不识字。元代时，常出现文人代女子书写的散曲作品。这首以《欢情》为题的小令即是作者代某位女子而作，描写的是男女相会时恩爱缠绵的场景。

前三句言语结构颇为大胆，连续使用八个“着”字构成三句话，描写了两人相会时甜蜜的场景：一个月色皎洁的晚上，女主人公和心上人相会了，他们挨着靠着在云窗下同坐，相互依偎着拥抱着以月亮为枕头放声高歌，听着数着愁着怕那四更声传来，害怕天亮就要分开了。“挨”、“靠”、“偎”、“抱”四个动词一出，将两人相会时亲密无间的情状展现无遗，更为奇妙的是伴以“云窗”和“月枕”的背景，以云为窗，以月为枕，使得两人相会的气氛更为朦胧，渲染出欢情之味。“同坐”、“双歌”是两人的动作，“同”和“双”字生动形象地勾勒出两人形影不离、相依相偎不愿分开的姿态。“听着”、“数着”的是夜半的打更声，“愁着”、“怕着”的是四更声响起，那就意味着天亮了，两人也要分开了。

接着，作者以上一句的“四更过”为下一句的句首进行描写，“四更过情未足，情未足夜如梭。”这天都快亮了可欢情却还没有过，可见欢情之浓烈；欢情没有过，这夜却如飞梭般瞬间而过，抱怨的是时间为何过得如此之快。都说情人相处的日子是度年如日，分别的日子却是度日如年，浓烈欢情，夜如飞梭即是如此罢。从“四更过”到“情未足”，再到“夜如梭”，这欢情因这周围环境的变化而波动起伏，令人紧张不已。

夜如梭，四更过，情却未足，使得我们的女主人公发出了“天哪，更闰一更儿妨甚么！”的感叹。这公历年中有闰年之说，农历之中有闰月之语，如今女主人公为了延长相会的时间，竟然喊出了天啊！如果再加上一更那该是一件多么美好的事情的话语，一位与情人热恋的憨厚可爱的女子形象如跃纸上。

这首曲子语言生动，民歌色彩极浓，体现了一种朴素美。而以一名女子的口吻如此明目张胆地赞美欢情的作品，在元曲中实不多见。但读完这首曲子却令人不禁摇头失笑，好一位真性情的女子！

【双调】清江引

贯云石

弃微名去来心快哉，一笑白云外。知音三五人，痛饮何妨碍？醉袍袖舞嫌天地窄。

【鉴赏】

作者出身于将门勋臣之家，祖父阿里海涯为元朝开国大将，其年甫弱冠荫袭父亲官位为两淮万户府达鲁花赤，二十七岁拜为翰林侍读学士、中奉大夫、知制诰、同修国史，后因“万言书”而被进谗，愤而辞官南游，隐居于杭州一带，后终身未再归大都(北京)。这首曲子乃其南游时所作。

青年时便在官场上沉浮的作者，对上层统治者的罪恶污染、官场上的是非和勾心斗角有着深刻的体会，并深受其害，对其亦是痛恨不已，这首小令就表达了他对功名利禄的蔑视、对仕途险恶的憎恶和对隐居生活的喜爱之情。

首句直言抛弃“微名”心快哉。功名在封建时代是许多人毕生追求的目标，可作者在经历了黑白颠倒、是非不分的诸多经历之后，对所谓的功名鄙视不已。那“一笑白云外”更是表达了作者对现状的满足，在摆脱了官名的束缚，远离尘世，投入到大自然的怀抱之中，在青山绿水之间自由奔跑，在山泉寺庙之中饮酒赋诗，自由自在，无拘无束，这样的生活好不乐哉！

“知音三五人，痛饮何妨碍？”二句便是对隐居生活的描写，知音不多，也就三五人，但是与知音饮酒，痛饮又何妨？在作者辞官南游的过程里，与农夫、渔翁、高僧有过痛饮，在名胜古迹地怀古叹今之时痛饮。与张可久、徐再思、杨朝英等一班好友游湖观潮，诗酒唱和，与红颜知己相交甚迷，这些都是他的知音。酒逢知己千杯少，故痛饮又如何！甚至易服在钱塘江边卖药为生，又有何妨？“三五人”乃泛指。而结句“醉袍袖舞嫌天地窄”更为夸张，言醉袍袖舞一甩，也嫌这天地太过狭窄了！大有视功名利禄为浮云，权贵王侯为粪土的架势。

这首小令是作者啸傲山林作品之一，风格豪迈，内容飘逸俊放，歌唱起来，真是响彻云霄。读毕这首曲子，一个豪放不羁、多才多艺、热爱自由的作者形象涌现在读者眼前。作者的好友张可久在其病逝后总结他是“……厌尘器，绝名利，近林泉……”（《为酸斋解嘲》），极为恰当。

【双调】清江引·咏梅

贯云石

南枝夜来先破蕊，泄漏春消息。偏宜雪月交，不惹蜂蝶戏。有时节暗香来梦里。

【鉴赏】

历代歌咏梅花之作甚多，有歌颂梅花的傲霜雪，凌寒风，有赞美其不畏强暴，不羡慕富贵的高尚品格，如王安石的“墙角数枝梅，凌寒独自开。

遥知不是雪,为友暗香来"(《梅》),元梅花尼的"终日寻春不见春,芒鞋踏破岭头云。归来笑捻梅花嗅,春在枝头已十分"(《咏梅花》),各有特色。

贯云石以《清江引·咏梅》为题作了四支小令,这是其中一首,如题所言咏的是梅花,句句都与梅花有关,歌颂了梅花遗世独立、报春却不争功、幽香而内敛、纯洁高雅的高贵品格。

"南枝夜来先破蕊,泄漏春消息"二句写梅花破蕊报春:南面的花枝在某一个夜里先吐出了花蕊,把春的消息泄露给世人。南面朝阳,故南面的梅花枝早于其他面的花蕾绽放,是第一批报春花,给严寒笼罩、死气沉沉的世界带来了一丝生机和活力,看到了一线曙光,姹紫嫣红、生机勃勃的春天即将来临了!"夜来"、"泄露"传神地再现了梅花隐秘而低调开放的姿态,特别是"泄露",更将梅花拟人化了。而如此隐蔽而低调绽放的梅花却被作者发现了,可见其盼春之心的急切。

"偏宜雪月交,不惹蜂蝶戏"二句赞美了梅花高洁不媚众的高尚品性:它不喜欢去招蜂蝶来嬉戏,却独喜欢与雪一般的明月成为朋友。花族从一绽放那刻就有着招蜂引蝶的习惯,是一种本能,桃花、梨花、杏花等都不能例外,除了梅花。"偏"字表现了梅花与众不同的品性。"雪月"皆是洁白纯净之物,是高洁品格的象征,烘托出梅花的高洁、不随波逐流和孤傲绝尘的品性。

"有时节暗香来梦里"句写梅花的幽香:明月清风的夜晚,梅花将其花香暗自散发给沉睡中的人们,借用林逋的"暗香浮动月黄昏"(《山园小梅》)的意境,但林诗给人带来的是一种萧瑟静寂的气氛,而作者的"有时节""暗香来梦里"却给人带来一股朦胧神秘之感,颇为吸引人。

这首曲子句句写梅,但依旧能从梅花中看到作者的影子,咏的是梅,也是蔑视功名、品格高尚的作者的自我写照。全曲意境活泼,格调明朗,采用拟人、对比等手法,趣味无限。

【双调】清江引·立春

贯云石

金钗影摇春燕斜，木杪生春叶。水塘春始波，火候春初热。土牛儿载将春到也。

【鉴赏】

这是一首应酬之作，描写的是立春时节的风景和相关民俗。据明蒋一葵《尧山堂外纪》记载，作者前往赴所亲宴，当日正是立春，宴中之客以“清江引”的曲牌名请其赋曲一首，且要求每句之首字为“金、木、水、火、土”，每句之中带有“春”字，如此严格的要求，谁知作者些许思索之后随即提笔，一挥而就，满座嘉宾为之绝倒。

“金钗影摇春燕斜”写立春的习俗。立春那天，为迎接春天的到来和去掉一个冬天憋在屋里所沉积的晦气，人们都会盛装打扮外出游春。作者在此没有描写熙熙攘攘的游人，尽是从妇女头上所戴的头饰来烘托出立春之日的热闹场景。“金钗”和“春燕”都是旧时妇女头上所戴的头饰。此句可以理解为妇女们头上的春燕斜戴着，微风轻拂，金钗摇动。

“木杪生春叶”写立春之景：树梢生长出嫩嫩的细芽。“木杪”即树梢。春回人间最为明显的特征是万物开始萌发出绿意，作者抓住了这一最具代表性的特征进行描写，一派立春欣欣向荣之气氛迎面扑来。“生”字紧贴“立春”之题。

“水塘春始波”写水塘里的春色：万物回春，冰雪融化，池塘里的碧波在春风的吹拂下荡漾开来,泛起了层层波浪。“火候春初热”写春之温暖的气候:春天来了,气温也开始回升了。“火候”本指烹煮食物时火力大小和时间长短,在此指气温。这两句是对仗句,句中的“始”和“初”二字用得极好,不仅点题,还突出了春是万物复苏之源的含义。

“土牛儿载将春到也”句转为写立春“打春”之习俗:春天到了,耕地的春牛也要开始工作了。“土牛儿”即春牛。古时人们比较迷信,在立春前一日都要进行迎春仪式,有人扮成神仙模样鞭打土牛,地方官行香主礼,象征着新的一年春耕的开始。末句对迎春习俗的描写与首句前后呼应。

这首曲子紧扣一个春字对春景和习俗进行描写,意境生动自然,语言活泼,结构完整,首句和末句写的是立春之习俗,中间三句写立春之景,是一篇应酬之佳作。

【双调】清江引·惜别

贯云石

若还与他相见时,道个真传示。不是不修书,不是无才思,绕清江买不得天样纸!

【鉴赏】

作者以“清江引·惜别”为题作了四支小令,描写皆是男女之间的离愁别绪。这是第四首,简单巧妙地以传口信给心上人来表达男主人公的思念之情。

写相思之情的作品很多，马致远运用的是不尽之意见于言外的手法，如他的“云笼月，风弄铁，两般儿助人凄切。剔银灯欲将心事写，长吁气一声欲灭”（《寿阳曲》），而姚燧则是采用夸张的直抒胸臆手法，如他的“两处相思无计留，君上孤舟妾倚楼。这些兰叶舟，怎装如许愁”（《凭阑人》）。作者在这首曲子里则是通过朋友传话的方式表达感情，无一字直言思念，却思念如海深。

首两句是向朋友的嘱咐：如果你回去能够和她相见，一定要告诉她我的情况。“若”字表明了朋友回去有可能见到男主人公的心上人，也有可能见不到，毕竟分别那么久了，她可能因种种原因或嫁人了或发生了其他变故，等等。

接着男主人公以四个否定词表达了自己的心迹：不是我不想写信，也不是我没有才华和情思来给你写信，而是我绕遍了整个清江却买不到一张像天一样大的纸，来承载我对你的思念。男主人公的言下之意是分别这段时间，他其实经常想给心上人写信，但是因为思念太过沉重，那小小的信纸都无法承载和容纳。这种化无形之物为有形之体，以具体现抽象的写法文人们经常使用，如李煜的“问君能有几多愁，恰似一江春水向东流”（《虞美人》）。“清江”在此可以是泛指清澈的河流，也可以是实指，乃两条我国境内的古夷水和赣江。

这首小令构思巧妙，内容新颖，句短字少却情长，以夸张的手法将男主人公对心上人那如天般宽阔的相思眷恋之情表现得酣畅淋漓。最具特色的是，一般写相思之情的作品基调均比较伤感，如李清照的“只恐双溪舴艋舟，载不动，许多愁”（《武陵春》），而此曲却独具一格，颇具新意，整首曲子基调活泼，读完眼前似乎浮现出男主人既狡黠又痴情的形象，还有那句“绕清江买不得天样纸”一句一出，更是令人忍俊不禁。

【双调】蟾宫曲·送春

贯云石

问东君何处天涯？落日啼鹃，流水桃花。淡淡遥山，萋萋芳草，隐隐残霞。随柳絮吹归那答，趁游丝惹在谁家。倦理琵琶，人倚秋千，月照窗纱。

【鉴赏】

这首曲子名为《送春》，则曲中所描写是暮春之景，全曲以设问统领全曲，曲中皆景语和人之活动，构思颇为灵巧。

首句点题，以设问句起曲。“问东君何处天涯？”问春之神东君到遥远的何处去了？“东君”即春神。随即作者罗列了五组春之景色，勾勒出一幅迷人的风景图。

在那幅图里，有落日余晖下鸣啼的杜鹃，有随着流水飘向前方的落桃花，有远处淡淡的群山，有茂盛青翠的芳草，还有残留天边隐隐晚霞。而从结构上来看，作者使用的组合也颇为有趣，以落日起以残霞结，中间穿插啼鹃、流水、桃花、遥山、芳草，并伴以隐隐、淡淡等形容词，勾勒渲染出一个凄迷的暮春意境。从暮春之景物来看，画中所罗列的景物仅有桃花和芳草与春有关，但在其他景物的烘托之下，残春的色彩才更为浓烈。

“随柳絮吹归那答，趁游丝惹在谁家”二句化用秦观的“正絮翻蝶舞，芳思交加，柳下桃蹊，乱分春色到人家”（《望海潮》）的意境，以设问的方式回答了首句春神归之何处的问题：柳絮今日吹到什么地方去了呢？游丝今天又惹到谁家去了呢？柳絮和游丝均是春之特征，这两种事物如今何处去的设问，结合《送春》的题目可知柳絮和游丝已经跟随春天的脚步离开这里了。春天都离开这里了，那春神还呆在此处做甚，以此回答了春神何处在的问题。

“倦理琵琶，人倚秋千，月照窗纱”三句又转为人之活动：夏日是个令人疲乏的季节，所以往日里爱不释手的琵琶此时正搁放在盒子之内，懒得去理它；人倚坐在秋千之上，想踮一下脚让秋千动一下却又懒得去移脚；只剩下那皎洁的月光照在窗纱之上，而那月色似乎被人的情绪感染到了，也变得懒洋洋的。“倦”字用得极好，突显了夏日的倦乏，表明了春去的事实。

这首曲子以《送春》为题，曲中却无一字是“送”或“春”，但句句又与送春有关。特别是末句以景语作结，有种曲尽而意不绝的滋味，甚妙！

【双调】寿阳曲

贯云石

鱼吹浪，雁落沙，倚吴山翠屏高挂。看江潮鼓声千万家，卷朱帘玉人如画。

【鉴赏】

作者因“万言书”事件后，看透统治阶层的腐败和官场的尔虞我诈遂辞官南游，在杭州一带隐居。这首曲子是作者隐居杭州时所作，描写的是钱塘江涨潮时的胜景。

钱塘江涨潮是杭州名胜之一，观潮时间是八月中旬，中秋前后更佳。北宋苏轼曾以“八月十八潮，壮观天下无”来形容钱塘江涨潮时的胜景。

前三句描写钱塘江还未涨潮时的情景，勾勒出一幅清新宁静的钱塘江风景图。“鱼吹浪”即鱼儿在波浪中嬉戏玩耍，“雁落沙”写南飞的大雁停落在沙滩上。“吹”和“落”字在此用得极为传神，生动再现了鱼儿随波逐流和大雁停靠沙滩的情状。吴山紧挨着钱塘江，每年涨潮之际游人众多，并倚靠着吴山搭起了数量可观的“看幕”，“倚吴山翠屏高挂”句便是描写那倚山近海的“看幕”倚靠着吴山，如同翠屏一样高挂在钱塘江边上。“倚”字用得也很好，将那些“看幕”拟人化了，使得钱塘江之景更具活力。

后两句描写涨潮时的情景。都说看钱塘江涨潮是一种乐趣，听钱塘江之潮声则是一种美妙的遐想。钱塘江海潮来临之时，声如钟鼓声，以排山倒海、万马奔腾之势扑来，蔚为壮观，故言“鼓声”。观钱塘江涨潮从汉魏开始，一直是杭州居民每年中必办的一件大事，后演变成当地的习俗，涨潮最为汹涌之时杭州倾城出动，八方宾客均来到江边，争睹涨潮奇观，盛况空前，故作者言其是“千万家”。描写完钱塘江涨潮之声势和热闹场面之后，作者笔锋一转，将镜头拉到了离江边稍远的一个地方，“卷朱帘玉人如画”，一个如画般的美人也受到这江潮的吸引，忍不住用手把朱帘卷起来，探出头向涨潮的方向望去。“玉人”指美人。美人是在轿上还是在闺房之中此时似乎都已不重要，画面定格在美人卷帘探头一望的那个瞬间，是如此安静而美丽，与热闹的观潮人群和奔腾的涨潮景象形成鲜明的对比，在此作者使用了以静衬动的手法。

这首曲子笔调清新，语言优美且富有表现力，是一首描写钱塘江涨潮景色的佳作。

【双调】寿阳曲

贯云石

新秋至，人乍别，顺长江水流残月。悠悠画船东去也，这思量起头儿一夜。

【鉴赏】

俗话说春播秋收，秋天本是一个收获的季节，是值得人们欢喜庆祝的，甚至还有春祭和秋祭之祭祀习俗。可在古代文人的笔下，秋日却似乎已经成为萧条凄凉的代言词，而分别之景中若以秋为背景，则更容易勾起送者和行者分别时的伤感和分别后的离情，柳永的那两句脍炙人口的“多情自古伤离别，更那堪冷落清秋节”（《雨霖铃》）更是将那秋日下的离情别恨抒发得酣畅淋漓，不得不佩服。贯云石这首小令同样也是如此，在秋日的背景下，描写了一次分别的场面，展示了一幅清凄冷落的送别图。

首句“新秋至”点明时令，即两人是在新秋的季节里分别的。“人乍别”即离人也刚刚登船离去。“新”秋刚至，万木萧条，本就容易滋生悲凉之感，如今这离人还乍别，使得送者更为伤感惆怅。离人登船远去之后，送者并未立即离开，而是站在江边凝视着离人的坐船，此时残月斜挂在天空之中，投射在江面上的月影，顺着船儿的前行也向前移动。花好月圆是世人最为向往的一个结局，但此时却是一轮残月斜挂空中，月圆人团圆，月缺人分离，似乎那月亮也明白送者内心的凄清，故只将半边身子展露在世人面前。

随着时间的推进,承载着行者的船儿向东走得越来越远,逐渐隐没在水平线上。“悠悠”即远远的样子;“画船”指如画般美丽的船,这里指搭乘着离人的船只。看着船儿消失在自己的视线之内,送者惆怅感伤之情更加强烈,不禁发出“这思量起头儿一夜”的感叹,这只是分别的头一夜,竟如此难熬,那未来漫长的岁月里又将如何度过!因分离而引发的离情别绪也达到了顶峰,往后多少思念都融化在这末句之中,不言自明。

曲中作者没有用过多的笔墨描写分别时的场景,而将重点放在了两人分别之后,送者目送行者乘坐之舟远去的场景,画面的结构和意境颇似李白的“故人西辞黄鹤楼,烟花三月下扬州。孤帆远影碧空尽,唯见长江天际流”(《黄鹤楼送孟浩然之广陵》)。

【双调】殿前欢

贯云石

怕相逢,怕相逢歌罢酒樽空。醉归来纵有阳台梦,云雨无踪。楼心月扇底风,情缘重。恨不似《钗头凤》。东阳瘦损,羞对青铜。

【鉴赏】

这支无题小令描写的是相思之苦。

首句的“怕相逢”给人一种惊奇之感,相爱之人为何怕相逢,并勾起读者继续读下去的欲望。“怕相逢歌罢酒樽空”句解释了原因。原来不是害怕相逢,而是害怕相逢之后分离的那种不舍之感。天下没有不散的筵席,相逢更是如此,相逢却又离别的场景实在太令人难以接受。虽说两情若是久长时，又岂在朝朝暮暮，可是那歌停酒樽空的场面实在太容易勾起人的离愁。

“醉归来纵有阳台梦，云雨无踪”二句借用了宋玉的《高唐赋序》的故事，当年楚襄王游巫山之际，疲而就寝，梦中巫山神女与其相会，风流一夜，并告之其将化为朝雨暮云在阳台之上，这两句的意思是主人公若醉了还尚有阳台梦聊以自慰，可酒醒之后却云雨无踪，孑然一身，好不凄凉。爱人相逢相聚相见时的场面却是甜蜜，令人陶醉不已，但分别之后的相思之苦却折煞人也，最怕那“云雨无踪”的结局。

“楼心月扇底风，情缘重”二句描写情缘太过沉重，被相思扰得夜不成眠的主人公只好就着月色登上了城楼，对相逢时刻的回味如同那扇底的风，为焦虑之人带来一丝凉意，给予些许慰藉。

“恨不似《钗头凤》”句借用了陆游和表妹唐婉的故事。当年陆游为表妹唐婉写了一首《钗头凤》广为流传，用以表明两人的情深意重，无奈最终只是缘浅罢。此句可以理解为恨不像《钗头凤》。许是主人公的要求过高，许是心上人的水平无法与主人公一般高，她有时无法像陆游和唐婉一样，心有灵犀一点通，使主人公颇为失意，故带着些许的抱怨意味。

“东阳瘦损，羞对青铜”两句写相思之苦带来的后果就是人消瘦，以至羞于照镜子，害怕端详镜中因情而消瘦不堪的脸。“东阳瘦损”借用了《南史》本传里沈约的故事，沈约出任东阳太守之后，在数月之内暴瘦。在此“东阳”指代主人公。

这首小令语言生动简练，以含蓄巧妙的方式来抒发内心因相思而引出的愁苦和离恨，给读者以美的感受，塑造了一个为情所困的痴情人儿的形象。

【双调】殿前欢·楚怀王

贯云石

楚怀王,忠臣跳入汨罗江。《离骚》读罢空惆怅,日月同光。伤心来笑一场,笑你个三闾强,为甚不身心放?沧浪污你,你污沧浪。

【鉴赏】

叹世一直都是中国古代文人乐此不疲书写的一个主题,与时代有关,也与作者个人有关。贯云石的这首《殿前欢·楚怀王》便是一支咏史叹世、伤时寓慨的小令,作者试图通过咏史来平抚内心的郁愤,最后效果如何,只有作者自知。

首两句直接点出正是因为楚怀王的荒淫昏庸无能,不辨忠良,才导致忠臣屈原纵身一跳,投入到汨罗江之中,起两句便给人一股悲壮的氛围。"《离骚》读罢空惆怅"句是作者的感受:读完《离骚》我空自惆怅。而作者为何读完《离骚》而惆怅,那是因为屈原的处境曾经和作者极为相似,触动了他内心的某个心弦,故引发惆怅之感。"日月同光"句便赞美了屈原的品质和精神将如同那日月一般,永垂千古。

可是正是这样一个贤能的臣子,最后在社会环境的逼迫之下选择了投河自尽,如此凄惨的结局怎能不令人伤心。可作者的伤心却与常人不同,"伤心来笑一场",伤心和笑组合在一起颇为怪异,却使那伤心更为突出。"笑你个三闾强,为甚不身心放"二句便是对屈原投河的不谅解:笑你个屈大夫啊,为何那么倔强,为何你不把身心放宽,豁达超脱一点呢,而是跟自己过不去选择了投河呢！这两句是对屈原投江的不理解，隐含着一股怜惜之意，言下之意是说如此之君主值得你为他献出生命吗！末两句“沧浪污你，你污沧浪”写与其说沧浪的水玷污了屈原，不如说屈原你玷污了沧浪。末两句化自《孟子·离娄上》：“有孺子歌曰：‘沧浪之水清兮，可以濯我缨；沧浪之水浊兮，可以濯我足。’孔子曰：‘小子听之，清斯濯缨，浊斯濯足矣，自取之也。’”句意，作者在此以沧浪之水来衬托出屈原品质的高尚，但反对屈原投江的态度依旧没有改变。

元代的许多文人，惯以用“笑”来抒发内心的抑郁，遣散闷怀，如白朴在《寄生草·饮》中所写的“忘忧草，含笑花，劝君闻早冠宜挂”和“不达时皆笑屈原非，但知音尽说陶潜是”便是如此，似乎那一笑就能治百患。可不论是作者还是白朴，却都笑得不轻松，在他们故作旷达、悠然洒脱的笑容背后是更为沉重的无奈感。

【黄钟】人月圆·甘露怀古

徐再思

江皋楼观前朝寺，秋色入秦淮。败垣芳草，空廊落叶，深砌苍苔。远人南去，夕阳西下，江水东来。木兰花在，山僧试问，知为谁开？

【鉴赏】

在元代文人的作品中，描写归隐和怀古之作数量颇多，可以说，这是那个时代造就的一个特色。徐再思这首小令同样如此，明为怀古，但是全曲所写皆是眼前冷落萧条之景，正所谓景语皆情语，句句景语都是对那朝代更迭,历史变迁和富贵荣华不过如云烟的感慨,引人深思。“甘露”即甘露寺,在今江苏省镇江市北固山后峰,建于东吴甘露元年,故名为甘露寺,后屡毁屡建。

“江皋楼观前朝寺,秋色入秦淮”二句写登楼远望,登高远望的好处就是眼前景色开阔,一望无际。作者登上那高山之上的甘露寺,向四处遥望,眼前是江边矗立的高楼,此时已是深秋时节,那秋色已经漫延在秦淮河之上。“江皋楼”指甘露寺一带如清晖亭、江声阁、多景楼、祭江亭等楼阁。从北固山上遥望,可见长江和秦淮河,又恰逢深秋,故言“秋色入秦淮”。

“败垣芳草,空廊落叶,深砌苍苔”三个鼎足对描写了甘露寺如今的萧落之景。寺内残垣断壁,满地野草,长廊处空寂无声,落叶飘落在上面,厚厚的青苔布满了台阶之上。落叶之漂泊说明此处久无人打理,台阶布满厚厚的青苔更是表明此处少有人至。这满目萧条残败之景,不仅使人勾起对当时的豪华、人声喧闹的回忆,更引起人们对这兴亡成败无常的反思。

“远人南去,夕阳西下,江水东来”三个鼎足对继续描写眼前之景。夕阳西下,游人纷纷离开甘露寺向南前行回到镇江城中,只剩下滔滔江水依旧不停歇地向东奔流。这本来就冷清的寺庙如今游人一散场更显寂寥和空寂,更何况夕阳西下,那落日的余晖照射在那残垣断壁之上,更显衰败之象。只有那东来的江水,千年如一日,带着诸多英雄豪杰向前奔流,直至消失在历史的长河之中,正是浪淘尽,千古风流人物。

游人离去了,只有作者依然坚持在寺庙之中。看着寺中不因世事变迁而变化依旧绽放的木兰花,作者忍不住对这山僧问道,你说这花究竟是为谁而开?世事无常,兴衰成败都在那历史长河里你方唱罢我方登场,循环反复,只有那花香不畏无人欣赏,依旧故我,你说她究竟为的是何!那孤傲不屈的木兰花似乎也给饱受人生坎坷的作者带来了一丝慰藉,此乃一大欣慰之处。

【中吕】朝天子·常山江行

徐再思

远山,近山,一片青无间。逆流诉上乱石滩,险似连云栈。落日昏鸦,西风归雁。叹崎岖途路难。得闲,且闲,何处无鱼羹饭。

【鉴赏】

这是一首描写舟行所见所闻的小令,抒发了由路途艰险引发出的世道艰险,仕途险恶的感慨,进而意欲归隐的态度。“常山”在今浙江常山县南,因顶峰有湖,也有湖山。“江行”即乘坐这小舟前行。

作者坐在小舟之上逆水而行,入眼皆是山,可见其路之艰险。“远山,近山,一片青无间”写出了江行道上群山层峦叠嶂,虽是秋日,但群山依旧青翠。“青无间”即满目青翠,道出了山之密集。

“逆流诉上乱石滩,险似连云栈”二句描写逆行而上的艰险。这船逆流而上,穿过那些乱石险滩,就像是行走在架于云中高险的栈道上。山峰之间河流本就曲折,许多暗流险滩无处不在,更何况还是逆流而行,其艰险不言而喻。“栈”即栈道,是在山峰之上搭架修建而出的险道,“连云栈”即高耸入云的山之栈道,既险又高。“诉”同溯,逆水的方向。

“落日昏鸦,西风归雁”二句是目之所见,一轮红日正缓缓移向地平线,夕阳的余晖照射在群山之上,远远地看见数点昏鸦在山顶之上飞行,似乎在寻找归途之路,秋风轻拂,那雁儿也扑翅准备往南飞。落日、昏鸦、西风、归雁构造出一幅已经萧条的秋日图。暮色时分，连动物都开始归巢，而作者却还在这艰险的江道上穿梭前进，怎能不让他感慨万千呢！

"叹崎岖途路难"句便是作者的感慨：这崎岖之路实在是太难走了！这"路"既是作者眼前的江路，也是人生之路。"叹"字道出了仕途的险恶，世道的艰辛，社会的黑暗，这些都是人生之路上的荆棘，每每在你前进的时候绊你一脚，防不胜防，让你不得不发出"途路难"的感慨。

既然如此，那就"得闲，且闲，何处无鱼羹饭"吧，得闲处就放松心态享受这闲乐，不愁找不到地方吃鱼羹饭。"鱼羹饭"即渔隐者常用的饭食。此处用以表明既然世事如此黑暗，那为何还要折磨自己，寻一处好地方，得闲处就且闲吧。"闲"在元人的作品里较为常见，用以喻隐居闲居之乐，抒发的却是失意文人抑郁不得志，怀才不遇，报国无门的感慨。

这首小令景中写情，情景交融，围绕着所见所感来抒发人生、世事艰难的感慨。怀才却无施展才华的地方，这是元代文人的共同悲哀之处。

【中吕】普天乐·垂虹夜月

徐再思

玉华寒，冰壶冻。云间玉兔，水面苍龙。酒一樽，琴三弄。唤起凌波仙人梦，倚阑干满面天风。楼台远近，乾坤表里，江汉西东。

【鉴赏】

作者以"普天乐"曲牌作了描写"吴江八景"的八首小令，这是其中的第一首，描写的是垂虹桥的夜景。"垂虹桥"在江苏吴江县里，桥形弯曲如彩虹形状，故名垂虹桥，号称是“江南第一桥”。

首两句写月光的皎洁。“玉华寒”即月亮的光华显得有些寒冷。“冰壶冻”还是写月光的皎洁明净，“冰壶”即盛冰的玉壶。此用来比喻月色之洁白如冰玉。月宫也叫广寒宫，相传月宫之上气温寒冷，故曰“寒”和“冻”。

“云间玉兔，水面苍龙”二句写月和垂虹桥，那月亮在云层之间穿梭出没，而水面上横跨了一座如同苍龙般的长桥。传说月宫之上居住嫦娥和玉兔，此以玉兔来指代明月。垂虹桥形状似虹状，夜晚在月色的映照下，如同一只巨龙横卧在水面上。

“酒一樽，琴三弄”二句描写桥面上的场景。作者没有全部再现所有的景物，而是选择了酒和琴这两个景物加以渲染。一樽美酒，瑶琴三弄。简单明了，却又勾起读者的无限联想。试想在这云笼月，月笼垂虹桥的美妙夜景下，这垂虹桥肯定是热闹非凡，游人缤纷，作者手拿着一樽美酒站立于桥面之上，耳中传来瑶琴弹奏出的美妙琴声，放眼远望，江水开阔，顿觉神清气爽，所有的烦恼似乎都已经被融化在这浓郁的夜色之中。此时微风轻拂面颊，把身子向前倾斜靠在阑干之上，波浪轻微起伏，像是水中的仙女凌波微步而来。“琴三弄”即三支曲子。“凌波仙人梦”指曹植《洛神赋》中的洛水女神，作者用女神来形容夜色的美丽迷人。“天风”更是突出了风之清爽，似非人间所有，才能将仙人唤起。

“楼台远近，乾坤表里，江汉西东”三句鼎足对是所见之景：放眼望去，那远近交接的楼台殿宇起起伏伏，而天地辽阔，江水浩瀚无边。全曲就在这辽阔无边的江水之间结束了，景结而意不尽，那不尽之意从那天地间飘然而出。“江汉”指长江与汉水。

这首小令结构巧妙，从月光起写，转到月亮，再到垂虹桥，后描写桥上的行人和乐声，和从桥上远望所见之景，句句紧凑，承转自然。语言上，本曲雅丽质朴，无一衬字，却表现得恰到好处，可见作者控制字词的功夫之深。

【中吕】普天乐·西山夕照

徐再思

晚云收，夕阳挂。一川枫叶，两岸芦花。鸥鹭栖，牛羊下。万顷波光天图画，水晶宫冷浸红霞。凝烟暮景，转晖老树，背影昏鸦。

【鉴赏】

作者以“普天乐”曲牌作了八首关于“吴江八景”的小令，这是其中的第八首，描写的是西山夕阳西下时的美丽景色，勾勒出一幅动人的画面。

首两句写天空之景。晚霞逐渐把自已铺展开的绚烂收起来，夕阳西下，那余晖还挂在某座山的顶端之上。一个“收”，一个“挂”把那天空逐渐明净，夕阳斜照世间万物的大背景图给勾勒出来了。

“一川枫叶，两岸芦花”二句开始往画布添加景物，有被秋霜染红了的枫叶，满山展示它的艳丽，还有两岸边雪白的芦花，在秋风之中轻摆腰肢，婀娜动人。可是光有满山的红枫和两岸的芦花还是不够的，于是作者大笔一挥，继续描绘那枫林和芦花丛中的景物。“鸥鹭栖，牛羊下”你看，暮色降临，鸥鹭在夜色大幕拉开之前早已经乖乖地卧在那芦花丛中栖息了，咩一声，竟然发现一队牛羊从枫林中走了出来，在夕阳余晖的照射下，那牛背和羊背之上似乎被蒙上了一层淡淡的光芒，与它们深厚红艳的枫叶相映成趣。“栖”“下”二字一出，这山村晚归图就悄然而出，浮现在读者的脑海里。

有山还有水在旁边才更显迷离，所以作者将其画笔投放到了那万顷的江面之上。“万顷波光天图画，水晶宫冷浸红霞”那万顷的波光犹如一幅天然动人的画图，在夕阳的照射下波光粼粼，天空中即将消退而去的晚霞映照在清澈明净的江面之上，浸透到那水晶宫之中为其增添了绚烂多彩的背景，为那画布增添了丝丝绚烂至极而显迷离之感。

画中之景似乎描绘得差不多了，放到离胸前不远的地方细看，发现还有地方可以细细勾勒，于是画笔又开始工作了。“凝烟暮景，转晖老树，背影昏鸦”三句即是细加工阶段，先是为那山川描上一层淡淡的暮霭，再在夕阳的余晖里添上老树树叶缝隙中变幻的身影，那飞翔于空中寻找休憩点的乌鸦身上再渲染出一层金色的余晖，似乎世间万物都融化在那夕阳金色的余晖之中。

这首小令犹如一幅色彩浓烈，景物丰富，意境迷蒙，背景勾勒、细节描绘非常到位的风景图，美，实在是美极了。

【中吕】阳春曲·皇亭晚泊

徐再思

水深水浅东西涧，云去云来远近山。秋风征棹钓鱼滩。烟树晚，茅舍两三间。

【鉴赏】

这是一首描写皇亭晚停时所见之景的小令。“皇亭”位于何处不详。

首两句描写涧水和山峦。作者眼前的涧水是或东或西向前流动，时深时浅。涧水即夹在两山之间的水沟，不同于大江的汹涌奔腾，这涧道乃雨水冲击而出，形状曲折，可谓是千回百转，故涧水水势较小，顺着弯转的地形一会儿向东一会儿向西流动，低洼处水较浅，而冲积时间较长则水较深。而两边的山有远由近，层峦叠嶂，高耸入云，远远看上去在云蒸霞绕之间山顶忽隐忽现。"水深水浅东西涧，云去云来远近山"这两句化用自白居易的"东涧水流西涧水，南山云起北山云"(《寄韬光禅师》)，并加以变化，勾勒出涧水和山峦的千姿百态。

"秋风征棹钓鱼滩"句写所见之近景，秋风起，船公在努力地挥动手中的船桨，逆风前行，而在远处的钓鱼滩上，一位钓鱼者安静地坐在大石之上，手执钓鱼竿，一动不动，耐心地等待着，一人一竿构成一世界。这一句包含了两幅画面，不仅描写了船公的动，还写出了钓鱼者的静，一动一静，一个紧张，一个悠闲，对比非常强烈，画面的震撼感十足。

"烟树晚，茅舍两三间"二句继续描写所见之远景，落日已经降到了地平线之下，暮霭升起，远远看上去，树影开始朦胧起来，而树林旁边那两三间茅舍也开始生火做饭，炊烟袅袅升起，有的茅舍里还点起了青灯，在暮色之间灯火摇曳迷离，天，终于黑了下来。"晚"字用得更妙，树木本无早晚之分，可是因为其是看在作者眼里，所以不自觉地感染上时光的脚步，告知读者此时天色已经从夕阳西下之时推移到暮色降临了。

全曲篇幅短小，语言却非常简练，短短五句，便用涧水、山峦、船公、钓鱼者、茅屋、烟树等景物勾勒出一幅安静而静雅的夜泊图。全曲纯然写景，有动有景，有近有远，有大手笔的触画也有细节的点缀和挑染，读来趣意十足。

【商调】梧叶儿·春思

徐再思

芳草思南浦，行云梦楚阳，流水恨潇湘。花底春莺燕，钗头金凤凰，被面绣鸳鸯。是几等儿眠思梦想！

【鉴赏】

这是一首描写相思之情的小令。历来描写相思之情的作品就不少，这首却能从数量庞大的作品之中脱颖而出，成为作者的代表作之一，自有其新颖奇妙之处。

“芳草思南浦，行云梦楚阳，流水恨潇湘”三句乃鼎足对，且皆用典，典故皆是道离别之事，作者以此通过古之离别来烘托女主人公今之分离，写女主人公想起了与情人分别的地方，回想起与情人相会时的欢乐，使得那相思之愁涌上心头，如同那潇湘之水般绵绵不绝。“芳草”句言女主人公想起与情人在南浦分别时正是芳草茂盛的时节。典自屈原的《九歌·河伯》，“子交手兮东行，送美人兮南浦”，即写的是分别的场面，“南浦”乃是分别之地。“行云”句言女主人公想起与情人的欢会，此典出宋玉的《高唐赋序》的阳台梦，当年楚襄王前往巫山游玩，倦而寝，梦中一女子前来与其相会，并告知其乃是巫山的神女，“旦为朝云，暮为行雨，朝朝暮暮，阳台下”，后世以巫山云雨或阳台梦喻男女之欢。“流水”句写女主人公的思愁如流水般无穷无尽，此句借用舜之二妃在舜死于苍梧之野后投湘江而亡之故事，表明女主人公的思愁如那潇湘之水般无穷无尽。

“花底春莺燕,钗头金凤凰,被面绣鸳鸯”三句亦是鼎足对,所写乃眼前之景,但景构离别之情,更令人难堪。此时正是莺歌燕舞花开的春时,无限生机尽在眼前,可是成双成对的莺燕却还是勾起了形单影只的女主人公的相思之愁,无奈只好步入屋内,坐在镜子前想看一下这人到底憔悴成何样了,不料却看到钗头之上齐头并列的金凤凰在头上别着,更是思愁难遣,于是把钗头拿下,躺到床上,寻思着梦中也还能一圆与情人相会的团圆梦,谁知刚想把被子盖在身上,就看到了被面绣的鸳鸯戏水图,交颈而眠的鸳鸯使得她的愁思愈加难以忘怀。无可奈何之下,女主人公发出了“是几等儿眠思梦想”的感叹,看来就算是睡梦之中也是难以逃离这相思之苦！也不知这相思何时方能了结！

这首小令语言通俗,意象丰富,广用比兴,塑造了一个为情思所困的痴情人儿形象。

【双调】蟾宫曲·春情

徐再思

生平不会相思,才会相思,便害相思。身似浮云,心如飞絮,气若游丝。空一缕馀香在此,盼千金游子何之。证候来时,正是何时？灯半昏时,月半明时。

【鉴赏】

这是一首描写相思之情的小令。

“生平不会相思,才会相思,便害相思”三句以连续三个“相思”直抒女主人公的相思之情。这生下来以后还没尝过相思的苦味，不料遇到了你这个冤家，才初尝相思之味，谁知才识相思，便因为你的离去害了相思之病，你说，这该如何是好！这简单的三句话将女主人公相思之苦，相思之切都表现得淋漓尽致。

“身似浮云，心如飞絮，气若游丝”三句鼎足对则描写了女主人公犯相思病后的症状：整个人因为思念身体轻飘飘如那漂浮的云，心更像春日里随风飞舞的柳絮般毫无着陆之点，气息像一缕缕的游丝，欲断还续，她的身心都被心上人带走了，魂魄不知飘在何处。以浮云、飞絮和游丝来形容女主人公憔悴的模样可谓是生动形象，而飞絮是春日里最为明显的特征，点题中之“春”。

“空一缕馀香在此，盼千金游子何之”二句写明相思的原因在于心上人远行。两人分别之后空留一丝余香，令女主人公的生活陷入无尽的等待，没有一丝音讯，如今也不知道心上人走到了哪里，而这满腔的相思之情又找何人倾诉?！“空”是女主人公如今生活的状态，空虚无助，饱受相思之苦，“盼”是女主人公生活中唯一的希望，即盼望心上人早日归来。期盼越深，相思越苦，生活就越空虚，如此恶劣循环，最终就是身似浮云，心如飞絮，气若游丝了。

“证候来时，正是何时？灯半昏时，月半明时”四句以自问自答的方式阐述了相思之症。这相思症来的最为猛烈是何时？是那灯光半昏黄时！是那月儿半明半暗之时啊！这长夜漫漫，这月儿半蒙着脸，这如那江水般无穷无尽的相思到底该向何人诉!

艺术手法上，这首小令运用连环句，韵字复用等手法，尽情展现女主人公害相思病的情状。如首三句的三个“相思”，便是使用了叠韵的手法，使得那女主人公因相思之折磨的情状仿若可闻可见！如中间三句鼎足对，对仗工稳，再如末四句以“时”重复押韵，突显了女主人公愁无处消遣之痛苦状。

吴梅评论这首小令是“镂心刻骨之作,直开玉茗、粲花一派”(《顾曲麈谈》),极是。

【双调】沉醉东风·春情

徐再思

一自多才间阔,几时盼得成合?今日个猛见他,门前过,待唤着怕人瞧科。我这里高唱当时水调歌,要识得声音是我。

【鉴赏】

这是一首饶有风趣的小令,小令以女子的口吻描写的是猛然间看到离别多日的情人时的种种反应,塑造了一个率真活泼,却又聪明机灵的少女形象。

“一自多才间阔,几时盼得成合?”二句写我和心上人自从上次分别已有多日,日夜都在期盼着能够和他相见,也不知道什么时候才能见到他。“多才”乃是对心上人的昵称。“间阔”即分别许久。“成合”指相见。这两句写出了女主人公对与情人相见的急切心情,为后文的相见打下情绪铺垫。

“今日个猛见他,门前过,待唤着怕人瞧科”三句写女主人公见到情人之时:今天猛然间看到他从门前经过,想叫唤他却怕被人瞧见。“猛”字写出女主人公见到情郎时的惊讶、惊喜、惊愕等情绪,相思有多重,这欣喜若狂之情就有多么明显。“待”字更是将女主人公的心理变化刻画得入木三分。这女主人公期盼见到情人已许久,如今一见到他,第一反应就是上前召唤他，可是随即脑海里涌现了父母的谆谆教语，邻居异样的眼光还有陌生人指指点点的语言和手势，赶紧把那即将出口的呼唤压了下去，可是不叫让情人白白从自己的面前消失又不甘心，于是我们的女主人公就想到了一个方法让情人注意到自己。

“我这里高唱当时水调歌，要识得声音是我”二句即是那个方法：我灵机一动，故意高声唱过去给他唱过的《水调歌》，我相信他一定能够听得出来我的声音。《水调歌》即《水调歌头》，是唐时的曲子。不敢高声呼唤，却敢高声唱歌，可见女主人公之机智和勇敢，更表现了她为爱奋不顾身之勇气。而曲子就在此处结束了，她的情郎是听出了她的歌声还是没有听出她的声音，都留给读者自己去想象了。

这曲中的女主人公实在是够大胆也够机智，也够令人敬佩，在封建礼教的束缚下，女孩子能够做出如此大胆的行为，是值得赞赏的。然而在元代，封建礼教一度松弛，所以曲中的女孩子形象，在当时的社会还是存在的。元时社会已经够黑暗了，朝廷也是非常腐朽，如果在封建礼教这里还不断束缚人们的思想和行为，那真是极度可悲了。

【双调】水仙子·夜雨

徐再思

一声梧叶一声秋，一点芭蕉一点愁。三更归梦三更后，落灯花棋未收，叹新丰孤馆人留。枕上十年事，江南二老忧，都到心头。

【鉴赏】

这是一首描写羁旅乡愁的小令。

都说秋风秋雨愁杀人,更何况是客居他乡之人。首两句便是抒发了由秋雨引发的乡愁。作者一个人躺在他乡的旅客的床上,窗外是下得淅淅沥沥的秋雨,那雨滴在梧桐叶上,声声都是催人泪下的秋愁,而雨打在芭蕉叶上,声声更为屋内难以入眠的人增添了一份难言的愁闷。在古代文人的作品里,梧桐、芭蕉、夜雨总是和相思、乡愁、客思等难遣的情绪联系在一起,如"异乡丝鬓明朝镜,又多添几处星。露华零梧叶无声。"(乔吉《水仙子·若川秋夕闻砧》)作者这里便用雨滴梧桐声和芭蕉声渲染出一股孤寂伤感的氛围。

"三更归梦三更后,落灯花棋未收,叹新丰孤馆人留"三句描写了午夜梦醒之后难言的寂寞。夜里梦到自己回到了故乡,醒来时发现三更才过,便抬眼看了看青灯,却发现青灯燃烧后的余烬,和凌乱的未收拾的棋盘,青灯夜深,突然孤独寂寞之感涌上心头,可叹啊,一个人孤单地停留在这异乡的旅馆里,寂寞而悲凉。"三更"即夜半时分。"叹新丰孤馆人留"典出唐马周的故事,马周年少时贫困潦倒,曾夜宿新丰旅舍,店主人见其贫穷便冷落了他,后人便以此来比喻客居他乡时的羁旅乡愁。

"枕上十年事,江南二老忧,都到心头"三句抒发思乡之情。想到这前半生如一梦,长期在外漂泊,抑郁不得志,再想到远在江南年老双亲的担忧,万般愁绪顿时涌上心头。"十年事"并非确指,而是作者前半身坎坷的经历,辛酸的遭遇,可是所有的坎坷、曲折和辛酸最后却化为简单的一句"枕上十年事"。此外,本是作者担忧远在故乡的二老,这里却写成二老担心他,这种侧面落笔的委婉写法使得作者对双亲的思念之情愈发强烈。

人总是在贫困潦倒,客居他乡之时,思乡之情才最为浓烈,才会回首天涯路。而作者此时的回顾却发现归乡之路的遥远,令其更加惆怅和悲凉,已经不是秋雨秋愁那么简单,而是满腹愁绪了,也更加难以入眠了。

【双调】水仙子·春情

徐再思

九分恩爱九分忧,两处相思两处愁,十年迤逗十年受。几遍成几遍休,半点事半点惭羞。三秋恨三秋感旧,三春怨三春病酒,一世害一世风流。

【鉴赏】

这是一首以女子的口吻回忆与心上人十年相恋的小令,塑造了一个多愁善感且又为爱执着的女子形象。

这首两句直接说明两人的感情之深。如果恩爱情谊有九分厚重的话,那就有着九分深的忧思。爱之深,则忧之切。可是两人依旧还未结为夫妻,分别两处,就是两处牵挂和相思,两处的思愁。“九分”在这里并非确指,而是言及恩爱之深,将要达到饱满的状态。“十年迤逗十年受”句更是说明两人从认识到现在已经有十年的时间了,这十年之中饱受牵挂之苦,相思之煎熬,当然还有种种误会,不过不论怎么样,十年的时间就这样过去了。“迤逗”乃牵挂之意。

这期间,有过家人的阻挠,有过两人间彼此的误会,有顺心的时候,也有不顺心的时候,所以“几遍成几遍休”,可是这分分合合最终还是让两人坚定地走在了一起,只不过有时想起曾经对心上人的错怪和误会,到如今想起来还是感到“半点惭羞”,即内疚、惭愧,不过正因着这惭羞之情,女主人公才更加思念、珍惜心上人。

这思念之情一起，就想与心上人相会，可又不能天天都在一起，那只能通过回忆两人曾经相处时的美好时光聊以自慰了。相聚是偶尔的，可是分别却是时常发生的，所以怕过秋天，因为秋天是别离的季节，容易勾起人的愁思和感伤之情，也怕过春天，春天万物复苏，春情难遣，会让人更加难以承受。解酒消愁的话整个人也是病怏怏的，不是酒的问题，而是人的问题。人不能相见，什么美酒都是解决不了这满怀的相思之情。"三春"和"三秋"都不是指三个春天或三个秋天，而是指整个春天、秋天。

这相思之情由春到秋，再由秋到春，年复一年日复一日，日积月累，最后只好无奈地发出"一世害一世风流"的感慨，哎，有什么法子，天生就是这么一个风流性子，又能怎么办呢，也只好自作自受，接受长期受相思之苦的折磨了！

这首曲子最为明显的特点是善用数字，曲中对九、十、三等数字重复使用，耐人寻味，通过这些数字重复使用表达男女之间感情和忧愁之深的情怀，可以说二者相辅相成，曲子因这些数字而变得生动有趣，而这些数字也因曲的内容而变得饱满富有感情。

【仙吕】醉中天

刘时中

花木相思树，禽鸟折枝图。水底双双比目鱼，岸上鸳鸯户。一步步金厢翠铺。世间好处，休没寻思，典卖了西湖。

【鉴赏】

一千个读者眼里有一千个哈姆莱特，同理，在一千个作者眼里，西湖展现的同样是风姿各异的千种风情。唐朝文人笔下的西湖风景，带着丝丝娇艳之感，而元人笔下的西湖，美则美矣，不过曲中却总是弥漫着一股或兴衰无常，或不如归隐而去的氛围。这与时代的大背景有关，元代是文人普遍绝望的朝代，所以文人的作品中总会自觉或不自觉地寻求超脱。刘时中这首小令也是如此，曲中的西湖风景极美，但在曲的末三句，还是不可避免地抒发了些许的入仕无用不如尽情山水美景的感叹。

首句写西湖的花木：远远看上去，那西湖长得郁郁葱葱，密密麻麻的花木就像是相思树般异根而同枝头，像是互诉深情。“相思树”即连理枝，是一种根部相异而枝叶相连的树种，在此用以形容西湖花木的繁茂。此句写西湖的禽鸟，这西湖的禽鸟叫声悦耳，在树枝之上翻来飞上，好不热闹！“折枝图”本是中国水墨画中描画花卉的一种画法，只绘花叶而弃枝干，在此用以形容禽鸟在花叶之上扑腾嬉戏，美哉，犹如一幅禽鸟花叶嬉戏图。“水底双双比目鱼”句写西湖的鱼：这西湖水底的游鱼如那比目鱼般成双成对，快乐地相互追逐。以“比目鱼”来形容西湖水底的游鱼，可见鱼群之众。“岸上鸳鸯户”句写西湖岸上的风景：西湖岸边的房子此起彼伏，户檐相连，屋内的男男女女亲密无间。西湖上的房屋以“鸳鸯户”来形容，颇有新意，既道出了房屋的密集，人烟的稠密，还道出了屋内成双成对的幸福人儿。“一步步金厢翠铺”是对前面四句的总结：这西湖之景一步步都是镶金铺翠，满目琳琅，可见风景之绝美。

“世间好处，休没寻思，典卖了西湖”三句抒发感叹：这西湖的风景犹如人间的天堂乐土，你可不要稀里糊涂，没有想法地当什么西湖典卖官去啊！那可是白白辜负了这西湖的胜景。“典卖了西湖”原句自注：“宋谚有‘典卖西湖’之语：台谏谓之‘卖了西湖’，既卖则不可复；省院谓之‘典了西湖’，典犹可赎也。无官守言责，则无往不可，此古人所以轻视轩冕者欤？”作者在此借用来抒发富贵功名如土，不如沉浸在山水美景之中的感叹。

这首小令使用了较为普遍的借景抒情的手法，前五句写景，后三句抒情。景物为抒情打下基础，抒情又烘托出景物之美，二者相依相承，融为一体。

【中吕】山坡羊·侍牧庵先生西湖夜饮

刘时中

微风不定，幽香成径，红云十里波千顷。绮罗馨，管弦清，兰舟直入空明镜。碧天夜凉秋月冷。天，湖外影；湖，天上景。

【鉴赏】

都说上有天堂，下有苏杭，可见杭州风景之优美，而这西湖又是杭州的名胜之一，故这文人墨客笔下关于西湖的作品颇丰，但大部分都是写西湖的日景，夜景却少有涉及。刘时中这首小令就是其中描写夜景的佳作。小令的题目是《侍牧庵先生西湖夜饮》，但曲中却无一字提到牧庵先生，也未提及饮字，而是描写了侍牧庵先生西湖夜饮时所见所闻所感。“牧庵先生”即元代著名文学家姚燧。

“微风不定，幽香成径，红云十里波千顷”三句写西湖的夜景：晚风轻拂游人的脸庞，带来丝丝清凉，小路上散发着浓郁的花草香气，西湖之上十里荷花连绵盛开，与那千顷碧波相映生辉。首句写秋之微风，首三句结构紧凑,立意巧妙,次句写花香味,第三句写荷花,有风才有花香,从花香自然想到那西湖盛开的映日荷花,还有与荷花相映成趣的千顷碧波。“微”和“幽”字写出西湖的夜景的幽静。“红云”即盛开的荷花,杨万里在《晓出净慈寺送林子方》中曾写道“接天莲叶无穷碧,映日荷花别样红”,可见荷花盛开时之绚烂。

“绮罗馨,管弦清,兰舟直入空明镜”三句写西湖之上的夜生活:那身穿着绫罗衣裳的女子,或坐或站在那高雅精美的游船之上,人影过处,散发着阵阵脂粉香味,而船里的管弦乐器发出清脆悦耳的乐声,随着画船直接摇进明净如镜的西湖深处。“清”和“空”字给人一种迷离空灵之感。

“碧天夜凉秋月冷”句秋夜西湖边的感受:秋夜的天空十分蔚蓝,秋风带来一丝清凉,而月色却显得有些寒冷。秋风有凉热之分,但是月色却无冷热之别,但在作者的眼里,那秋之月色却有些寒冷,是月冷还是人心冷就不确知了。“天,湖外影;湖,天上景”四句写得颇有气势,在作者的眼里,天,仿佛是湖外之影,而那湖,倒影着满天景,天湖连成一片。

这首小令全曲皆景语,在作者存世的散曲中并不多见,但所构造的意境却极美,全曲犹如一幅西湖夜画,秋月碧空,荷花碧波,绮罗管弦,显得清澄而空灵。

【双调】清江引

刘时中

春光荏苒如梦蝶,春去繁华歇。风雨两无情,庭院三更夜,明日落红多去也。

【鉴赏】

这是一首描写惜春之情的小令。

古人对春天总是怀有一股莫名的喜爱之情，当春离去之时，不可避免地缠上伤感之情。王安石认为是“只怨东风把春断了”，苏东坡却认为是“不怨东风，怨春雨断送春”，秦少游更绝，说“不干风事，也不干雨归。是柳絮飘将春色去。”而在这一首小令里，作者没有抱怨是谁带走了春色，而是描写春光过尽的淡淡伤感。

“春光荏苒如梦蝶”句中的“梦蝶”即“庄周梦蝶”，庄子梦到自己变成了一只蝴蝶，并且忘了是自己一个人，醒来后不知道是自己变成了蝴蝶，还是蝴蝶变成了自己，意那春光荏苒如同那庄周梦蝶般虚幻，似乎未曾来过。“春去繁华歇”即春去所有的繁华都烟消云散。春时，百花齐放，姹紫嫣红，春去，百花凋谢。“歇”字就写出了春去时繁华消尽的落败感。二句表达了作者因对岁月消逝的感叹。

“风雨两无情，庭院三更夜，明日落红多去也”三句写风雨无情，在这三更夜里来袭，明日这庭院的落红会更多了。春去百花开始凋谢，那风雨似乎更加不知晓人意，竟然在这三更夜里刮起了风，下起了雨，看来这本就脆弱不堪的花儿们在风雨摧残之后，明日庭院里将落红一片，分外醒目，较之辛弃疾的“更能消，几番风雨？匆匆春又归去，惜春长怕花开早，何况落红无数！”（《摸鱼儿 · 更能消几番风雨》）而三更夜里还未曾入眠的作者，又因何而不眠呢？本来无情无绪的雨，为何在作者眼里却染上了“无情”的标签，所寓为何？却并不明了。

春来春去，本是大自然的规律变化，但看在伤春叹春的作者眼里，一切似乎都已不同了。那春之去，所有的繁华和美好都消失殆尽。其实，夏日，也是一个充满生机的季节，不然那西湖的六月风景又怎能如此吸引杨万里的目光呢！更不能吟出那“毕竟西湖六月中，风光不与四时同。接天莲叶无穷碧，映日荷花别样红”（《晓出净慈寺送林子方》）！

【越调】小桃红·江岸水灯

盍西村

万家灯火闹春桥，十里光相照，舞凤翔鸾势绝妙。可怜宵，波间涌出蓬莱岛。香烟乱飘，笙歌喧闹，飞上玉楼腰。

【鉴赏】

元宵节是我国的一个传统节日，吃汤圆，赏花灯，引得无数文人墨客为其咏叹。这首曲子也是如此，咏的是临川元宵之夜的花灯船，渲染的是一种欢快的节日氛围。作者以为“临川八景”及“杂咏”为题作了十四首小令，这是“临川八景”中的第三首。

首三句总写元宵夜花灯的璀璨和人群的热闹：那万家的灯火使得那春桥分外热闹，十里江岸之上，人群涌动，凤形的灯笼在满街飞舞，鸾形的灯笼迎空腾跃，灯光璀璨，相互映照，气势非凡。“万里”和“十里”写出了临川元宵佳节人们倾城出动，路上人潮如涌，路岸边水上灯火辉煌的盛况。“闹”字在这里是使动用法，意为“使其热闹、欢乐”，用得非常好，烘托出元宵人群的拥挤，灯火的繁盛。“绝妙”二字不仅写出了元宵花灯之夜的璀璨绚烂，还道出了众人，包括作者本身对元宵花灯的喜爱之情。

正是这种“绝妙”的景色，触发了作者“绝妙”的感触：“可怜宵，波间涌出蓬莱岛”。多么可爱的元宵之夜啊！在这水波奔涌之间竟然涌出了一座蓬莱仙岛。如此良宵，如此美丽的夜色，这水上的灯船也毫不逊色，在夜色的迷蒙笼罩之下，江面上灯火辉煌、五光十色的船儿确实容易给人一种宛若世外仙岛的错觉。“可怜”不是常规意义的可怜，而是指可爱。在这里作者没有直接描写灯船，而是通过以虚衬实的手法，将江面之上灯船的美妙绝伦通过另一种方式表现了出来。“涌”字在此用得颇有新意，不仅写出了江水的奔涌，还形象生动地描写出灯船映入游人眼帘的情状。

结尾的三句继续描写灯船的热闹景象：灯火辉煌，焰火四处飞散，烟火缭绕，与那喧闹的笙歌一起，飘向了遥远的高空，飞入了华丽的高楼之中。“香烟”、“笙歌”是实，“玉楼”是虚，虚实结合，更为深刻地烘托出灯船的热闹非凡。

这首曲子最为明显的艺术特点是大量使用具有跃动感的词语，如“闹”“照”“舞”“翔”“涌”“飘”“喧”“闹”“飞”这些动词的使用，栩栩如生地勾勒出临川元宵花灯的绚烂夜景，使读者有种身临其境的感觉，令人回味无穷。

【越调】小桃红·杂咏

盍西村

淡烟微雨锁横塘，且看无风浪。一叶轻舟任飘荡，芰荷香，渔歌虽美休高唱。些儿晚凉，金沙滩上，多有睡鸳鸯。

【鉴赏】

元人散曲集《梨园乐府》中收录作者以《杂咏》为题的“小桃红”曲八首，这是其中的一首。这首曲子如同一幅美丽的江南水乡画，描写的是江南水乡之景，感情抒发却较为含蓄，隐约可见其淡淡的愁绪，而作者的寄托为何，却不确知。

首两句为画作描摹背景图，写横塘之上的风景：那横塘之上细雨霏霏，江面之上如同笼罩着一层轻烟，此时，没有一丝微风，水面平静，风平浪静。“横塘”是江苏吴县西南地名，南京秦淮河堤南也被称为横塘，这里没有确指，而是泛指江南水乡。“淡烟微雨”被“锁”在了横塘之上，虽无风无浪，可是从中似乎还是能品出作者内心深处那隐约的愁绪。“且看”更是用一种随意的语气道出不一样的景色来，慢慢解开横塘的美。

而在这么一个濛濛细雨笼罩、无风浪的横塘背景之下，作者乘坐的小舟进入了读者的眼帘之中。“一叶轻舟任飘荡”，一叶自由飘荡的轻舟载着作者走进了画面之中，舟边是丛丛团团的菱角和荷叶，阵阵清香随着舟儿的前行迎面扑来，使得作者沉浸在这片安静的空间之中，甚至是水乡那动听美妙的渔歌，都让它停住，担心歌声会破坏这一刻的安闲。“任”字生动地描绘了作者那悠闲自在，身心沉浸于山水之中的情状。“渔歌虽美休高唱”更是承上启下，为引出下文的“睡鸳鸯”打下了铺垫。

原来作者不仅担心渔歌破坏了这一刻的安静，更担心那声音扰了金沙滩之上的睡鸳鸯。此时暮色已降临，空气中带来少许的寒凉味道，放眼四望那金沙滩上，一对对鸳鸯正在并头宿眠。作者以并头宿眠的鸳鸯进一步渲染了横塘傍晚之景的幽静，表现了作者对大自然美景的喜爱之情。

可以说，这首曲子如同一幅江南水乡水墨画，以作者的嗅觉、听觉、视觉为感受，画以迷蒙细雨的横塘为背景，有一叶轻舟、满江芰荷、夜幕下的金沙滩、并头宿眠的睡鸳鸯，还有那个一直竭力将自己隐藏掉的作者，宁静、悠远。品完这首曲子，如同喝了一杯清茶，余味无穷。

【双调】蟾宫曲

阿鲁威

动高吟楚客秋风，故国山河，水落江空。断送离愁，江南烟雨，杳杳孤鸿。依旧向邯郸道中，问居胥今有谁封？何日论文？渭北春天，日暮江东。

【鉴赏】

这是一首描写羁旅乡愁的小令，作于作者赴男剑（今福建南平）任太守途中。

“动高吟楚客秋风，故国山河，水落江空”三句写作者行走在远离故乡的途中，面对眼前萧瑟凄凉的秋景，作者不禁想起宋玉在《九辩》中“悲哉秋之为气也”的长吟，勾起内心对故乡无限的怀念，故乡此时的山河应该是水落江河空吧。“楚客”即宋玉，“高吟”即《九辩》中关于秋的吟唱。“故国山河，水落江空”则是典型的北国秋之风光，与作者如今踏足的江南有着明显的不同，而正是如此，才令他的乡愁愈发浓烈。

“断送离愁”即撩拨得离愁乡思更发浓烈。“断送”即逗引、惹起之意。而带着这样的心情去看眼前的景物，不由得带上悲凉的色彩。“江南烟雨，杳杳孤鸿”二句描写的便是作者眼中蒙上一层凄凉孤寂色彩的江南风景，江南烟雨蒙蒙，一只孤雁在天空中独自飞翔。“孤鸿”即孤雁，秋去春回的孤雁是作者眼中所见，也象征了抛下亲朋好友独自走在向南的道路上。

既然如此不舍故乡的人和物，那为何还要奔波在这仕途之路上呢？“依旧向邯郸道中”句作者回答了这个问题，原来是作者无法摆脱那功名和富贵的羁绊。“邯郸道”典出黄粱一梦的故事，这里比喻功名和富贵之道。“问居胥今有谁封”句写如今像居胥般的人才又有谁为其册封。此句表明并非自己痴迷于功名富贵的追逐，而是本想如居胥般为国建功立业，无奈朝廷腐败，仕途险恶，最终落得个无人“封”的地步，表达了作者壮志未酬的感慨，讽刺了社会的不公平。“居胥”即狼居胥，在今内蒙古自治区西北部。西汉元狩四年，霍去病追击匈奴到狼居胥，封山而还。

“何日论文”句转为对故乡好友的怀念。在故乡时，作者经常与一帮好友饮酒论诗，如今却如那孤雁般一人走在他乡之道上，不知何日才能再次与好友相会！表达了对好友的怀念之情。

“渭北春天，日暮江东”二句转为写景：渭河北部如同春天般明媚灿烂，而江东却暮云笼罩，只剩悠悠江水无言地向东流去。“渭北”句是作者因着对故乡人物的怀念而产生的想象之景，“日暮”句则是对现实场景的描写。全曲就在萧条悲凉的情景中结束了，留给读者无限的感慨。

【双调】蟾宫曲

阿鲁威

问人间谁是英雄？有酾酒临江，横槊曹公。紫盖黄旗，多应借得，赤壁东风。更惊起南阳卧龙，便成名八阵图中。鼎足三分，一分西蜀，一分江东。

【鉴赏】

古代描写三国的诗词，最为出名的莫过于苏轼的“大江东去，浪淘尽，千古风流人物……江山如画，一时多少豪杰！……”(《念奴娇·赤壁怀古》)。乱世出英雄，在三国那样一个乱世之中，英雄豪杰辈出，阿鲁威这首小令咏的就是三国的历史，赞颂了三国时的三位英雄豪杰——曹操、孙权和诸葛亮，表达了对先贤的仰慕之情。

曲子以设问起首，“问人间谁是英雄?”历史长河之中，豪杰英雄明君如多如牛毛，谁才是真正的英雄?

“有酾酒临江，横槊曹公”二句写曹操，化用苏轼“酾酒临江，横槊赋诗，固一世之英雄”(《前赤壁赋》)的句意。曹操这位“治世之能臣，乱世之英雄”，政治智慧高超，文学修养也不差，他打着“挟天子以令诸侯”的招牌成为曹魏政权的缔造者。

“紫盖黄旗，多应借得，赤壁东风”三句写孙权这位三国时期吴国的开国皇帝，任用贤臣周瑜，与刘备联盟，大败曹操于赤壁。“紫盖黄旗”指云气，古人认为是帝王之气，曹操也曾称赞其“生子当如孙仲谋”。“多应借得，赤壁东风”指孙权成就三分天下之一的原因是在赤壁之战中善用良臣，巧借东风而大败曹操，而非帝王之气铸就其帝业。

“更惊起南阳卧龙，便成名八阵图中”二句写诸葛亮。“卧龙”乃诸葛亮的外号。诸葛亮未出仕之前在南阳隐居，胸怀奇才，上知天文，下知地理，极其聪明，后刘备三顾茅庐将其请出，并辅佐刘备成就帝业。“便成名八阵图中”借用杜甫“功盖三分图，名成八阵图”(《八阵图》)，“八阵图”即当年诸葛亮为了阻拦东进之军而摆下的水八阵，此八阵图吸收了井田和道家八卦的排列组合，兼容天文地理，是古代不可多得的作战方法。

“鼎足三分，一分西蜀，一分江东”三句则是对三足鼎立的描述：这三位英雄人物，三分天下，三足鼎立，一个在西蜀，一个称帝江东。诸葛亮辅佐刘备建立了蜀国，而孙权在江东称帝，曹操则为曹魏政权的建立奠定了不可忽略的根基，正是这三个英雄人物，造就了三足鼎立的结局！

这首小令基调豪迈，感情高昂，生动再现了三位英雄人物的绝世风采，言语之间包含着作者对他们的仰慕之情。

【双调】蟾宫曲

阿鲁威

烂羊头谁羡封侯？斗酒篇诗，也自风流。过隙光阴，尘埃野马，不障闲鸥。离汗漫飘蓬九有，向壶山小隐三秋。归赋《登楼》，白发萧萧，老我南州。

【鉴赏】

这是一首描写向往归隐生活的小令。从内容上看，应是作者远离家乡，在男剑（今福建南平）任太守时所作，作者对归隐充满了向往之情，但因种种原因，到死都没有真正实现归隐田园。

“烂羊头谁羡封侯？”首句便表示了对仕途官场的蔑视：谁会羡慕连烂羊头都能封侯的官场？此句化用《后汉书·刘玄传》中的故事，相传刘玄封帝后滥封官加爵，当时民间流传着“烂羊头，关内侯”的民谚。在此作者以烂羊头来比喻元代朝廷中位居高官的都是些无用之人，对于这样的官场，他是不屑于和其同仕的。“斗酒篇诗，也自风流”二句写每日若能如那李白一样斗酒诗篇百篇，也是风流的。这两句化用杜甫“李白斗酒诗篇百篇”（《饮中八仙歌》）的诗句，表达了对李白潇洒惬意的人生态度的羡慕。

“过隙光阴,尘埃野马,不障闲鸥”三句对理想生活的描述:人生如过隙的光阴瞬息即逝,在这短暂的人生当中,要像那野马一样自由自在的奔跑,像那白鸥一样闲适自得才算不枉此生。“过隙光阴”典出《庄子·知北游》,言人生如白驹过隙,忽然而已。

“离汗漫飘蓬九有,向壶山小隐三秋”二句继续描写理想的状态:离开虚无缥缈的地方,像飞蓬一样飘荡于九州之间,飞到东汉樊英隐居过的壶山(今河南鲁山县南二十里)去寻找自己最终的归宿。二句表明了作者的向往隐居之心。“汗漫”即虚无迷离的地方,“向壶山小隐三秋”句化用《后汉书·樊英传》中樊英隐居壶山的故事。

“归赋《登楼》,白发萧萧,老我南州”三句写现实的场景:归隐之心是有,但现实太过无奈总无法选择自己想去的地方,白发苍苍还在他乡之地漂泊,只好登楼吟一曲《登楼赋》,用以抒发自己的思乡之情。“归赋《登楼》”化用东汉王粲之故事。王粲当年为了避董卓之乱而投靠刘备,无奈却始终不得重任,无奈只好登楼遥望故乡,作《登楼赋》。

这首小令情感质朴,格调旷达,风格雄浑,在当时流传范围较广。

【正宫】醉太平·寒食

王元鼎

声声啼乳鸦,生叫破韶华。夜深微雨润堤沙,香风万家。画楼洗净鸳鸯瓦,彩绳半湿秋千架。觉来红日上窗纱,听街头卖杏花。

【鉴赏】

这是一首暮春之景的小令，与伤春惜春的其他作品不同，这首小令八句皆景语，表现出一股活泼愉悦的氛围。作者存世的以《醉太平·寒食》为题的小令有四首，这是其中一首。“寒食”在清明节前一日或二日，是为纪念介之推而禁火三日。

“声声啼乳鸦，生叫破韶华”二句写春之声：雏鸦发出声声啼叫，那叫声硬是把那黑暗的天空叫破，迎来了繁闹的春光。“生”即硬是之意，“韶华”指春光。曲子以雏鸦之春声起首，给人以生机勃勃之感。“声声啼乳鸦”句巧妙地化用了孟浩然“春眠不觉晓，处处闻啼鸟。”（《春晓》）的句意。

“夜深微雨润堤沙，香风万家”二句写春之雨和风：深夜里细雨滋润了江堤上的沙子，愈发柔软，阵阵香气随风飘进了千万家中。“夜深微雨润堤沙”句化用了杜甫“随风潜入夜，润物细无声”（《春夜喜雨》）的句子，表明这春雨的细柔。“香风万家”写出了那春风似乎通晓人意，将那花草之香吹入万家之中。

“画楼洗净鸳鸯瓦，彩绳半湿秋千架”二句继续描写春雨：那润物细无声的春雨把那画楼之上的鸳鸯瓦刷洗得干干净净，还打湿了庭院里系着彩绳的秋千架。“画楼”和“彩绳”说明了此人家乃富贵人家，才有能力和工夫将楼阁修建得如画般精美，也才有闲情在秋千架上系上彩绳，而彩绳和画楼之精致还表明了此楼阁乃女子所居住。“鸳鸯瓦”即成双成对的瓦。

“觉来红日上窗纱，听街头卖杏花”二句描写作者的所见和所闻：春困秋乏，在这深春时节，一觉醒来太阳已经高挂空中，阳光映照在窗纱之上，窗外的街上是叫卖杏花的声音。“听街头卖杏花”句化用的是陆游的“小楼一夜听春雨，深巷明朝卖杏花。”（《临安春雨初霁》）

这首小令通过对春声、春雨、春风的描写，勾勒出一幅生机盎然的春景图，表达了作者对春天的喜爱之情。曲中语言清丽典雅，多处用典却无死板之意，而是将典故与自己的语言有机地熔铸在一起，构成一个清新愉快的意境，可见作者铸词用字功力之高超。

【双调】拨不断·闲乐

吴弘道

暮云遮，雁行斜，渔人独钓寒江雪。万木天寒冻欲折，一枝冷艳开清绝。竹篱茅舍。

【鉴赏】

作者以“拨不断·闲乐”为题作了四首小令，这是其中一首，描写的是作者的所见所感。

某一个冬日黄昏，作者从居住的竹篱茅舍之中走出来舒展筋骨，抬头看见天上乌云密布，大雪即将来临，一行排列得整整齐齐的大雁斜斜地穿行在云层之间，向南方飞行，似乎在赶路，想趁着大雪降临之前寻找到下一处歇脚的地方。说曹操，曹操到，这大雪瞬间从天空中洋洋洒洒地飘洒下来，作者受不住大雪滴到眼睛里的冰凉，将视线转到了前方，发现前方有一个孤独的渔人正独坐在寒江边上钓鱼，完全没有受到大雪的影响，专心致志地等待鱼儿的上钩。雪下得越来越大，天地之间完全被寒冷的气息所掩盖，那沉积在树叶之上的雪越来越厚，差点把树枝都给压折了，世界一片白茫茫。突然，作者的视线被一抹清艳的颜色所吸引，定神一看，才发现那是一枝迎雪盛开的梅花，傲立于寒雪之中。他看这眼前的景物，似乎从那白茫茫之中透出了一丝丝闲情趣意，而那渔翁和梅花，更是拉住了他归家的脚步，久久没有回神。

这首曲子没有直言闲情，而是通过景物描写来烘托出闲情。作者笔下的风景都很客观，那是因为作者内心的闲适使得万物皆空，眼前的景色也不自觉地带上那股悠闲。那位大雪寒江边垂钓的渔人更为奇妙，他不畏严寒，独立江边垂钓，令人想起了唐代诗人柳宗元的“千山鸟飞绝，万径人踪灭。孤舟蓑笠翁，独钓寒江雪”（《江雪》），但又不同于柳诗中的渔人的苦闷、抑郁不得志的心情，而仅是一种闲中寻乐的行为罢了。还有那傲立寒雪的梅花，白雪茫茫之处突显一支清绝的梅花，又怎能不令人心生喜乐之情，是作者性格的象征还是纯粹眼前所见并无他意就不得而知了。

这首曲子篇幅简短，语言淡雅，对暮云、雁行、渔人、寒江、万木、梅花、竹篱、茅舍等景物的描绘渲染勾勒出一幅气氛安闲，景色清绝的寒冬暮景图，美哉。生活简单与否，在乎人的心理，而非外界。

【中吕】山坡羊·燕子

赵善庆

来时春社，去时秋社，年年来去搬寒热。语喃喃，忙劫劫。春风堂上寻王谢，巷陌乌衣夕照斜。兴，多见些；亡，都尽说。

【鉴赏】

这首小令与唐刘禹锡的“朱雀桥边野草花，乌衣巷口夕阳斜。旧时王谢堂前燕，飞入寻常百姓家。”(《乌衣巷》)，不论是从立意还是意境上来讲，都有相似之处，但作者依旧能够从结构语言中翻出新意，读来不觉陈旧雷同。

首两句借用民间谚语，描述了燕子秋去冬来的候鸟习性。古时为向老天祈求一年的风调雨顺和丰收，通常会进行两次祭祀。一次是在立春后第五个戊日进行的春祭，也叫春社，是为祈求一年的风调雨顺而进行的，一次是在立秋后第五个戊日进行的秋祭，也叫秋社，是为庆祝一年的丰收，感谢上天的支持而进行。春来秋去的燕子与两次时间颇为吻合，便被人们喻为“社燕”。“年年来去搬寒热”即年年的春来秋去如同搬暖驱寒般来去。“搬”字将燕子拟人化了，本是本能的习性在作者的笔下却带上了自我意识的行为，颇妙。

“语喃喃，忙劫劫”二句描写的是燕子的情状：他们在喃喃鸣叫和忙碌飞奔。“语”和“忙”字本是人之行为，如今却套在了燕子的身上，透露出它的可爱和勤奋的品格，引起读者的好奇心，到底它们在低喃忙碌些什么呢？

“春风堂上寻王谢，巷陌乌衣夕照斜”二句回答了上述问题，原来他们在春风之中忙着上下翻飞寻找王谢时的旧居，可是如今却只见笼罩在夕阳斜照下的寻常巷陌，不禁觉得惊奇，低喃交流，以前的那些房子都到何处去了?!“春风”这两句化用了“旧时王谢堂前燕，飞入寻常百姓家”的句意，并进行了调整，赋予了趣意。

燕子怀旧，而它们怀旧的那些建筑都到哪里去了？他们连同自己的主人，都消散在历史的长河之中，化为黄土。“兴，多见些；亡，都尽说。”四句即是表达了兴衰无常的感叹：兴，这燕子们也见证了许多；亡，也尽由着后人评说，燕子们依旧安静地春来秋去，风雨不停。那些荣华富贵、那些英雄豪杰、那些皇宫豪宅，最终都化为了空气里的一抹灰尘。

见证了多少兴亡成败的燕子，也不由得发出凄凉的鸣叫声，似乎是在为世事的沧桑而感叹。大江东去，浪淘尽，千古风流人物。

【中吕】普天乐·江头秋行

赵善庆

稻粱肥，蒹葭秀。黄添篱落，绿淡汀洲。木叶空，山容瘦。沙鸟翻风知潮候，望烟江万顷沉秋。半竿落日，一声过雁，几处危楼。

【鉴赏】

秋在文人的笔下各有形状色泽，在关汉卿笔下是“秋蝉而噪罢寒蛩儿叫，淅零零细雨打芭蕉。”(《大德歌·秋》)在白朴的眼中则是“孤村落日残霞，轻烟老树寒鸦，一点飞鸿影下。青山绿水，白草红叶黄花。”(《天净沙·秋》)，勾勒的是一幅萧条悲凉的秋景图，传达的都是或淡或浓的寂寞和哀愁。而赵善庆这首小令同样也是如此，描写的是作者行之所见所感，勾勒出两幅画，一幅是秋收图，另一幅是伤感秋景图。

首四句是一幅秋收图，春播秋收，春天播种下去的稻子高粱们如今硕果累累，正是丰收的季节，江水退去，露出江边的绚烂绽放的蒹葭颀长清秀的身影，举目皆生意。“肥”字说明庄稼长势良好，还表现了作者内心的愉悦之情；“秀”写出了蒹葭的秀美。“黄添篱落，绿淡汀洲”继续描写秋收之景，你看家家户户的篱笆之上都挂满了黄橙橙的果实，那是丰收的象征啊！而春开秋枯的芳草遍布在汀洲之上，添黄绿减，一派秋高气爽之景。“汀洲”即水中或水边的平地。

后七句乃是伤感悲秋之图。“木叶空，山容瘦”二句描写秋之景：秋天万物凋零，那树林中的叶子也凋残了，远远看上去一片空疏，因树木萧落，青山的形状看上去也消瘦不少。“空”和“瘦”不仅是木叶山容变化的情状，也是其给作者内心带来的些许伤感之情。

“沙鸟翻风知潮候，望烟江万顷沉秋”二句继续描写目之所见：远远望去，万顷江面之上烟雾笼罩，朦胧迷离，沙鸥似乎知道潮涨潮落的信息，在秋风之中，朦胧海面上翻跃，沉浮，这就是深秋的景象啊。作者的视线从秋收之景到木叶山容瘦的萧瑟之景，内心也被那悲凉之景触动到而波动起伏，那沙鸟的上下翻沉是作者目之所见，更是其内心情绪的宣泄。

“半竿落日，一声过雁，几处危楼”三句以鼎足对继续描写作者所见，在离地半竿的落日之上，秋雁一声长鸣从落日前飞过，掠过几处高耸的楼阁，飞向南方。日暮西下的落日，秋去春回的行雁，独载思妇的危楼，为那秋景增添了几分伤感的色彩。是思妇的离愁别恨？是羁旅他乡的游子思乡之情？还是仕途不长，郁郁不得志的失意文人的愤激？只有那落日、过雁和危楼才能告诉我们了。

【双调】沉醉东风·秋日湘阴道中

赵善庆

山对面蓝堆翠岫，草齐腰绿染沙洲。傲霜橘柚青，濯雨蒹葭秀，隔沧波隐隐江楼。点破潇湘万顷秋，是几叶儿传黄败柳。

【鉴赏】

这江南的秋景与江北的秋景差别极大，江南秋冬还可见到绿叶红花，可江北深秋时分可能就已经享受过寒雪的滋味，故不同地区的秋景，展现出不同的意境。自宋玉关于秋之悲哉的高吟之后，后世对于秋景的描写，大都带有一股萧条悲凉的氛围，极度渲染那落叶缤纷，山容瘦的凄清之感。但秋天也是一个收获的季节，是农夫们最为欢迎的季节。赵善庆的这首小令即是从秋景中描写出一片生机勃勃的景象，令人惊喜。“湘阴”即湖南省湘阴县，在湘江下游，洞庭湖南岸。

“山对面蓝堆翠岫，草齐腰绿染沙洲”描写的是作者行走在湘阴道上所见之景：对面的山上色彩青翠，远远看上去像是披着一层蓝色的薄纱，而湘江的沙洲之上，水草长得极为凶猛，翠绿葱茏，有齐腰深了。“山对面”即对面的山，作者是行在道上向前看，故言“山对面”。这两句里作者用了“蓝”、“翠”、“绿”几种颜色渲染出一幅多彩的画面。而那齐腰高的水草，更是给人一股生机盎然的感觉。

“傲霜橘柚青，濯雨蒹葭秀，隔沧波隐隐江楼”三句继续描写作者目之所见：傲霜的橘子柚子树一片青苍之色，树上挂满了累累硕果，这是一个收获的季节啊，而在连绵雨水的冲洗下，芦苇显得愈发俊秀可人，在风中翩翩起舞，摇曳多姿，隔着苍茫的江水，还可以看见对面隐约的重重楼台。“霜”、“雨”、“苍波”都是秋日潇湘一带特有的景物，作者抓住这个特点加以描写，渲染出与常人不同的青翠生机之感。“青”和“秀”字更是道出了作者看到饱含生机、丰收之秋景的欣喜、愉悦之情。

“点破潇湘万顷秋，是几叶儿传黄败柳”二句最后点题：点破潇湘万顷秋意的，竟然是那两三片随风飘飞的黄叶。一叶落而知秋，作者便以那“几叶儿”点明了上述描写的生机盎然、饱含丰收之喜的景色是潇湘之秋景啊！“潇湘”即潇水和湘水，两条江水最终都注入洞庭湖之中。“传黄败柳”即随风飘飞的枯黄落叶，给人以淡淡的伤秋之感。

这首小令，全曲皆是景物描写，无一直抒情语，但作者对潇湘一带秋景的喜悦之情却通过对不同景物给予不同的色彩、形态和情调加以渲染，可谓是情景交融抒写手法使用的最高境界。

【双调】折桂令·西湖

赵善庆

问六桥何处堪夸？十里晴湖，二月韶华。浓淡峰峦，高低杨柳，远近桃花。临水临山寺塔，半村半郭人家。杯泛流霞，板撒红牙。紫陌游人，画舫娇娃。

【鉴赏】

这是一首描写西湖景色的小令。

小令以设问起曲，问那六桥，那里的景色最美的，最值得夸赞的？“六桥”即西湖的苏堤之上，堤上种满了杨柳，花红柳绿，莺飞草长，晓雾迷蒙，风景迷人，是西湖胜景之一。“十里晴湖，二月韶华”二句总写西湖的美景：在这春光明媚的二月，西湖十里碧波荡漾，波光粼粼，闪烁耀眼，满湖春色。作者身在西湖，眼前为西湖的美景所充斥，还明知故问，这哪里的风景最值得人“堪夸”？用以烘托出西湖景色之美非人间所有之感叹。

“浓淡峰峦，高低杨柳，远近桃花”三句鼎足对描写了西湖的三个最具特色的景物：峰峦、杨柳和桃花。西湖周围的峰峦在春光的照射之下色彩浓淡有致，远山淡雅，近山浓烈。那一排排整齐的桃花随风轻舞，高低起伏。目之所极皆是桃花，远近皆有，一片娇艳之色。苏轼说“欲把西湖比西子，浓妆淡抹总相宜”（《饮湖上初晴后雨》），而作者在这里却说浓淡峰峦，可见这峰峦不论远近浓淡，也是能够吸引游人的目光的，那随风上下舞动的杨柳更是给人以飘动空灵之感，更不用说满目绚烂至极的桃花了，此情此景就算是丹青手在此也无法勾勒出西湖之美啊！

“临水临山寺塔，半村半郭人家”二句写西湖的建筑：西湖临山靠水的地方有一座寺庙的高塔，而在河堤边建满了篱笆茅舍和深院高楼的人家。这寺塔应为雷峰塔，新白娘子传奇里法海曾经用来镇压白素贞的塔，也是西湖的胜景之一。而西湖边的人家，有渔民，还有那些富商的豪宅。这些建筑物参差坐落在西湖的杨柳桃花之中，画面极为和谐。

“杯泛流霞，板撒红牙。紫陌游人，画舫娇娃”四句写西湖之上的热闹景象：西湖边上的被花草簇拥的小路走满了形形色色的游人，远远都能听到他们的欢声笑语，而在湖面之上的画船里，有着美丽的女子，正在应着红色檀木制成的牙板打出的拍子，轻声哼唱歌曲，画船之中的游人手拿酒杯，一边欣赏西湖之景，一边品酒听歌，一片热闹景象。“红牙”即用红色檀木制成的打拍子用的牙板。

作者抓住了六桥、峰峦、杨柳、桃花、寺塔、人家等景物的描写勾勒出一幅景色迷人的西湖早春图，表现了作者对西湖的喜爱。

【双调】庆东原·泊罗阳驿

赵善庆

砧声住，蛩韵切，静寥寥门掩清秋夜。秋心凤阙，秋愁雁堞，秋梦蝴蝶。十载故乡心，一夜邮亭月。

【鉴赏】

这是一首描写羁旅乡愁的小令。“罗阳”乃作者所住驿站之地,故址不详。

首两句以秋声起首,写那深秋思妇们为离人赶制冬衣的捣衣声已经停了下来,可是蟋蟀的叫声依旧急促地响于屋外。“静寥寥门掩清秋夜”言那紧闭的房门安静无声地掩住了凄清的秋夜之景,可不论是现在已经停了砧声还是如今依旧还在噪鸣的蟋蟀,都扰得作者难以入眠。“砧声”即捣洗衣服的声音,在古代作品里常用来指代秋声;“蛩”即蟋蟀,秋蝉的叫声更为清脆响亮。“门掩”化用柳宗元“壁空残月曙,门掩候虫秋”(《酬娄秀才寓居开元寺早秋月夜病中见奇》)的意境,以声写秋愁,烘托出那秋愁更为浓烈。

“秋心凤阙,秋愁雁堞,秋梦蝴蝶”三句鼎足对写难以入眠的原因:作者心愁国事,终年在外奔波劳碌,时光转瞬即逝,常有种人生如梦的感觉,特别是在这萧瑟的深秋之夜,因那秋景引发而出的秋愁更为强烈,可是身在这他乡之地,这浓烈的秋愁却不知如何排解。“凤阙”本为皇宫的通称,此处指京城,即为国事心忧。“雁堞”指城墙上雁阵状的墙垛,此处指作者目前身处的城池。“秋梦蝴蝶”借用庄周梦蝶的典故,说明作者对自己的人生产生了如梦的感觉。

“十载故乡心,一夜邮亭月”二句抒写思乡之情:作者独自一人身在他乡有十年了,这十年里他漂泊奔波,为功名国事所累,少有归家,今夜的秋景勾起他对故乡的思念。从窗户之中向外看去,看到今夜的明月高挂空中,都说花好月圆,可那都是在家人团聚的前提之下说的,如今形单影只的作者面对着一轮明月,不过是月越圆,对故乡的思念之情就越强烈罢了,所希翼的仅是希望这普照人间的明月,将他的思念之情带回故乡。“邮亭”即驿站。

这首小令结构精巧完整,首三句没有从常有的景色描写来渲染秋思,而是通过秋声来烘托秋愁，中间三句以鼎足对来渲染秋愁之苦、秋愁之缘故，进而得出人生如梦的结论，末二句抒发深沉而迫切的思乡之情，承接自然，感情真挚深切。

【双调】蟾宫曲·自乐

孙周卿

草团标正对山凹，山竹炊粳，山水煎茶。山芋山薯，山葱山韭，山果山花。山溜响冰敲月牙，扫山云惊散林鸦。山色元佳，山景堪夸。山外晴霞，山下人家。

【鉴赏】

这是一首描写隐居之逸的小令。作者生平不详，为何归隐也不详，在此仅就曲论曲，看一看他带给我们的神奇隐居之旅吧。

首句写隐居之处的地理位置，那是一个背靠青山，正对山凹的茅舍。“草团标”即草房、茅棚。二、三句写饮食，山中虽然没有世俗之中所谓的山珍海味，可是有一望无际的山竹，用山竹来烹煮那刚刚收获的粳米，那米饭香味可以飘到极远的地方，而平时有客人或自己赏花之时还可以喝自煎的茶水，那是春露之水煎熬而成，茶香味美。这三句以简单的语言勾勒出一幅恬静闲适的隐居图。

“山芋山薯，山葱山韭，山果山花”三句以并列事物的方式列举了山中的饮食来源，有山芋和番薯、有葱花和韭菜、有水果和野花。这些都是山中成长的，用如今的话来说是纯天然，无污染食品，吃了对身体非常有益。有山中野食可吃,有野花可赏,若朋友亲人到访的时候还可以拿这些食物出来招待他们,满桌山中“野味”,觥筹交错,人与人之间真诚相对,这样的场面真可以说是世外仙境,没有什么是可以与其比拟的!

“山溜响冰敲月牙,扫山云惊散林鸦”二句通过反衬的手法来写山林和居处环境的静:这山泉淙淙的流水撞击在石头之上就像是在敲击着月牙形的冰块,清脆悦耳。山峰高耸入云,山中云雾缭绕,早晨起来清扫台阶的声音惊散了一林子的乌鸦。水滴山石之声并不大,可如今听在作者耳朵里却是清脆嘹亮,反衬出山林之幽静,而扫帚打扫台阶之时,声音并无多大异响,如今却惊起一树林的乌鸦,反衬出作者居处环境的静谧。

“山色元佳,山景堪夸。山外晴霞,山下人家”四句描写山景:这里的山色山景都是如此的美丽,绝佳,令人赞叹不已,你看山外是片片漂浮的彩霞,而山下那些茅舍排列得更是错落有致,这山这水这景这色,都使人不自觉地沉浸在这如诗如画的大自然的鬼斧神工之中。

这首小令每句都有一个山字,当为嵌字体。更为可贵的是句中有山之外,还能使全曲结构流畅自然,将作者对隐居生活的满心欢喜抒写得恰到好处,实在是难得。

【双调】庆东原·江头即事

曹德

低茅舍,卖酒家,客来旋把朱帘挂。长天落霞,方池睡鸭,老树昏鸦。几句杜陵诗,一幅王维画。

【鉴赏】

从这首小令的标题来看，曲中描写的是作者在江头时的所见所感。作者当年因作“清江引”二曲讽刺权贵伯颜滥用职权杀害忠良，为逃避伯颜的缉捕而逃至吴中一僧舍避祸，在那里居住了多年，等到伯颜事败才重新入京。从曲的内容看，描写的是江南水乡的暮景，应为其隐居吴中时所作。

作者走在江头，看到一家茅舍在卖酒便走了进去。“低茅舍”即低矮的茅舍，也就是小酒家。“客来旋把朱帘挂”即看到作者走进酒店，老板殷勤地把他迎了进去，并顺手把朱帘挂了起来。因茅舍低矮，光线不足，而此时接近黄昏，光线更加昏暗，将朱帘挂起来非常有必要，是为了让屋子里显得更敞亮一些。

“长天落霞，方池睡鸭，老树昏鸦”三句是作者坐在小酒店里所看到的景色。“长天”句是远景，那长长的天空里绚烂的晚霞围绕在落日的周边；“方池”句是中景，不远处有一个方池，池中的鸭子安静地浮在水面上，把头伸进翅膀和躯干的交叉处，像是睡着了一般；“老树”句是近景，靠近小酒店的旁边有一棵苍老的大树，大树上停靠着暮归栖息的乌鸦。这远、中、近景勾勒出一幅安详而恬静的江南暮景图。

而这样幽静的景色令作者想起了唐代的大诗人杜甫和王维，杜甫当年为了逃避战乱在四川成都定居，过了一段安定而宁静的生活，并抒写了大量描述田园生活的作品；王维作为一名全才，诗书画都非常擅长，是田园山水诗的鼻祖，创作了数量极多质量极高的诗作，苏轼曾评价其诗是“诗中有画，画中有诗”。此时作者隐居吴中一带，眼前恬静的江南暮景使得他想起了和他有着同样经历的杜甫和王维，不禁哼出了“几句杜陵诗，一幅王维画”的话语，这样的画面简直就是杜甫笔下的几句诗，王维一幅画中所描绘的景物啊。

这首小令语言明丽，格调淡雅，用寥寥几笔便勾画出一幅安详而宁静的江南乡村图，意境极为幽静美丽。

【仙吕】后庭花

吕止庵

西风黄叶疏，一年音信无。要见除非梦，梦回总是虚，犹兀自暂时节相聚。新近来和梦无。

【鉴赏】

这是一首描写思念之情的小令，思念之人是谁作者并未言及，是男是女更不知，在此仅将其思念之人暂定为丈夫罢。

“西风黄叶疏”句点明时令和由景触情。“西风”即秋风，“黄叶”即秋日发黄而掉落的叶子，这两样都是秋季里最具特征的事物，那秋风吹拂，黄叶因掉落而日渐稀疏，此景如此萧条而凄凉勾起女主人公内心的愁绪。“一年音信无”，原来，都一年了，丈夫一点音信都没有，实在是担心啊，不知道他在那边发生了什么事情。

相见不能实现，音信更全无，那只能寄托在梦里来实现团圆梦了。“要见除非梦”句便表明了两人要相见除非是在梦里，“除非”二字道出了现实的心酸，表达了别无选择之下只能梦中相会的无奈。可是梦终究是虚的，梦醒之后那种空虚寂寞的感觉更加强烈，有的时候梦还不如不梦。

尽管说梦是虚的，但在无法相会的情况下，有梦还是好的，起码还能够借助梦里相会的甜蜜来支撑自己度过每一天。“犹兀自”即犹，尚、还的意思,“犹兀自暂时节相聚”句说明有梦还是好的,能够在梦中相会也是非常珍贵的,这一句是女主人公的自我劝解和说服。毕竟现实太过残酷,如果仅凭意志去抵抗那空虚寂寞之感,那就更难为女主人公了。

“新近来和梦无”句笔锋却一转,写近来做的梦少有相会的梦了！你说可悲不。这一句化用自赵佶的“怎不思量,除梦里有时曾去。无据,和梦也新来不做”(《燕山亭·北行见杏花》),表明女主人公如今欲梦而不得的绝望心理。

这首小令层层推进,将女主人公的情绪由希望到失望再到绝望。而人的情绪总是比较微妙,频频相见,如若梦中还相见便嫌烦,但若见不着,便又苦苦思念,以梦中相见也是种安慰来劝慰自己,但内心深处却还是忍不住抱怨,这梦为何是虚的,总不如实实在在见面的好,可最后要是真的连梦都做不上了,便又会自怜自爱,能做一次相会的梦足矣！人的拥有感总是在失去之后方能感觉出来。

【仙吕】后庭花·怀古

吕止庵

功名揽镜看,悲歌把剑弹。心事由缘木,前程羝触藩。世途难,一声叹,满天星斗寒。

【鉴赏】

这首小令题为《怀古》,但从曲之内容看却无具体怀咏之人、物、事,而是抒发了世途艰险和抑郁不得志和感慨。

“功名揽镜看”句写揽镜一看，却发现镜中之人已是满头白发，那曾经的满头青丝在岁月和功名的折磨之下已无声地转化为白丝，而人却依旧一事无成，雄心壮志仍依旧是梦想，终未能实现。“悲歌把剑弹”句写弹起剑唱起悲壮慷慨的歌曲，用以发泄怀才不遇的感叹。此句典出战国时冯谖弹铗的故事，据《史记·孟尝君传》记载：冯谖是孟尝君的门下客，但因得不到重用在某一日弹剑且歌曰：“长铗归来乎，出无舆”，后人以此来比喻怀才不遇和仕途不顺的感慨。

“心事由缘木”句写梦想难以实现，犹如爬到树上去捉鱼。此句典出《孟子·梁惠王上》的“以若所为，求若所欲，犹缘木求鱼也”的典故，后人以“缘木求鱼”来形容走错了方向，永远都无法实现目标。“前程羝触藩”句写进退两难的境界，化用自“羝羊触藩”（《易·大壮》“羝羊触藩，羸其角”），言羚羊的角挂在了篱笆上，无法进退，后人用以形容作者此时处境的进退两难，想归隐又无法抛下这功名利禄的羁绊，不归隐仕途又太过险恶，官场太过于尔虞我诈，让人难受。这两句总写仕途前进之艰难。

宦海风波，怀才不遇，且梦想不可能实现，可见仕途之艰难，作者于无奈中发出了“世途难”世途真的是太过于艰难了，“一声长叹”，这长叹声中饱含了多少坎坷和无奈！功名、抱负、梦想、前程都在这艰难的世途面前一一败下阵来。

“满天星斗寒”结句转为写景，只剩满天星星在冷清地看着作者。星斗并无寒热之分，但看在满心失落之情的作者眼里，那满天的星斗也不自觉地带上了凄寒的背景。

元王朝给予文人最多的是失意的感叹，其实作者曲中所描写的情况又何止只元王朝有这样的境况，古往今来多少志士能人面对着滔滔东水发出了怀才不遇的无奈叹息，这是封建王朝在能者贤人选拔制度上的一大缺失，物却不能尽其用，悲乎。

【双调】殿前欢·梅花

景元启

月如牙，早庭前疏影印窗纱。逃禅老笔应难画，别样清佳。据胡床再看咱，山妻骂："为甚情牵挂？""大都来梅花是我，我是梅花。"

【鉴赏】

这是一首咏梅的作品，中国古代文人作品中不乏咏梅之名作，如林逋之"疏影横斜水清浅，暗香浮动月黄昏"（《山园小梅》）便是其中的佼佼者，而作者这首小令则是通过勾画一个极富趣味的场面来烘托出梅花清高绝俗的高洁品格。

"月如牙，早庭前疏影印窗纱"二句景物描写，在新芽般的一弯明月照射之下，疏落的梅影映照在庭院的窗纱之上，清风徐来，梅影在窗纱之上轻摆，婀娜多姿，散发出阵阵扑鼻香气。此处景物描写有一大新颖之处，作者并未描写梅花之实体，却是通过月色皎洁下的梅影的勾勒来烘托其高洁的品格。而在古代文学作品之中，梅花和月色总是融合在一起，似乎只有那洁白的月光才能陪衬出梅花的傲气和霜白，达到最高程度的和谐。

"逃禅老笔应难画，别样清佳"二句乃是对梅花情状的赞美。月色在"看"着满怀梅花，而梅花无意，却将影子映照在窗纱之上，让屋内之人观赏，隔纱观梅，更有一种朦胧和空灵之感，使得作者发出了即使是修禅人的马良神笔也难以勾画出如此清新优美的梅月画面的感叹。"逃禅老笔"有两种说法，一是指南宋号"逃禅老人"的画家杨无咎，以善画梅著称。再就是指北宋僧人华光长老，非常善于画梅，常就着月夜窗间梅花疏影用水墨晕写梅影，传有《华光梅谱》。

这场景实在是太过美好，使得作者产生了一种错觉，觉得那梅花也在与其对望，不由得坐在交椅上痴迷入神地盯着梅花看，眼睛都不眨一下，可见梅花神韵之清逸。"胡床"即交椅；"咱"语气助词，无实际意义。如此痴状，惹得妻子骂了一句，"为甚情牵挂？"即你是不是有邪心了？到底牵挂什么情事弄得如此痴迷！"大都来梅花是我，我是梅花"二句回答了妻子的疑惑，"我只不过是迷上了梅花的风韵罢了，总觉得那窗纱之上的疏淡梅影就是我，我就是那疏淡的梅影。""山妻"乃是对自己的妻子的谦称。

古有庄子梦蝶，梦醒后不知乃是我化蝶还是蝶化我，这今时则有我与梅花两相融，赏物的最高境界也就是如此吧，万物皆空，只剩下我和那梅花，物我合一，融为一体。

【仙吕】寄生草·感叹

查德卿

姜太公贱卖了磻溪岸，韩元帅命博得拜将坛。羡傅说守定岩前版，叹灵辄吃了桑间饭，劝豫让吐出喉中炭。如今凌烟阁一层一个鬼门关，长安道一步一个连云栈。

【鉴赏】

以官场险恶为主题的小令在元散曲中数量极为庞大，但查德卿这首小令却是将这种思想表达到了极限，完全否定文人入仕的想法，劝诫众人不要为那虚名而奔波卖命，因为那是非常不值得的行为。

“姜太公”句写对姜太公出仕的叹息，典出姜太公钓鱼之故事，姜太公当年怀才不遇，而隐居于磻溪岸钓鱼，后在此地遇见周文王，辅助文王和武王两位君主成就了西周霸业，自己也被尊称为“师尚父”。“韩元帅”句写韩信为刘邦卖命最后送了性命的行为非常不可取。此句典出韩信辅助刘邦打西汉天下时，刘邦曾筑坛斋戒拜为上将，功成名就之后却被过河拆桥的刘邦连同吕后以计谋杀死。“磻溪”河流之名，在今陕西宝鸡市东南。这两句表达了不论是荣还是败，选择出仕就是一种错误的行为，选择为统治者卖命更是犯下了非常严重的错误。“贱卖”和“命博得”即表现了作者的这种思想。

中间三句乃鼎足对，依旧用典来抒发仕途险恶艰难的慨叹。“羡傅说”句是写羡慕傅说坚守着帮人版筑的行为。傅说隐居傅岩（今山西平陆）时，曾帮人筑土墙为生，后出仕任高官。“羡”句是对傅说坚持隐居不出仕的行为表示了羡慕之情，但实际上傅说最后还是出仕了，此处作者运用的是暗讽的手法，明赞暗讽。“叹灵辄”句感叹灵辄当年为报一饭之恩而倒戈相救赵宣子之为是不值得的，此句典出《左传·宣公二年》关于晋灵公大夫赵宣子和灵辄的故事。“劝豫让”句乃是说劝豫让吐出口中的炭，即不要为曾经的主人报仇。豫让乃智伯家臣，深得主人赏识，后智伯为赵襄子所杀，豫让便“漆身为癞，吞炭为哑”以改变面目声音来行刺赵襄子，后事败被杀。这三句完全否定了儒家思想中的“士为知己者死”的观点。

末两句更为决绝，“凌烟阁”本是唐太宗将开国元勋的二十四人的画像刻在凌烟阁上以示尊贵，凌烟阁从此便成为后世文人功成名就的一个象征和终极追求目标;“长安道”同样也是文人心目中的仕途之道,可是作者在这里却将这两个地方形容为鬼门关和连云栈,“连云栈”乃是指在高险山峰之上凿出的道路,此处喻仕途险恶如那连云栈,稍稍不慎便坠亡。“一层一个”,“一步一个”更是凸显险恶艰难危险存在于仕途的任何一个角落,宦海是一处完全没有一丝可取之处的地方。

古代许多文人不论怎么发牢骚言仕途之曲折,然其骨子里对仕途还是存在一丝奢望之念,而在作者这里,则是完全放弃了仕途,以一种蔑视甚至是不屑的态度去看待仕途之人、事、行为,虽有些偏激,但这种思想的产生可以说与当时的社会现状有着很强的因果关系。

【中吕】普天乐·别情

查德卿

鹧鸪词,鸳鸯帕。青楼梦断,锦字书乏。后会绝,前盟罢。淡月香风秋千下,倚阑干人比梨花。如今那里,依栖何处,流落谁家。

【鉴赏】

作者以《普天乐·别情》为题作了两首小令,这是其中一首,作者以第一人称的口吻回忆了过往的爱情,抒发了两人不能再相会的叹息之情。从曲的内容看,主人公的情人应该是青楼女子,两人曾经短暂却又甜蜜的交往,后不知因何种原因女子或从良,或嫁人,两人各自天涯,且不知女子踪迹。

“鹧鸪词,鸳鸯帕”二句回忆了两人曾经的相处场景:我曾为她填写过许多首以“鹧鸪天”为词牌的词,她也曾赠给我一块绣有鸳鸯戏水的手帕,以喻我俩情如鸳鸯深。这两句回忆了两人相处的甜蜜时光,烘托下文分离的痛苦。

“青楼梦断,锦字书全”二句表明了分离的现实:如今再也不能到青楼与她相会,甚至有关她的音讯也都全无。“青楼”本指用青漆涂饰的豪华精致的房子,后指妓院,由此可知主人公的情人是一名青楼女子。古时文人身边总有那么一两个红颜知己,且多为才艺高超的青楼女子。“梦断”即两人分离的现实,而更为可悲的是情人的音讯都没有给主人公留下,让他一个人独自在身后进行各种猜测。“锦字书”指两人往来的书信。

“后会绝,前盟罢”二句抒发了两人不能再相逢的痛苦。如今两人各自分别,音讯全无,重逢的机会也都没有了,以前对彼此发过的山盟海誓如今都成了一句句空话。“绝”和“罢”字表明了分别的决绝,转身之人潇洒不已,可是留在身后的人却痛不欲生。

“淡月香风秋千下,倚阑干人比梨花”二句又转为回忆过去相会的场景。想到从前我们俩在秋千架下相会,淡淡的月色笼罩着我和你,温馨的春风轻拂我俩的脸盘,似乎也在为我俩相聚而兴奋,到如今我都还记得你依在阑干上如梨花般高洁美丽的形象。古代的文学作品中常以梨花喻美人,如白居易的“玉容寂寞泪阑干,梨花一枝春带雨”(《长恨歌》),就是以梨花来形容杨贵妃的美。此处作者一个“比”字说明情人像梨花般美丽,风姿却又胜过梨花。

如此美丽佳人如今却不知音信,怎能不令人感伤。“如今那里,依栖何处,流落谁家”三句以连续三个设问来抒发了佳人不再的叹息,如今她到底在哪里呢?又依附在谁的身边?流落到谁家里?

这首小令语言质朴,结构上以回忆和现实交叉描写,以回忆的甜蜜来反衬出如今的寂寥,使得主人公因分离而产生的痛苦之情愈发强烈,引起读者的共鸣。

【越调】柳营曲·金陵故址

查德卿

临故国,认残碑,伤心六朝如逝水。物换星移,城是人非,今古一枰棋。南柯梦一觉初回,北邙坟三尺荒堆。四围山护绕,几处树高低。谁?曾赋黍离离。

【鉴赏】

作者多首小令都表达了一种虚无思想,即归于富贵成败、功名利禄等等,最终不过虚无的观点,他的《寄生草·感叹》是如此,这首小令同样也是如此。从题目来看,这描写的是在金陵(今南京)故址的所见所感,抒发了"今古一枰棋"的感慨。

首两句写登临金陵故址,满目只见残碑断壁。"故国"即曾经在金陵建国的六朝。首句道明了此次登临的目的地,次句描写了眼前衰败之景,为后文的慨叹打下铺垫。正是目睹了满目疮痍,才触景生情,引发下文"伤心六朝如逝水"的感叹。"伤心"即伤感之情。"六朝"即吴国、东晋、南宋朝、南齐朝、南梁朝、南陈朝六国。此句言目之所及皆是一片荒凉,使人不禁感叹这六朝的辉煌繁荣不过昙花一现,最终都逃不过如水般消逝的结局。

"物换星移,城是人非,今古一枰棋"三句乃是触景生慨叹。"物换"句写世事如那移动的星斗、变化的物体,不停地发生变化,此句典出王勃的“物换星移几度秋”(《滕王阁诗》)。“城是”句依旧言物是人非之状,此句化用《搜神记》中丁令威成道骑鹤归来时唱的歌,“城郭如故人民非,何不学仙冢累累?”此处言城亦在,人却非,即环境变化得太快的感叹。“今古一枰棋”句是对物是人非、物转星移的总结性话语,这历史的繁荣衰败、朝代更迭,成败,不过是一局棋罢了,你方上场我方下场,循环反复,乏味至极。

“南柯梦一觉初回,北邙坟三尺荒堆”二句继续抒发岁月如梭,最终不过一抔黄土的思想。“南柯”即南柯睡了一觉,梦中享尽荣华富贵,而醒来后发现还是回到了起点,此处喻人生犹如南柯一梦,终将虚无。“北邙坟”本指洛阳市北的邙山上的坟墓。人生赤裸裸地来,最终也将赤裸裸地离开这个世界,不论你在世的时候是英雄还是狗熊,最终都将成为北邙山上的一堆三尺荒坟。

“四围山护绕,几处树高低”二句又转为对眼前景色的描写,只见这金陵故址四周依旧还是被山所围绕,山在故国的周遭也都还在,只是人却都已经不见了,只剩下高低不一的大树望着这一片凄凉的景色。这两句是对“城在人非”的进一步描写。

“谁?曾赋黍离离”二句写是谁,曾经赋过一首《黍离》。东周的大夫看到西周的宗庙由当年的豪华变为如今的茂盛禾黍,感叹而作《黍离》。可是这兴衰成败不过是一盘棋罢了,又何必为其伤悲感叹,最终也将会有人为你此时的朝代而怀古感伤,故这黍离之悲完全没有必要。

可以说,作者对世事的看法完全超越了前辈,甚至是当世之人也无人能及,是一个与老庄思想颇为相似的奇葩。

【越调】柳营曲·江上

查德卿

烟艇闲，雨蓑干，渔翁醉醒江上晚。啼鸟关关，流水潺潺，乐似富春山。数声柔橹江湾，一钩香饵波寒。回头贪兔魄，失意放渔竿；看，流下蓼花滩。

【鉴赏】

这首小令描写的是一位渔翁即落第失意文人选择归隐后的矛盾情状。

“烟艇闲，雨蓑干，渔翁醉醒江上晚”三句写景状物，江面上烟雾笼罩，一叶小舟自由自在地漂浮于上面，有一个渔翁醉躺在小舟之中，身上的蓑衣被雨水淋湿了又被风吹干了，等他酒醒过来才发现此时天色已晚，暮色笼罩在江面之上。三句通过烟、艇、蓑衣、醉翁、江上等景物的描写勾勒出一幅闲适自得的小舟漂流图。可在那闲适的背后，却暗自隐藏着深深的失意引发的愁绪，渔翁不认真钓鱼，却喝醉睡倒在小舟之中任其漂流，这本不是一个隐者所为，隐者所享受的是那种钓鱼时物我融为一体的感觉，而作者笔下的渔翁，却是带着深深的愁绪，并欲借酒消愁的形象。

“啼鸟关关，流水潺潺，乐似富春山”三句描写大自然的声音之美好。渔翁醒来后却听到了鸟的鸣叫声，和身边潺潺的流水声，犹如一曲动听悦耳的乐曲，令他领略到严子陵隐居富春山时感受到的美好。“富春山”即严陵山，在今浙江桐庐县西，东汉严子陵曾在此隐居垂钓。

"数声柔橹江湾,一钩香饵波寒"二句继续描写渔翁的所见所闻。忽然,渔翁的耳朵里听到远处江湾传来的数声船儿摇橹的声音,不一会便隐约看到满载而归的渔船向岸边划去,想到渔船的丰收,渔翁忍不住回头看了一眼自己的鱼竿,却发现在这寒波里,一勾鱼饵正寂寞地低垂在水波之中,无鱼儿上钩也无波动,这丰收和清寒的场面不禁勾起了他科举考场上的失意和失落感。

蟾宫折桂是大部分文人为之奋斗的一个目标,如今科场的失意使得主人公虽选择了归隐江湖,可此景此情仍勾起了他的失意感,不由得抬头看天上的月亮,想看看那蟾宫到底为何如此难以到达,而折桂更是难上加难。"兔魄"即月亮。太过专心,一不小心放开了手中的鱼竿,鱼竿掉落小舟的声音把主人公的思绪拉了回来,却发现这小舟已顺流而下,荡进了蓼花丛中。"失意"即不留神。"蓼花"是花如穗,红白相间的水生植物。

全曲就在这"流下蓼花滩"的场景描写中结束了,渔翁最后有没有放下内心的执念,留给读者展开无限的联想。

【双调】蟾宫曲·怀古

查德卿

问从来谁是英雄?一个农夫,一个渔翁。晦迹南阳,栖身东海,一举成功。八阵图名成卧龙,六韬书功在飞熊。霸业成空,遗恨无穷。蜀道寒云,渭水秋风。

【鉴赏】

如题所示，这是一首怀古之作，所怀之人乃诸葛亮和姜太公姜尚。

首句便以一句设问统领全曲，“问从来谁是英雄?”古往今来，谁才是真正的英雄？并自问自答，“一个农夫，一个渔翁。”二句回答了谁是英雄，即历史上那一个农夫即躬耕南阳的诸葛亮，和那一个渔翁即曾经渭水隐居垂钓的姜太公姜尚。农夫和渔翁乃是两人出仕前的身份，作者在此用以强调他心目中的英雄乃是其出仕前的行为。

“晦迹南阳，栖身东海，一举成功”三句乃是对农夫和渔翁之事的进一步拓展说明。“晦迹”句言隐居于南阳（今属河南）茅舍之中躬耕的诸葛亮，“栖身”句指隐居于海滨的姜太公，据《史记·齐太公世家》记载：“吕尚处士，隐海滨”“一举成功”乃是两人出仕辅佐君主成就伟业之事。刘备三顾茅庐方才请得诸葛亮出山助其成就了三分天下的局面；周文王外出打猎，溪边遇到钓鱼的姜太公，与其交谈后同车而回，姜太公辅佐文王、武王成就了西周的丰功伟业。

“八阵图名成卧龙，六韬书功在飞熊”二句继续进一步扩展英雄的事迹。当年诸葛亮“推演兵法，作八阵图。”（《三国志·诸葛亮传》），“卧龙”即诸葛亮，此句言诸葛亮军事才能极佳；“六韬书功”意指姜太公撰写了军书《六韬》，“六韬”即相传乃姜尚所著之兵书，“飞熊”乃是周文王外出打猎时占卜得出的卦象，“所获非龙非骊，非虎非熊，所获霸王之辅”（《史记·齐太公世家》），此以“飞熊”指代姜太公。

“霸业成空，遗恨无穷”二句则是抒发慨叹。两人最终虽然助明君成就了霸业，但最终这两个国家也消失在历史长河之中，空留无穷遗恨。这两句表达了作者世事无常，繁华富贵最终不过云烟的思想。而如今只剩“蜀道寒云，渭水秋风”即如今只剩那蜀道之上寒云压天，渭水之上肃杀之西风罢了。“寒云”与“秋水”渲染出如今两地萧条的氛围，以烘托霸业成空的感慨。

中国古代文人怀古叹世之作乃是抒发其内心的不满之感，也仅是以腐败奢侈荒淫最终导致灭国之例来抒发感慨，但在元代文人的笔下，历史上那些功成名就的英雄豪杰明君都成为其怀疑的对象，这是时代大背景下造就的一种心态，更是跟社会给予文人完全绝望的心态有关联。

【越调】天净沙·闲题

吴西逸

江亭远树残霞，淡烟芳草平沙。绿柳阴中系马。夕阳西下，水村山郭人家。

【鉴赏】

作者以《天净沙·闲题》作了四首小令，这是其中一首。其他三首有抒发离情，如“长江万里归帆，西风几度阳关。依旧红尘满眼。夕阳新雁，此情时拍栏杆。”有表现了客居他乡的羁旅乡愁，如“楚云飞满长空，湘江不断流东。何事离多恨冗？夕阳低送，小楼数点残鸿。”而这一首描写的却是夏末初秋时的江村之景，勾勒出一幅恬静淡然的江村图。

“江亭远树残霞，淡烟芳草平沙”二句写江边的一座亭子笼罩在夕阳的余晖之中，背后是一望无际的残霞，再过来是郁郁葱葱、长势繁茂的树木。平坦的沙岸上芳草丛丛簇簇，红花翠叶色彩绚烂。这些景物是按照视线由远及近的顺序来描写，“江亭”、“远树”、“残霞”，视线越走越远，走到天边之后将镜头拉回，回到中景“淡烟”、“芳草”和“平沙”，这种以景物排列组合的方式应是受前人马致远《天净沙·秋思》创作手法等的影响，再加上“淡”、“残”等形容词，即构造了一个悲凉苍茫的意境。

“绿柳阴中系马”句是近景，即岸堤边青翠的杨柳荫中一匹骏马被拴在那里。镜头越拉越近，从远处的天、霞、树和江亭来到平沙和芳草之地，最终回归到河堤之上的杨柳，以及柳荫之中的马儿。作者没有画外之人，为何将马系在此地，是长途奔波之后的短暂休息，还是隐居于此的隐者之物，画外之意全由读者借助联想加以拓展，妙。

“夕阳西下，水村山郭人家”二句继续往画布里添加景物，先是大笔一晕，将夕阳西下的大背景描摹到景物之上，再从江堤处开始继续勾勒，江堤边还有远近相接自然的水村和山郭，此时夜色降临，水村上面升起袅袅炊烟，天黑了。曲子就在此停住了，那位游子或隐者呢？那匹马呢？是陪着主人继续沉浸在江村的夜色里，还是继续踏上了奔途，或是走上了返家之路？所有的情语都融化在这无言的景色之中，意味深长。

这首小令以景语起，以景语结，整首曲子无一字言情，但句句都在说情。是那浪迹天涯的漂泊流落之情，也是隐者满目美景背后的悲凉不得志之情，景由人写，情由人说，别无它乎。

【双调】清江引·秋居

吴西逸

白雁乱飞秋似雪，清露生凉夜。扫却石边云，醉踏松根月，星斗满天人睡也。

【鉴赏】

描写秋景的作品不少，有悲凉萧条之景，有壮丽悲壮之图，还有情意绵绵之作，这一百个读者眼中就有一百个哈姆雷特，同理，同一幅秋景图，在不同的人眼里，展现的是不同的画面和感触。在吴西逸的笔下，又展现了别有新意的画面。且看作者是如何描写秋居之景的。

“白雁乱飞秋似雪，清露生凉夜”二句写秋夜之景物，一是白雁，这白雁乃是深秋北国之物，形较黑雁小，颜色为白，比较稀少。这成群的白雁在头顶的天空乱飞，如同这深秋之夜下起了片片白雪。而深秋凉霜冷露，这清冷的露珠反过来又使得这深秋之景更为清凉。“似雪”和“凉夜”乃是作者的感觉，故首两句非纯写景句，而是作者目之所见，心之所想。

“扫却石边云，醉踏松根月，星斗满天人睡也”三句乃是主人公的情状和动作。他的出场颇似一位世外高人，以飘然而至的姿态出现在读者的眼前，他踉踉跄跄走在石阶之上，所行之处脚下的云雾都散开，如同在清扫台阶般，但等他的脚步一过，那云雾又聚拢而来，月色昏黄，松树的影子稀稀拉拉映照在石阶之上，这踉跄的脚步像是踏碎了那松下月影一般。终于，我们的主人公终于抵挡不住醉意涌上脑海的晕眩感，躺倒在了石阶之上，看着那满天的星斗昏然入睡也！外界所有的事物都打扰不到他了。“扫却”和“醉踏”生动传神再现了醉意朦胧的作者趔趄的脚步，使得读者的眼前似乎浮现了主人公步履不稳地走在石阶之上的情状，令人不禁为他掬一把惊呼危险的汗水。“人睡也”三字将主人公豪放不羁、不拘小节、旷达的品格展露无遗。也只有如此旷达之人，才会夜醉而归，卧在石阶之上酣然入睡，以大地为席，以天为被，以满天星斗为被上所绣之景物，十足旷达闲适之状！

这首小令题为“秋居”，实乃醉宿于深秋山林之中的一次经过，写秋居的立意点非常新奇，而语言描写也十分生动，以“扫”、“踏”、“睡”三个动词来生动再现了作者从醉酒趔趄之态到昏然而睡之结局，趣意横生。

曲中穿插着对“雪”、“露”、“云”、“月”、“星”等几个晶莹剔透的景物描写，使得整幅画面更显透彻，给人以清凉之感。

【越调】天净沙·秋

朱庭玉

庭前落尽梧桐，水边开彻芙蓉，解与诗人意同。辞柯霜叶，飞来就我题红。

【鉴赏】

作者以“天净沙”曲牌作了四首咏春、夏、秋、冬的小令，这是其中的第三首，咏的是秋景。

自从宋玉的“悲哉秋之为气也！萧瑟兮草木摇落而变衰。”（《九辩》），到曹丕的“秋风萧瑟天气凉，草木摇落露为霜，群燕辞归雁南翔。”（《燕行歌》），再到欧阳修的“悲哉！此秋声也……其色惨淡，烟霏云敛……”（《秋声赋》），这感秋生愁便成了许多文人描写秋景的一个定势情调，即萧瑟悲凉之情。但在这首小令中，作者却从旧题材之中写出了新意，描写了秋景通晓人意与作者相会题诗的奇妙且充满趣意的场景，表达了作者对大自然的喜爱之情。

“庭前落尽梧桐，水边开彻芙蓉”二句是秋景之描写，那庭院前的梧桐树，叶子已经落得差不多了，庭院地上被树叶覆盖。而水中的荷花也失去了夏日“映日荷花别样红”的风姿，显得有些憔悴萎靡。这两句描写了“庭前”和“水边”两处的秋景，而“尽”和“彻”二字更是形象再现了秋之风,席卷树叶,秋之霜,打蔫荷花娇容的凄惨情状。如今的落尽与春夏时的繁茂、如今的开御与当时的娇艳形成了鲜明的对比,渲染出一种伤感的氛围。

不料第三句作者笔锋一转,却认为这满目秋景是为其而生,“解与诗人意同”即秋景们通晓人意,故展现与以前不同的风姿,以便更好地触发其诗兴。此想法实在是妙哉!

“辞柯霜叶,飞来就我题红”二句进一步描写秋景通晓人意之处,你看那梧桐树叶,特意离开树枝,飞到我的身边,好让我在其身上题诗!这草木本无情,但看在有情的作者眼里,不自觉就带上了情意绵绵的影子。这霜叶落叶归根本是物移星转万物变化的自然规律,但作者却赋予了其人之灵性,飘然而至,令其题红,将秋之悲哉的氛围一扫而光,令人耳目一新。“题红”典出红叶题情,唐时一宫女在红叶之上题写诗句,并将其放入御沟之中顺水流出宫墙之外,一书生拾得并在红叶之上添上“曾闻叶上题红怨,叶上题诗寄阿谁?”复置于流水上游令其返入宫中,终宫女出宫之后两人喜结良缘。但作者此处并未取其意,而仅是用以表达霜叶通晓人意的一种方式而已。

这首小令短小精悍,题材旧但内容新颖,特别是结尾二句可谓是“豹尾”,化腐朽为神奇,令人不禁感叹作者的巧妙构思和用心良苦!

【中吕】朝天子·秋夜吟

李致远

梵宫、晚钟。落日蝉声送。半规凉月半帘风，骚客情尤重。何处楼台，笛声悲动？二毛斑秋夜永。楚峰，几重？遮不断相思梦。

【鉴赏】

这是一首描写秋夜愁思的小令。作者夜居佛寺，秋风秋月勾起了他对过往情思的回忆，曲中散发着一股淡淡的哀愁。

“梵宫”即佛寺，作者此时居住在寺庙之中，夜幕降临，寺中的晚钟声响起。寺庙一般地理位置比较僻静，此时钟声响起，声音回旋在树林山野之中，引起阵阵回音，渲染了苍茫而幽寂的氛围。蝉儿们似乎也明白秋之寂寥，映着天边的红日拼了命般鸣叫。“送”字不仅指送走了温暖而灿烂的阳光，还指迎来了萧瑟的秋夜，使得那股苍茫感觉更加明显。

夜色愈发浓厚，半圆的月儿都挂到了天空之上，作者身居寺庙的禅房之内，屋帘般卷，秋风吹进屋内，秋风愁杀人，勾起了他的无限愁思。“骚客”即作者自称。“情”即愁情。“重”表明这凉月秋风勾起了作者千斤重的情愁别绪。

“何处楼台，笛声悲动？”二句乃是作者身在屋内所闻之声，那里的楼台上传来了悲怨的笛声？羁旅途中，这“笛声”又勾起闻者多少岁月流逝的感慨。“笛声”在古代文学作品中指代的是离人的思乡之愁，而在这里，勾起的却是作者对岁月如梭的叹息。“二毛斑秋夜永”即鬓发早已斑白，而秋夜又是如此的漫长。岁月无情，如流水般一去不复回，而人却是一不小心就由雄心壮志的少年时期进入无奈事多的年老岁月。时间又怎会因着人的愁叹而停止前进的脚步，这个秋夜显得漫长而又寂寞。

"楚峰，几重?"即指四川、湖北边境的巫山十二峰，其中以神女峰最为知名。当年楚襄王与巫山女神的阳台梦可谓是人尽皆知，甚至是其子楚怀王都想重温父亲的风流韵事，无奈怀王有情，女神无意，最终楚怀王只能怅然而归。此处作者仅是用巫山十二峰道明距离的遥远，路途的险恶。可是就算隔着巫山的十二座山峰，也"遮不断相思梦"，即遮不断作者的一腔相思之情，由此可见作者的一往情深。

正如"秋夜吟"的题目，这首小令以时间为顺序娓娓道来了秋夜之中触景生情，引发的一段过往的相思之情。作者没有点名相思之人是谁，因何事而分离，仅是在那伤感浓郁秋夜之中低声吟唱自己深深的思念之情，越是简单越是感人。

【中吕】红绣鞋·晚秋

李致远

梦断陈王罗袜，情伤学士琵琶。又见西风换年华。数杯添泪酒，几点送秋花。行人天一涯。

【鉴赏】

这是一首描写分别时伤感不舍之情的小令。

首两句写从与洛神相会的梦中惊醒，满怀愁绪如同白居易作《琵琶行》时无限感伤。“梦断”句典出曹植《洛神赋》中的“凌波微步，罗袜生尘”句，传说曹植曾请求娶甄逸之女为妻，遭到拒绝，后该女嫁予曹丕，被郭后害死，曹植从封地陈郡（今河南淮阳）回京见其遗物伤心不已，后作《洛神赋》，赋中描写神女踩着凌波微步而来，罗袜生尘。“陈王”即三国时作“本是同根生，相煎何太急”的文学家曹植，“罗袜”指甄逸之女。“学士”即白居易，“学士琵琶”即指白居易的《琵琶行》诗作，白居易对琵琶女给予了深切的同情，并因两人“同是天涯沦落人”而愈发伤感。此两句通过借写曹植和甄女因家庭原因分离、白居易的感伤来言眼前分离的痛苦和伤感之情。

“又见西风换年华”句转为抒发流年易逝的感慨，秋风萧瑟，一年又将过去了。“西风”即秋风，秋是一年中倒数第二个季节，这个季节的来临说明“年华”又将老了一岁，故作者不禁发出了流年易逝的感叹。

“数杯添泪酒，几点送秋花”二句描写了分别的场面：送者为行者斟满一杯离别之酒，但满心不舍和伤感之情使得酒还未送到行者手中，却已添加了不少的泪水，行者同样也是强忍着泪水将那苦涩的离别之酒一干而尽。“数杯”更是说明酒之多，情之不舍。“添酒泪”化用范仲淹“酒入愁肠，化作相思泪”（《苏幕遮·碧云天》）的句意。可最后还是在秋日黄花几点中送走了行者。作者没有直描分别场面，而是用“几点”送“秋花”来渲染离别时的悲怆氛围，更容易引起读者在情感上的共鸣。

“行人天一涯”句便是分别之后的场景。自此分别，两人将天各一方，行者独自一人浪迹天涯，送者在背后哭尽相思泪，无限哀思在那“天一涯”中宣泄得淋漓尽致。

古今最难道清的便是那分别之情，难分离，却强忍离情道珍重，那是一种怎样折煞人也的感情！

【中吕】普天乐·咏世

张鸣善

洛阳花，梁园月。好花须买，皓月须赊。花倚栏干看烂熳开，月曾把酒问团圆夜。月有盈亏花有开谢，想人生最苦离别。花谢了三春近也，月缺了中秋到也，人去了何日来也？

【鉴赏】

这是一首表达作者人生态度的小令，作者通过“好花须买，皓月须赊”表明了人生苦短，不能再重来，须及时行乐的观点。

首两句写人生最美好的两件事，“洛阳花”即到洛阳去赏牡丹花，牡丹被誉为国花，而洛阳的牡丹又是闻名天下，被称为洛阳牡丹天下第一（欧阳修《洛阳牡丹记》），无数文人墨客以一睹其芳容而兴奋不已。“梁园月”即到梁园里赏月。梁园乃是西汉梁孝王所见，曾邀请司马相如等著名词赋家在园中赏花月吟诗作赋，后被文人艳羡之地。这两句都是在作者看来最为美好的事情，为后文的有花当折枝打下铺垫。

“好花须买，皓月须赊”二句承接上文的花和月表明既是好花当买来欣赏，皎洁的月色当赊来享受，这两句意及人生苦短，及时行乐为上。

“花倚栏干看烂熳开，月曾把酒问团圆夜。”二句描写作者的活动。他惬意地倚靠在阑干之上观赏开得烂漫的花朵，举着手中的酒杯问明月为何如此团圆，这人生甚是享受而闲适。苏轼曾有“明月几时有，把酒问青天”（水调歌头），如今作者巧妙地化其意，问明月为何如此团圆，为下文的议论铺下基础。

“月有盈亏花有开谢,想人生最苦离别”二句承接上文烂漫开的花和团圆月来进行议论和抒发感慨。这月有盈亏之时,花有开谢之分,想来这人生最为痛苦的便是离别之时。这离别不仅是情人之间的离别,还有生离死别之意。

“花谢了三春近也,月缺了中秋到也,人去了何日来也?”将作者的感慨提升到了一个更高的层面:这花谢了到明年的三春之时还会再开,月此时缺了到了中秋之时便会再次团圆,可人呢?分别之后又什么时候才能再次相会呢?天涯之路漫漫,何日才是归程?如若是生离死别,更是无再会之说。这人连花和月都不如,此景此情怎能不令人“好花须买,皓月须赊”!“三春”指孟春、仲春、季春。

这首小令前六句分别咏花和月,后四句借花和月与人进行比较,言明人生要及时行乐的思想,构思颇为巧妙。

【中吕】普天乐·愁怀

张鸣善

雨儿飘,风儿飏。风吹回好梦,雨滴损柔肠。风萧萧梧叶中,寸点点芭蕉上。风雨相留添悲怆,雨和风卷起凄凉。风雨儿怎当?风雨儿定当。风雨儿难当。

【鉴赏】

这是一首描写风雨交加之夜梦醒之后愁绪难忍的小令,曲中主人公是一为愁所困的女子。

“雨儿飘，风儿飏”二句是对屋外场景的描写，乃是女主人耳之所闻。屋外雨在飘，风在吹，雨打物体，风吹事物，一片喧嚣之声。

这风吹雨打之声把女主人公从好梦之中吵醒了，“风吹回好梦，雨滴损柔肠。”梦到何事并未言明，但是“好梦”，好梦被中断的感觉甚是不爽，更为抑郁的是好梦被打断之后因窗外热闹的风雨声再也难以入睡，勾起满怀的愁肠，似乎那雨滴的不是物体，而是滴在女主人公娇柔的肠子之上。“柔肠”即柔软的肠子，肠子本就脆弱，如今这雨声一“损”，更显得疼痛难忍。

“风萧萧梧叶中，寸点点芭蕉上”二句又转到窗外风雨的描写之上，风吹过梧桐叶上刷刷作响，寸点雨水滴在芭蕉叶上，发出滴答滴答的声音。这窗外场景热闹非凡，与屋内形单影只的孤枕难眠的情况形成了鲜明的对比，反衬出屋内人的凄凉和寂寞。这萧萧梧桐、点点芭蕉，以及风雨都是与愁绪连在一起啊！这“梧桐更兼细雨，到黄昏，点点滴滴。这此地，怎一个愁字了得！”(李清照《声声慢》)，而那芭蕉也是“一点芭蕉一点愁”(徐再思《夜雨》)，愁上加愁，由此可以想象屋内女主人公的愁思之深厚了。

“风雨相留添悲怆，雨和风卷起凄凉”二句便是对这风雨引起的悲怆和凄凉之情进行抒发。这风和雨交叉的时刻真是令人徒增许多悲怆之感！而这雨和着风席卷而来更是勾起人的阵阵凄凉孤寂之情啊！都说秋风秋雨愁煞人，如今这风和着雨，雨助着风，风雨交加，狂风暴雨之时，怎能不令人产生悲怆凄凉之情呢？

此景此情，使得我们的女主人公终于忍不住发出了“风雨儿怎当？风雨儿定当。风雨儿难当”的慨叹。这风雨让人如何承受得住啊！但不论怎样我都要将他承受下来！可是，它却实在是难于让人承受啊！这三句，每一句一个感慨，由如何承受到一定要承受，再到难以承受，一波三折的表达方式使得那令人无法承载的愁绪抒发地畅快淋漓，细腻而生动地再现了女主人公矛盾的心理，起到了一唱三叹的效果。

这首小令语言别致，结构精巧，特别是末三句使用的叠韵反复的手法，更是有种意味深长的感觉。

【中吕】普天乐·嘲西席

张鸣善

讲诗书，习功课。爷娘行孝顺，兄弟行谦和。为臣要尽忠，与朋友休言过。养性终朝端然坐，免教人笑俺风魔。先生道“学生琢磨”，学生道“先生絮聒”，馆东道“不识字由他”。

【鉴赏】

这是一首嘲讽元代封建教育的小令，曲中塑造了一位刻板、啰嗦的乡间教书先生形象，批评了封建教育束缚儿童思维的行为。“西席”指私塾教书先生，“馆东”是主人家的代称。古时宾主相见，以西为尊，则宾客坐西席，主人则坐宾客的正对面，即东面。

“讲诗书，习功课”二句写封建教育的场景。夫子在台上摇头晃脑地论《诗经》讲《尚书》，并带着学生们练习诵读当天学习的内容。“诗书”乃是中国古代儒家要求学生掌握的六艺中的两艺，即《诗经》和《尚书》。

“爷娘行孝顺，兄弟行谦和。为臣要尽忠，与朋友休言过。养性终朝端然坐，免教人笑俺风魔”六句写夫子教授的内容。夫子谆谆教诲学生道，你们要孝顺父母，兄弟之间要谦恭和睦，当了臣子的话就要尽自己的全力去报效君主，交朋友时要多说朋友的好话，不要乱说朋友的坏话。日常行为要正襟危坐以修身养性，不要有歪头歪脑跷腿的行为，免得被人笑话不知礼数。儒家有仁义礼智信，忠孝忍悌勇，“父子有亲，君臣有义，夫妇有别，长幼有序，朋友有信”（《孟子·滕文公上》）是对其的具体化，而夫子的六句话更是其中的细化。读完这六句话，不禁哑然失笑。在一堆天真活泼的孩子面前谈忠孝和个人修养，犹如对牛弹琴，夫子累，学生更累。短短六句话，便将夫子的迂腐刻画得入木三分。

“先生道‘学生琢磨’，学生道‘先生絮聒’，馆东道‘不识字由他’。”三句更为精绝，用先生、学生和主人的话语来进行对比，可谓是不着浓墨重彩，却勾绘出一幅教育百态图。夫子苦口婆心地对学生说，要他们多下功夫，琢磨一下文中所蕴含的深刻道理；而学生则不屑地说，这老家伙实在是太啰嗦了，整日喋喋不休地念叨着什么诗书礼易春秋，甚是枯燥；主人家更具个性，或听完夫子抱怨所谓的“孺子不可教也”后直接说，我的孩子们识不识字全由他，我不干涉。如此话语一出，夫子的打击程度可见一斑。

这首小令标题乃是“嘲西席”，但其中嘲讽的又岂有西席而已，还有那束缚人类思想发展的封建教育模式。

【双调】水仙子·讥时

张鸣善

铺眉苫眼早三公，裸袖揎拳享万钟，胡言乱语成时用。大纲来都是哄。说英雄谁是英雄？五眼鸡岐山鸣凤，两头蛇南阳卧龙，三脚猫渭水飞熊。

【鉴赏】

这是一首讽刺世道贤愚颠倒、朝廷腐朽、社会黑暗的小令。在元代文人当中，作者是一个颇善于讽刺时事的作家。

“铺眉苫眼早三公，裸袖揎拳享万钟，胡言乱语成时用”三句描写贤愚颠倒的社会现象。那些装模作样的人竟然早早地就当上了高官，而那些蛮横无理、凶狠好斗的人居然享受着厚禄，那些满口胡言乱语、欺世盗名的人竟然也能在上层社会畅行无阻，颇受欢迎。“铺眉苫眼”本指舒眉展眼，挤眉弄眼，此乃是装模作样之意。“三公”古时分为三公六卿，三公为大司马、大司徒与大司空，是朝内官职最高的人，此处泛指高官。“裸袖揎拳”本指捋起袖子，露出自己的胳膊，此处指凶狠好斗之人。“万钟”即厚禄。

“大纲来都是哄”句对前三句进行总结，即总而言之朝中上下一片胡闹。“哄”即胡闹。元代初期，社会黑暗腐败现象就已非常严重，后期时这种现象更为明显，整个朝纲处于混乱状态，买官卖官，贤愚颠倒，腐败倾轧，等等。作者在这三句里描绘的就是那样一个有朝却无才的现象。

“说英雄谁是英雄?”句乃是作者看到现实社会的混乱和朝廷的混乱，忍不住提出的一个问题:这时代到底谁才是真的英雄？言下之意乃是真的英雄早就被抛弃在社会的阴暗角落之中，而那些宣称真英雄豪杰的人不过是蛇猫之徒罢了。

“五眼鸡岐山鸣凤，两头蛇南阳卧龙，三脚猫渭水飞熊”三句即是对龌龊世风的讽刺:那些好斗的公鸡居然成了岐山的凤凰，而两头的毒蛇竟也被当成南阳的诸葛亮，三脚猫更是被捧为了姜太公！这社会真的是完全乱了套！“五眼鸡”即喜斗的公鸡，此处比喻上文的“裸袖揎拳”，“岐山鸣凤”喻济世的人才。“南阳卧龙”即曾在南阳躬耕的诸葛亮。“三脚猫”

即没有本事之徒。"渭水飞熊"乃是出仕之前渭水边钓鱼的姜太公,周文王出猎之前得一卜提示,此行所获"……非熊……",作者借以指代那些威望很高的官员。这三句写得颇为巧妙,以好斗之鸡、毒蛇、三脚猫来喻朝内那些无用的高官,这些人竟然掌控着朝廷、国家的命脉,可见元代上层建筑已腐朽不堪一击。

这首小令以尖锐的讽刺,辛辣的语言,形象夸张的比喻勾勒出一幅闹哄哄的元末朝廷图,此鸡蛇猫当道,说英雄其实谁都不是英雄,国将亡矣。

【双调】水仙子

杨朝英

雪晴天地一冰壶,竟往西湖探老逋,骑驴踏雪溪桥路。笑王维作画图,拣梅花多处提壶。对酒看花笑,无钱当剑沽,醉倒在西湖。

【鉴赏】

梅花在古代文学作品中象征着高洁的品格,咏梅之作大都抒发作者内心的愤懑不平之感,自喻如梅花般洁身自好的高尚品质。这首小令也写梅花,写的是寻梅和赏梅两个部分。

"雪晴天地一冰壶,竟往西湖探老逋,骑驴踏雪溪桥路"三句乃是描写寻梅的过程。在一个大雪初晴的日子外出寻梅真是另外一种惬意的感受,天地之间晶莹剔透,因着这场大雪如同一个大冰壶,我竟然有幸前往西湖的雪后探寻那个老逋。想当年他隐居在西湖的孤山之上不问世事,以养鹤和种梅为生,若有客来访,则童子放鹤告知有客来矣。此次前往西湖，也就是想着重温当年老逋赏梅的闲适自得罢了，于是我骑上小毛驴，踏着地上的积雪，走在这寻梅之路上了。“老逋”即隐居于西湖孤山上的北宋林逋，终生未仕未娶，人称“梅妻鹤子”。“溪桥路”即寻梅之路。

此情此景是多么的美好，竟让我无法用手中的画笔将其描绘出来。想当年，王维曾画过《孟浩然雪中骑驴图》，他又是怎样将眼中之景以手中之笔的形式展现出来，奇妙矣。“笑”并非取笑之意，而是借王维之画来反衬寻梅道路风景之美，故无法用画笔将其描摹下来。好不容易，寻得一处梅花盛开绚烂的地方，坐下倒酒，边饮边赏。“梅花多处”即梅花开得灿烂的地方，“提壶”指倒酒。

“对酒看花笑，无钱当剑沽，醉倒在西湖”三句描写作者寻得梅之后的饮酒赏花的狂放情状。口中含着美酒，酒在花前，看着眼前的酒和梅花，不知是我在笑，还是梅花在笑我，使得口中的美酒更加香甜，所有的俗念烦事都离我远远的，天地之间只剩我、梅花和这手中之酒，如若无钱买酒便将这宝剑当了，再换一壶酒来，对梅花狂饮，尽可在这西湖梅花盛开的边上醉倒也罢，是酒醉也是被这梅花给迷醉的。“当剑”即当掉宝剑。

李白曾写过“五花马，千金裘，呼儿将出换美酒”，而此时作者与李白更是隔了几个时空依旧能够心意相通。这梅花胜景和美酒之中，又有几人能够逃脱“醉倒”的结局。

【双调】水仙子·自足

杨朝英

杏花村里旧生涯，瘦竹疏梅处士家。深耕浅种收成罢。酒新刍鱼旋打，有鸡豚竹笋藤花。客到家常饭，僧来谷雨茶，闲时节自炼丹砂。

【鉴赏】

这是一首描写隐逸的小令，表达了主人公恬然自得和舒适畅快的情怀。曲中之隐士所指何人并不确知。

“杏花村里旧生涯，瘦竹疏梅处士家”二句描写隐士居住的环境。在这周边种满杏花的村子已经住了许多年了，过着平平淡淡却又闲适自得的日子也不错，房屋周边栽种的瘦竹和疏梅都是我最好的朋友，陪伴我度过许多个日夜。“杏花村”即隐士居住村落的名称，村庄以杏花为名甚美。“旧生涯”即诗酒生涯，“旧”字也说明隐者居住时间之长。“瘦”和“疏”二字凸显了隐士居住环境的飘逸和人品的潇洒。“处士”指未出仕的读书人，此处指隐士。“深耕浅种收成罢”句写劳动生活场景。忙时春耕秋收，深耕浅种，日子就在这躬耕的生活里飘然而逝。闲暇时，悠闲自得，一把躺椅，一壶春茶，一本诗集，日光走人也走，就这样打发了一天的时光，这躬耕隐居的乐趣只可意会，不足以道矣。

“酒新刍鱼旋打，有鸡豚竹笋藤花”二句写隐居时的食物。刚酿出来的酒已经过滤好放在墙角，刚从河里打来的鲜鱼已经清理干净摆在厨房里，还有屋后自家养的鸡、猪、门边的箩筐里堆放着新摘下来的竹笋和藤牙。这些东西都是产自山里，出自村里，新鲜美味，自耕自食，一派丰衣足食之乐。

“客到家常饭，僧来谷雨茶，闲时节自炼丹砂”三句继续描写隐居场景。客人来到时吃上一顿家常饭，菜品不多，也就是家里山中自产的鸡鸭鱼肉鲜菜罢了。僧侣来到之时给其沏上一杯谷雨节前采摘自煎的春茶，没有客人农闲之时就在自家茅舍里提炼朱砂。“谷雨茶”即春茶。“炼丹砂”即炼丹。道家提倡炼丹砂用以服用，以求延年益寿之效果，后炼丹砂成为隐士的象征。这三句表达了主人公避俗念追求心境之静的情怀。

这首小令格调清新，笔调轻松恬静，犹如一幅怡然自得、自给自足的归隐田园图展现在读者眼前，甚妙。

【中吕】红绣鞋·客况

宋方壶

雨潇潇一帘风劲，昏惨惨半点灯明，地炉无火拨残星。薄设设衾剩铁，孤另另枕如冰。我却是怎支吾今夜冷？

【鉴赏】

从这首小令的题目“客况”可知主人公目前乃身在他乡驿站之中，曲中所写的亦是羁旅愁绪，这愁绪之中包含着对亲人的相思，对故乡的思念之情。

“雨潇潇一帘风劲，昏惨惨半点灯明，地炉无火拨残星”三句是对所处环境的描写，屋外的雨哗啦啦地下个不停，狂风肆虐，吹起一朱帘，全涌进了房间里，寒意逼人，一盏青灯只剩下豆点般大小，昏暗暗地立在茶几之上，屋内光线昏暗，更觉悲凉惨然。屋内有地炉，但炉中的柴火已经烧尽，拨开烧透的残灰，里面残留着几点火星，却完全不足以抵挡由外至内，再由内至外的寒意。这环境本就萧条凄凉，潇潇之雨，肆虐之风，昏惨半明之灯，点点炉中残星，都使得身在他乡异地的主人公倍感寂寞和无助。那寒意由屋外涌入屋内，入侵到主人公的身体内，再纠合着满腹的愁绪散发到五脏六腑，令人难以承担。

“薄设设衾剩铁，孤另另枕如冰”二句继续描写羁旅的孤寂和冷落。

那床上的被子单薄轻便，盖在身上如同铁一般冰冷，丝毫感觉不到一丝暖意，将头靠在孤单的枕头上更是觉得寒意如冰涌上心头。羁旅他乡最怕的就是狂风暴雨，最怕的就是形单影只，如若碰上孤枕难眠更是难以避免的，还有那对着满屋冰冷却无法遣散满怀的愁绪。不敢想也不能想曾经温暖无比的合衾共眠，更不敢想曾经满屋热闹非凡的场景，那是怎样的寒冷天气都进不来的场面。

寒意侵入心扉，使得主人公终于发出了“我却是怎支吾今夜冷?”的叹息，这样的天气，这样的羁旅他乡，叫我怎能熬到天亮?这他乡驿站之凄苦孤寂，简直让人无法忍受。“支吾”即应付之意。

这首小令在风雨飘摇的大背景之下，再以朱帘、青灯、地炉、铁衾、冰枕等景物构造了一个昏沉凄凉的意境，道出了客况之寒冷寂寞。此外，曲中“雨潇潇”、“昏暗暗”、“ 薄设设”、“ 孤另另”等叠词的使用，更是渲染出游子离家万里的漂泊感和思乡情。

【中吕】山坡羊·道情

宋方壶

青山相待，白云相爱，梦不到紫罗袍共黄金带。一茅斋，野花开。管甚谁家兴废谁成败，陋巷箪瓢亦乐哉。贫，气不改；达，志不改。

【鉴赏】

这是一首言志的小令，曲中表达了作者“富贵不能淫，贫贱不能移，威武不能屈”的大丈夫思想。

首两句写青山和白云，赋予其人的性格，相待之，相爱之。这青山白云乃是作者隐居所住之地的环境，即在白云萦绕的青山之上。正是青山相待，白云相爱，使得作者晚上都梦不到与官场有关的任何事情。“紫罗袍”和“黄金带”都是古代高官的衣饰，此处指代大官。所谓日有所思夜有所梦，如今连梦中都没有出现过功名之事，那在清醒的白日里就更不用说了。

“一茅斋，野花开”二句是承接青山白云句继续描写隐居的茅屋。在白云青山之上有一茅屋，四周皆是开得摇曳多姿的野花。这茅舍地处幽僻之处，周边云雾缭绕，野草怡情，充满了生机和活力。生活在其中的作者内心的满足感就更不用说了，无凡尘俗世的干扰，无功名利禄的羁绊，更无功过是非，一切都是那么闲适自得，无拘无束。

“管甚谁家兴废谁成败，陋巷箪瓢亦乐哉”二句便是对这种怡然自得生活的感慨。在这么一个环境里，不去关心和过问历史的兴衰成败，也不问如今是谁家的天下，也不叹如今谁又不小心成为历史尘埃中的一员，只是在这陋巷箪瓢之中满心欢喜，安守清贫，怡然度日罢了。“陋巷箪瓢”出自“一箪食，一瓢饮，在陋巷，人不堪其忧，回也不改其乐。”(《论语·雍也》)，此处指代安于清贫的生活。

“贫，气不改；达，志不改”四句表达了作者的态度。贫贱之时无谄媚之态，富贵之时无骄傲之姿，不论贫达、气志都不会改，志气永存。《孟子·滕文公下》中所说的“富贵不能淫，贫贱不能移，威武不能屈，此之谓大丈夫”就是如此旷达之态吧。大丈夫就应该如此，不随波逐流，不争名逐利，富贵、贫贱和威武都不能影响到自己的气志。

【双调】清江引·托咏

宋方壶

剔秃圞一轮天外月，拜了低低说：是必常团圆，休着些儿缺，愿天下有情底都似你者。

【鉴赏】

自古以来，明月就被寄寓了各类情绪，有相思，如李白的“我寄愁心与明月，随君直到夜郎西”，有借月抒发豪情壮志，如李白的“峨眉山月半轮秋，影入平羌江水流”，也有思乡之情，如杜甫的“露从今夜白，月是故乡明”，更有隐逸生活，如王维的“明月松间照，清泉石上流”，而宋方壶这首小令，描写的却是对月祈福。小令题为“托咏”，即托物咏怀，女主人公托天上的圆月祝福天下所有的有情人都能够如那圆月般团团圆圆，终成眷属。

女主人公对着天上那一轮又圆又大的月亮，拜了一拜后低低地祈福道：一定要经常团圆啊，不要有缺的时候，祝愿天底下的所有有情人都能够与你一样，团团圆圆。“剔秃圞”指亮圆之状，在元曲中较为常见。“天外月”即月圆天高，看起来那月亮就像是天外之物般。“拜”是女主人公的动作，含有虔诚之意。“是必”即一定要，带有一定的命令意味，烘托出女主人公对长久月圆的渴望。“休着些”即千万不要，同“是必”般均在于烘托出女主人公不愿看到月缺之状，即生活中不美满之事。这种只盼月圆，不见月缺的可能性是不存在的，但祈求不存在之事，方见女主人公对月圆的强烈期盼。再者,女主人公并没有局限在自己的小天地中,求得自身的团圆,而是扩大到了“天下”,使得这祈愿之语更显真诚和淳朴。

《西厢记》中有这么一句台词,“叹人间真男女难为之际,愿天下有情人终成眷属”,这女主人公往里加了如那天上的明月般团团圆圆,这“情”较之《西厢记》中的“情”范围要大上许多。《西厢记》中的情是爱情,而本曲中的“情”却是囊括了世间万物所有的情,有亲情、爱情、友情等等。这世间万物的情一定要如那明月般团团圆圆啊！这是女主人公的祈福之语,也是天底下所有凡人的祈福之语。

这首小令从艺术手法上来看,结构和内容均十分简单,乃是描述了一女子对月祈福之事,曲中使用的语言也非常口语化,通俗易懂,容易勾起读者的共鸣。

【双调】水仙子·居庸关中秋对月

宋方壶

一天蟾影映婆娑,万古谁将此镜磨？年年到今宵不缺些儿个。广寒宫好快活,碧天遥难问姮娥。我独对清光坐,闲将白雪歌,月儿你团圆我却如何！

【鉴赏】

作者乃是华亭(今上海松江)人,行役至北京昌平郊区的居庸关边上。中秋夜,依旧在他乡行役之中,不能回故乡与家人共赏月品团圆之情,其内心的伤感是不言而喻的。这首小令描写的就是他中秋之夜登上居庸关赏月之事，抒发了月团圆人却分离的感伤之情。“居庸关”即长城的一个重要入口，在北京昌平区境内。

“一天蟾影映婆娑”句写月宫之影和皎洁月色照射之影。在这中秋之夜，月色皎洁，月影映着世间万物之影，婆娑起舞。“蟾影”即月影，相传月宫之中有蟾蜍，故月之影也称为蟾之影。“万古谁将此镜磨？”句还是描写月亮，这中秋的月亮格外圆，使得作者不禁发出了这千万年以来到底是谁在把这明镜磨，使得它千百年如一日地皎洁明亮。“镜”即月亮。“年年到今宵不缺些儿个”句写每一年的今宵都是月团圆，色皎洁。但到底不缺什么，作者也没有说清楚，给人以无限的想象。

“广寒宫好快活”句乃是作者的想象之景。这中秋之夜广寒宫里仙女们载歌载舞，好不热闹！可是她们越热闹，衬得作者越是伶仃只影，所以无奈地表示“碧天遥难问姮娥”。这天实在太高了，不然他一定要问问嫦娥，为何事如此地快活。“广寒宫”即月宫，出自《龙城录·明皇梦游广寒宫》；“姮娥”指嫦娥。

“我独对清光坐，闲将白雪歌”二句折入对作者动作情状的描写。他一个人孤独地坐在这满天皎洁而清冷的月色之下，万般无赖，唱起了白雪歌。“白雪歌”是古楚国较为高雅的乐曲，能和者甚少。此处作者借用来表达无知己、怀才不遇的感慨。“月儿你团圆我却如何”句直抒胸臆，月儿你今日是团圆了，而我却如何呢这一句不是问句，而是一句感叹，感叹人之不团圆。

作者在小令中一开始就渲染出一股较为清冷的氛围，层层递进，直至最后直抒“月儿你团圆我却如何”的感慨，月团圆，人却分离。分离之人对着团圆之月，其中的百般滋味又有几人能够懂？

【正宫】塞鸿秋·浔阳即景

周德清

长江万里白如练，淮山数点青如淀。江帆几片疾如箭，山泉千尺飞如电。晚云都变露，新月初学扇，塞鸿一字来如线。

【鉴赏】

这是一首描写浔阳江秋景的小令。“浔阳”即今江西省九江市，浔阳江乃长江流经九江市北内的那一段河流。

“长江万里白如练，淮山数点青如淀”二句是合璧对，描写的是远景，站在江边的楼阁之上四目遥望，那万里长江犹如一条白色的长绸般弯曲地伸向前方，淮河两岸的山峦层峦叠嶂，连绵起伏，山色如靛青般青翠。“练”即绸子。作者登楼远望，只见万里长江如练，数点青山延伸向前方，构出了一幅场面辽阔，气象万里的浔阳江远景图。“淮山”是在安徽省境内的一座山，此处泛指淮水流域的众山。

“江帆几片疾如箭，山泉千尺飞如电”二句同样也是合璧对，描写的是近景。江面辽阔，几片帆船扬帆急速地在江面上行驶，如同箭般急射而出，江边的山上，一柱清泉从高耸陡峭的悬崖壁上飞流直下三千尺，仿佛闪亮且迅速的闪电映现在空中。这两句描写的是动态之景。与首两句的静景相映生色。作者没有着墨描写江面的辽阔，而仅是以“几片江帆”来烘托出江面的一望无际。“千尺山泉”更是凸显了山之高耸，才能构造出千尺山泉如闪电而下的壮景。

“晚云都变露,新月初学扇”二句合璧对写天边之景,红日掉入地平线下,暮色拉开大幕,傍晚绚烂绽放的晚霞此时都变成了朵朵白云,在天边轻柔地飘荡着,一弯新月如同一把刚刚展开的扇子,含羞带怯地从一个山峰顶上微微露出半边脸来。这两种事物都在变化,从浓艳变为清透的色彩,从地平线之上升入天空,展现的是一幅事物变化的动态美。而在白云弯月的边上,则是“塞鸿一字来如线”,从塞外秋归的大雁在高空上一字型排开翱翔,宛如一条细细的线划开了天际。鸿雁秋归春去,点明了时令。

这首小令七句皆是写景句,每句展现的是一幅形态各异的画面,首句写万里长江,次句写数点淮山,第三句写江帆,第四句写山泉,第五句写晚霞,第六句写新月,末句写归雁,这七幅不同的画面又构成一幅动静相宜、气象苍茫雄浑的浔阳江暮色图。曲中连用七个比喻,连续五个“如”字,形象生动地再现了作者目之所见所感,想象力非常丰富,使得整首曲子蕴含着勃勃生机。

【中吕】朝天子·秋夜客怀

周德清

月光,桂香,趁着风飘荡。砧声催动一天霜,过雁声嘹亮。叫起离情,敲残愁况,梦家山身异乡。夜凉,枕凉,不许愁人强。

【鉴赏】

这描写秋夜羁旅乡愁的作品不少,古今都有,作者能从中写出新意,成为一首佳作,确是难能可贵。

“月光,桂香,趁着风飘荡”三句是场景描写,是作者目之所见,鼻之所嗅,屋外月光皎洁,靠近房舍的那棵桂花树也在秋夜里绽放了,随风飘散着缕缕清香,飘进了屋内。“砧声催动一天霜,过雁声嘹亮”二句继续描写耳之所闻,在这静寂的夜里,隐隐约约传来了捣衣声,是哪家思妇为离人赶制着冬衣?而家里的那位,此时是否也在为自己熬夜赶制冬衣,这阵阵捣衣声不止听在游子的耳里,更是敲在了他的心上,勾起阵阵秋霜冰凉之意,远处一阵雁叫声传来,是雁儿南归时发出的鸣叫声,雁儿尚能回归,而游子却依旧在这异乡之地一人彻夜难眠。砧声自李白的《子夜吴歌》(长安一片月,万户捣衣声。秋风吹不尽,总是玉关情。)后,便与秋愁深深地联系在了一起,不能分割,而候鸟雁儿的秋归春来的迁徙,更是象征了离人浓浓的乡思。这五句通过月色、桂花香、砧声、雁声构造了一个迷离且哀伤的意境。

正是这么一个哀伤的氛围,勾起了游子的离情乡愁。“叫起离情,敲残愁况,梦家山身异乡。”那雁儿的阵阵叫声,还有那捣衣声,是听在游子的耳朵里,更是叫起了他内心伤感的离情乡愁。有家却不能归,只能寄托于梦里,能够一圆相聚之愿,可如果连梦都无法做呢?又将是怎样一个凄凉的场景。“梦家山”与“身异乡”二种看似不同,但都表现了无法实现的回乡之梦。梦中多么美好也是虚,醒来只能令人游子更加空虚,而身在异乡则是一个残酷的事实,不能更改。

万般离情乡愁涌上心头,秋之深夜本就霜凉侵人,可是夜凉游子所躺的枕头更凉,内心更是一片凄凉,此番离情多么凄切,可是作者却说出“不许愁人强”的话语来,不过是用反话强调这情愁令游子留下断肠之泪罢了。

这首曲子语言优美,低调感伤,写景抒情,情景融为一体,营造了一个乡愁令人断肠的氛围,读来不禁令人为之感动。

【中吕】满庭芳·看岳王传

周德清

披文握武，建中兴庙宇，载青史图书。功成却被权臣妒，正落奸谋。闪杀人望旌节中原士夫，误杀人弃丘陵南渡銮舆。钱塘路，愁风怨雨，长是洒西湖。

【鉴赏】

元代朝廷腐朽，社会黑暗，且佛教、道家思想大兴，故虚无、归隐思想在失意文人之中普遍存在，更有甚者全盘否定了统治阶层，对曾经为统治阶层立下汗马功劳的功臣名将也都持着不理解的态度，如查德卿的“姜太公贱卖了磻溪岸，韩元帅命博得拜将坛。羡傅说守定岩前版，叹灵辄吃了桑间饭，劝豫让吐出喉中炭。”（《寄生草·感叹》）便是如此。而这首小令却是咏岳飞之作，对岳飞的为国捐躯的丰功伟业加以赞赏，并为其遭受的待遇抒发不平之音，可见作者对元王朝还是持有一丝希翼。

“披文握武，建中兴庙宇，载青史图书”三句是对岳飞的丰功伟绩进行叙述。岳飞是一个能文能武的全才，他的精忠报国、绝佳的军事才能挫败了金兵的入侵，完全可以使南宋中兴，永垂青史。“庙宇”即国家，此指宋朝。“青史图书”即名留青史。

但就是这么一个全才，为宋王朝立下的汗马功劳看在权臣的眼里，却引起了怨恨，最后误中了他们的奸计而命丧风波亭。“功成却被权臣妒，正落奸谋”二句既是叙述了岳飞遭到秦桧的陷害而命丧风波亭之事。岳飞打败金军,将其逼到了朱仙镇上,却被十二道金牌紧急召回,而命丧奸臣之手,实在是可悲啊!如此一个忠臣就这样命丧小人之手,而那些所谓的权臣不全力对外,而将斗争的矛头指向了自己的战友,可耻可恨之人啊!

"闪杀人望旌节中原士夫,误杀人弃丘陵南渡銮舆"二句是对岳飞死后的宋朝的变化进行阐述,中原的父老乡亲再也盼不到北进的王师,因为将领已经被自己人给谋杀了,而宋王朝在金军的节节逼迫之下,更是丢弃了自己祖宗的陵庙,向南方逃去,大片国土沦入金人之手。如若不是偏信奸臣,又怎会害的忠臣命丧于风波亭之下,今日所饱受的耻辱,是昔日自酿的苦果!

"钱塘路,愁风怨雨,长是洒西湖"三句是作者的感触。岳飞遇害后,葬于杭州西湖边上,元时乃钱塘县,故作者言"钱塘路",在那钱塘路上,似乎老天爷都在为岳飞所遭受到的陷害而发出不平之声,那愁风怨雨长撒在西湖边上,为其哀悼。这三句作者没有写自己的愁怨,而是通过风雨来渲染,使得那愁怨更为深刻。

这首小令叙事议论完美地结合在一起,抒写了对岳飞遭遇的不平呐喊和惋惜之情,令人不禁为那一身民族正气却命丧奸臣之手的岳飞掬一把同情之泪!

【双调】蟾宫曲·别友

周德清

宰金头黑脚天鹅,客有钟期,座有韩娥。吟既能吟,听还能听,歌也能歌。和白雪新来较可，放行云飞去如何？醉睹银河，灿灿蟾孤，点点星多。

【鉴赏】

这是一首描写送别之景的小令。

“辛金头黑脚天鹅，客有钟期，座有韩娥”三句描写饯别场景，即宴席之上的食物有那金头黑脚天鹅，宾客之中有类似于钟子期般的知己，歌姬中有韩娥般的美妙歌声。金头黑脚天鹅当为名菜佳肴，于此言宴会食物之丰盛。“钟期”即春秋楚国人钟子期，精通音律，俞伯牙的一曲《高山流水》曲高和寡，但钟听而知之，遂被称为知音。此处言宾客之中有类似于钟子期的知己。“韩娥”乃是古时一位歌声非常动听优美的歌姬，史籍记载其声是”余音绕梁，三日不绝”，这里指宴席之上奏乐歌唱陪酒的歌姬。

“吟既能吟，听还能听，歌也能歌”三句描写宴会场面的热闹和宾客的能文能武，能歌善舞。在场的宾客有能吟能唱和的能人，有善解音律的知己，还有歌声美妙的妙人，这“吟”、“听”、“歌”渲染出一幅融洽欢快的画面。自古最怕伤离别，可在作者的笔下，展现的却是一种别致的豪放场面。

“和白雪新来较可，放行云飞去如何？”二句描写宴会之中的交流，一好友起身唱了一首白雪，作者兴致正浓，自告奋勇意欲与其唱和，并较量一下谁的曲子更加优美动听，让天上的行云重新飞去。“和”即唱和。“白雪”即《阳春白雪》，化用自宋玉的《对楚王问》，乃是一支高雅的乐曲，能和之人非常少。此处指友人唱出一首如同《阳春白雪》般高雅的曲子。“放行云飞去”句典出“秦青弗止，饯行于交衢，抚节悲歌，声振林木，响遏行云。”（《列子·汤问》），乃是指秦青的音乐之美，让那路边的树林都振动了，天边的行云都停止了流动。此处指友人的《白雪》曲使得天上的行云都停止了流动，而作者所赋的歌曲使得那行云重新流动起来，意为作者和友人心意相通，能听之懂之，知己也。

"醉睹银河，灿灿蟾孤，点点星多"三句描写分别之后的景色。酒足饭饱诗兴尽后，人将远行了，作者双眼带着醉意抬头看天空，只见那孤独的月亮身边伴着点点星星。作者没有抒发分别时的不舍和孤独之情，却通过景物描写来渲染出那股孤寂不舍之氛围。那孤独的月亮其实就是作者的化身，那热闹喧嚣的宴席场面更是与分别之后的幽寂形成了鲜明的对比，烘托出作者送别友人之后的孤独感，可谓是不着一字言情，却字字皆是情。

这首小令用典颇多，却不见痕迹，可见其遣词用字功力之深厚。此外，曲中将叙事、写景和抒情巧妙地融为一体，抒发了送别知音的不舍之情，和对往后知音难寻的感慨。

【中吕】朝天子·归隐

汪元亨

身不出敝庐，脚不登仕途，名不上功劳簿。窗前流水枕边书，深参透其中趣。大泽诛蛇，中原逐鹿，任江山谁作主。孟浩然骑驴，严子陵钓鱼，快活煞闲人物。

【鉴赏】

这是一首描写隐逸的小令，表现了作者不问世事、淡泊名利的情怀。作者以《朝天子·归隐》为题作了二十首小令，这是其中的第九首。

"身不出敝庐，脚不登仕途，名不上功劳簿"三句表明了作者的人生态度，即身子不出所居住的敝庐，双脚也不会登上仕途之程，名字更不会记载在那功名簿之上。三句话从句意上来看也是层层递进的关系，正是因为身子不会离开敝庐，所以脚也不会登上那仕途之道上，名字就更不会被记载在功名簿上，表现了作者鄙视宦海，享受归隐之乐的态度。

"窗前流水枕边书，深参透其中趣"二句描写隐居生活的乐趣。敝庐前方是一弯清泉，终年淙淙流水声不断，乃是大自然赋予的美妙动听的乐曲，一个人躺在靠椅之上，枕边放着一本阅读了一半的书，这生活远离是非，宦海风波，无拘无束，这其中趣对于作者来说已参透，并沉浸其中。

"大泽诛蛇，中原逐鹿，任江山谁作主"三句引用历史人物来表达不问世事的人生理念。"大泽诛蛇"典出汉高祖刘邦之事，据《史记·高祖本纪》记载，高祖在大泽乡起义，酒后夜行泽中，遇一大蟒，前方开路之人不敢前行，高祖醉意一上来，直接说壮士要前进，又有何可畏的？于是拔剑将大蛇劈成两半。"中原逐鹿"典出"秦失其鹿，天下共逐之。"（《史记·淮阴侯列传》），乃是天下四分五裂，群雄四起之意。这两句用以指代建国立业，成就一方霸主之类的大事。可是这些大事在作者看来，都是无关紧要的，"任江山谁作主"，这江山谁主政都影响不到隐居的生活。"任江山"句表明了作者与世无争，忘世的人生理念。

"孟浩然骑驴，严子陵钓鱼，快活煞闲人物"三句继续引用历史上的高士来表达隐居生活之快乐的思想。"孟浩然"句典出孟浩然骑驴雪中寻梅之轶事，相传王维曾以此画过一幅画。"严子陵"句化用东汉严子陵隐居躬耕之事。作者借用这两个人隐居之事来表达隐居生活的快乐是外人无法想象的，即"快活煞闲人物"。但是是真快活还是强说快活，也只有作者自知了。孟浩然作为一名隐士，对于出仕也曾怀揣梦想，后被残酷现实打败方归隐田园。而于作者这里，元代完全是一个文人绝望的时代，故其厌恶官场，享受隐逸生活的想法也是可以理解的。

【黄钟】人月圆

倪瓒

惊回一枕当年梦，渔唱起南津。画屏云嶂，池塘春草，无限消魂。旧家应在，梧桐覆井，杨柳藏门。闲身空老，孤篷听雨，灯火江村。

【鉴赏】

作者出生于江苏一富豪家庭，从小衣食无忧，元末大动乱时，其遣散家产，流浪于田庄、佛寺之中。他终生未仕，对仕途也从不感兴趣，这与其优渥的生活环境有关，后隐居田园，因着元末动乱之故，生活流离失所，使他不由得发出惆怅悲凉的慨叹。这首小令即是抒发了作者漂泊他乡时的凄凉、孤寂、惆怅之情，但作为一名非常出名的大画家，作者在小令之中却并未直言愁绪，而是借景抒情，最后达到情景的高度合一。

“惊回一枕当年梦，渔唱起南津”两句写渔歌起惊梦醒。此时作者身在一叶小舟之上休息，梦里正重温当年安逸和平的生活，突然却被船外的渔歌声惊醒，醒来后侧耳倾听，发现原来是南面的渔夫们在歌唱捕鱼歌。“当年梦”即当年恬静安逸的生活。日有所思，夜有所梦，如今颠簸流离的生活使得从小生活在优越环境中的作者不禁对过去的生活勾起了思念，以至于睡梦之中都在重温过去的生活。

“画屏云嶂，池塘春草，无限消魂”三句乃是作者被惊醒之后从小舟之上往外看所见之景。河的两边山峦连绵，层峦叠嶂，如同两面画屏摆在河的两岸，群山高耸如云，山峰之处云雾缭绕，而不远处的池塘边上，春草舒展着刚刚萌发出的嫩芽，一片黄绿，一年的时间又这样过去了，快得使人无处感慨“销魂”之感。“池塘春草”化用自谢晋的“池塘生春草”（《登池上楼》），表达了岁月流逝的感伤之情。

“旧家应在，梧桐覆井，杨柳藏门”三句折入对旧家的想象之景中。旧家应该还在，许久未曾回去，此时那梧桐树肯定又长高了吧，久无人裁剪，是不是已经把水井覆盖住了？那门前一排杨柳树长得肯定愈发茂盛了，大门都已经被虚掩在柳条之下了。这三句表达了作者对旧家的思念之情。生活在动荡年代的人，不论当初怎么选择，可孤身一人时那种漂泊感会不自主地涌上心头，勾起内心深处浓烈的思家之情。

“闲身空老”句是对生活状况的叹息，如今也就只能在这动乱之中一身闲散，无所作为地空等时间流逝。“孤篷听雨，灯火江村”二句转为对周边环境的描写，孤身一人在这小舟里，听着雨点滴在船篷上的声音难以再次入眠，而江岸之上灯光闪闪，那是一个渔村。此处，作者以江村灯火的辉煌反衬自身的孤寂和凄凉，使得伤感、惆怅的情绪更为浓郁。

【黄钟】人月圆

倪瓒

伤心莫问前朝事，重上越王台。鹧鸪啼处，东风草绿，残照花开。怅然孤啸，青山故国，乔木苍苔。当时明月，依依素影，何处飞来？

【鉴赏】

这是一首怀古之作，抒发了作者重登上越王台后，看着满目疮痍而触发的惆怅心情。

首两句点明作者是第二次登上越王台,看着眼前的情景,不由得勾起了伤心的感触。“前朝事”即元之前的宋王朝。那前朝的伤心事情就不要多问也不要多想了。而作者所谓的“伤心”又是为何?生活在元末的作者虽离南宋灭亡的时间已经很久了,但在元的民族歧视政策生活下的他重登这越王台,依旧满怀伤感之情,为那段悲惨的历史,为依旧处于蒙古人的统治。“越王台”乃春秋时期越王勾践所建,后屡建屡毁。

“鹧鸪啼处,东风草绿,残照花开”三句乃是描写眼前所见之景:夕阳西下,鹧鸪鸟在某地哀婉地啼叫,阵阵东风吹动初绿的小草,残阳之中山花迎风摇摆。作者描写在越王台上所见,选择了五种景物,即鹧鸪、东风、绿草、残阳、花,那鹧鸪在古代文人的作品之中常与兴衰成败有着极大关系,寄寓着一股悲凉的氛围。而那些东风、绿草、残阳和花更是构成了一幅悲凉的画面,令作者伤古之情怀油然而生。这些景物当年也有,可是岁月变迁,人已不见,霸业也化为尘土,只剩这些东风绿草和残阳看着世事的起起伏伏。

如此情景,令作者“怅然孤啸”,即独自一个人对着满目苍凉,惆怅地发出长啸,那是一种怎样抑郁不散的愁绪!你看故国的青山岁岁年年都是如此,由荣转枯,再由枯转青,循环往复,可那故国却已经不知飘向何处,当年的繁华如今只剩下高耸入云的乔木,和石阶上遍布的苍苔。不知不觉,夜幕开始降临,明月也升到地平线之上。

“当时明月,依依素影,何处飞来?”三句作者抒发感慨。这头顶上的明月,如同当年般皎洁明亮,照耀过前朝,可朝代已经更迭,它又是从哪里飞来的呢?“素影”即皎洁银白的月光。国亡物旧,那是一种怎样的悲怅!

这首小令写景抒怀,表现了世事无常的感慨,曲中着墨写景不多,却勾勒出一幅悲凉孤寂的登越王台图。

【越调】小桃红

倪瓒

一江秋水澹寒烟，水影明如练，眼底离愁数行雁。雪晴天，绿苹红蓼参差见。吴歌荡桨，一声哀怨，惊起白鸥眠。

【鉴赏】

作者是诗人，也是一名大画家，此经历与唐代大诗人王维颇类似。苏轼评价王维的诗是“画中有诗，诗中有画”，如此评价同样也可以放在作者所作的这首小令之上。这首小令描写的是雪后初霁之景，如画般美丽。

“一江秋水澹寒烟，水影明如练，眼底离愁数行雁”三句写雪后初晴之景，那一江秋水之上漂浮着袅袅烟雾，因积雪还未融化之缘故，远远看上去，迷蒙苍茫，而那一江秋水更是如同一条长长的白色绸带般向前延伸，天空中飞过数行排列得整整齐齐的雁儿，引得作者眼里皆是离愁。“练”即绸带。古代文人作品中常将其用来比喻弯曲的江水，如南朝齐谢朓的“澄江静如练”(《晚登三山还望京邑》)。

“雪晴天，绿苹红蓼参差见”二句叙事描写，言明今日是一个极其清澈透明的雪后晴天，江岸边江面上那些绿苹红蓼高低错落地长着。秋景在古代文人的作品里本是带着一股萧条悲凉的氛围，可在此处，作者用了两个颜色词，“绿”和“红”，再加上“晴天”带来的碧蓝天空和地面上未化的白色积雪，便勾勒出一幅色彩丰富的雪后初霁图。

“吴歌荡桨，一声哀怨，惊起白鸥眠”三句写作者目之所见，耳之所闻。突然芙蓉深处竟然传来了船桨划动的声音，紧接着歌声从中传来，那是渔夫唱的民歌，那歌声听在作者的耳朵里，竟带上了一层哀怨的氛围，惊起芙蓉深处栖息的白鸥扑腾扑腾飞起。“吴歌”即江南一代的民歌，渔民们在外出捕鱼的时候喜欢哼唱。

这首小令，通过对秋水、寒烟、行雁、积雪、绿苹、红蓼、吴歌、白鸥等景物的描写，描画出一幅色彩鲜艳、动静结合、远近相间的江南秋景图，给人以美的感受。但其中隐隐约约也能看出作者稍显低落的心情，如“离愁”、“哀怨”等词，本来作者眼中所见之景物并无感情色彩，但看在内心为淡淡愁绪所困扰的作者眼里，便赋予了其人的思绪。作者生活在元末动荡的年代之中，虽散尽家财隐居于田园山水之中避世，但社会的整个大环境都如此混乱，不可避免地影响到作者的心情，加之长期离开故乡，内心会不自觉浮上些许愁绪，这也是人之常情。

【双调】殿前欢·听琴

倪瓒

揾啼红，杏花消息雨声中。十年一觉扬州梦，春水如空，雁波寒写去踪。离愁重，南浦行云送，冰弦玉柱，弹怨东风。

【鉴赏】

作者这首小令描写的是离别之情，其以《水仙子》曲牌也曾作过一首关于离愁别绪的小令，主要通过景物描写烘托离别带来的相思之苦，愁绪之重。而在这首小令里，可以分为两个部分，第一部分抒发的是游子的思乡和怀旧之情，第二部分描写的是送别的场面，前后乍看似乎并不一致，细读之后便会发现，这游子的思乡和怀旧之情乃是由这送别中的女子勾起的，写得颇为巧妙且极具风致。

首两句乃是由春逝引发的感伤之情。“揾啼红”即擦拭红泪，这杜鹃鸟的鸣叫声如同“不如归去”，故古人多将之与离愁和思乡放在一起，作者以此起曲，构造了一个伤感的意境。“杏花消息雨声中”句直接引自宋陈与义的“客子光阴诗卷里，杏花消息雨声中”（《怀天经智老因访之》），本指因沉浸在书本之中而忘记了时光的流逝，此处用来指代春光的流逝。

“十年一觉扬州梦，春水如空”二句抒写作者的怀旧念远的情思。这十年犹如梦一场，不知不觉时间就流逝掉了，眼前一江春水清澈透明。此处作者抒发的是岁月流逝自己却还身在客乡，一事无成的感慨。“春水如空”承接上文的“杏花”句，写这十年就如梦一场般。“雁波寒写去踪”接“春水如空”进行描写，那春雁北飞，它们的身影投射在水波之上，匆匆而来又匆匆而去。雁儿尚能北归，而人竟然连雁儿都不如，还身在这异乡之地感慨伤怀。

所以作者不由得发出了“离愁重”的叹息，这思乡之愁、离别之愁、羁旅之愁如山般重压在他的心上，这些愁绪又怎是一个“重”字就能表达得完全！“南浦行云送，冰弦玉柱，弹怨东风”三句以描写分别场景来解释了作者离愁重的原因。当年心上人送君来到那南浦之地，弹着琴瑟等弦乐器为作者送别，并借曲子抱怨东风的无情以抒发对心上人的难分难舍之情。如今作者想到当时的场面，那位深情的女子，那个分别时伤感的场面，又怎能不令作者发出离愁太过沉重，都快要承受不了的感叹。“南浦”即送别之处，典出“送美人兮南浦”（《楚辞·九歌》），“冰弦玉柱”即琴弦之类的乐器。

这首小令写情思，但又不单写些离别之情，还包括了思想之情，更有怀旧念远之情，写法较为别致，但仅内容上看跳跃性较大，需要读者细细品读方能品味出其中的妙处。

【双调】水仙子

倪瓒

东风花外小红楼,南浦山横眉黛愁。春寒不管花枝瘦,无情水自流。檐间燕语娇柔。惊回幽梦,难寻旧游,落日帘钩。

【鉴赏】

离愁别恨是古代文学作品中比较永恒的一个主题,就算是同为元代文人,也常以此为题作曲,如贯云石的"蛾眉能自惜,别离泪似倾。休唱《阳关》第四声。情,夜深愁寐醒。人孤零,萧萧月二更。"(《金字经》)便是通过直抒胸臆来抒发离情别绪之痛苦。而倪瓒这首小令却从旧题之中写出新意,独具一格。曲中没有正面描写离愁,而是通过景色来烘托那相思之苦,离别之恨,且看作者是如何渲染这情恨的。

首句写景。"东风"即春风,"花外"即远离鲜花盛开之处,"小红楼"即古时女子居住的地方。此句写小红楼位于春风鲜花盛开之外的地方,说明此处春天的生机勃勃、姹紫嫣红没有到达那里。如此描写勾起读者的好奇心,那居住在此地的女子又是如何呢?"南浦山横眉黛愁"句便描写了女子的愁容。"南浦"指送别之地,源自"送美人兮南浦"(《楚辞·九歌》);"山横"此处并非指山形,而是喻女子的眉黛。此句便勾勒出一个眉黛紧皱、满脸为情所困、哀愁悲伤的女子形象。

"春寒不管花枝瘦,无情水自流"二句明着写红楼因春之生机未到,故春寒之下花枝消瘦，那流水也似无情般自流。但实指女子因分别的相思之苦而日渐憔悴和消瘦，“春寒”指代分离之痛苦，无情流水便是与女子分离的情人。“檐间燕语娇柔”句继续描写景物，小红楼屋檐之下燕子成双成对在筑窝，交头接耳，窃窃私语。这屋外的热闹景象与屋内女子的伶仃只影形成了鲜明的对比，烘托出女子的孤寂和愁绪。

深陷于离愁别绪之中的女子终日恍惚，那燕语似乎惊醒了她的幽梦，梦中她重温着与情人相处的甜蜜时光，可梦醒之后却什么都是虚无，徒增伤感罢了。曾经的送别之地如今景物依旧，而人却已经不在，故言“难寻旧游”，只有一抹残阳映着帘苟陪伴着孤独的女子，清冷不已。

这首小令情感抒发婉约含蓄，隐藏在那悠悠的景物描写之中，细品之后便发现景物描写之下隐藏的浓烈离愁，可见作者构思之精巧。

【中吕】朝天子·赴约

刘庭信

夜深深静悄，明朗朗月高，小书院无人到。书生今夜且休睡着，有句话低低道：半扇儿窗棂，不须轻敲，我来时将花树儿摇。你可便记着，便休要忘了，影儿动咱来到。

【鉴赏】

这首小令在描写恋人相会的作品之中别有趣意和新意。曲以第一人称的口吻进行述说，描写了女主人公情人深夜相会的情景，读完令人不禁会心一笑，这女子活脱脱就是一个热恋之中的人啊！

“夜深深静悄,明朗朗月高,小书院无人到”三句写相会的环境和地点。在夜深人静、明月高挂空中的时候,女主人公约情人到罕有人至的小书院来相会。这夜深人静之时,人员流动本就少,而明月高挂空中,那皎洁的月光映照着世间万物,呈现一幅迷蒙的景象,更是适合情人之间的约会的最佳时刻。再从后人来看,这小书院乃是情人(即书生)的地盘,这书院小且少有人至,是一个最佳约会地点。

尽管时间地点都跟情人交代清楚了,可是女主人公还是不放心,低声嘱咐情人,今夜你千万不要睡着了(今夜且休睡着)。这平时两人相会的暗号如今不用了,改为摇你门前的花树,如果听到了的话你就出来。“半扇儿窗棂,不须轻敲”二句便是过去的暗号,即轻敲那半扇儿窗棂,听到声音便出来相会。可如今为了谨慎起见,改了相会的暗号,变为“将花树儿摇”。

如此交代已经够细致明白清楚,可我们的女主人公还是觉得不妥,如果是轻敲窗棂还有响声,如果是摇动那花树便只有影动了,必须要求情人时刻注意着花树的动态。所以她担心情人忘了或者是一不小心睡着了,故一再地强调,“你可便记着,便休要忘了,影儿动咱来到。”情人啊,你千万要记得,一定不要忘了,这花树儿的影子在动就是我来到的信号！女主人公觉得一个“便记得”还不够,非要加上“休要忘了”,可见其谨慎的性格和对相会的执着,整首曲子读下来,女主人公谨慎、为爱执着、深陷热恋之中的形象如跃之上,非常形象生动。

这首小令皆用当时的口语,读起来朗朗上口,容易引起读者的共鸣。曲中塑造了女主人公可爱且坚韧的形象,更是引人惊叹,这封建社会还有此等奇女子,妙哉！当然这也与元代封建礼教的一度松弛有着极大关系。

【双调】折桂令·忆别

刘庭信

想人生最苦离别,雁杳鱼沉,信断音绝。娇模样其实丢抹,好时光谁曾受用？穷家活逐日绷曳,才过了一百五日上坟的日月,早来到二十四夜祭灶的时节。笃笃寞寞终岁巴结,孤孤另另彻夜咨嗟。欢欢喜喜盼的他回来,凄凄凉凉老了人也。

【鉴赏】

作者以《折桂令·亿别》作了十二首小令,这是其中的一首。这十二首小令除了第一首是以"想离别怎挨今宵"来起篇之外,其余皆是以"想人生最苦离别"来起首,咏唱的皆是离别之苦。这首小令抒写的便是离别之后的生活的孤寂和相思之苦。

首句"想人生最苦离别"直接点明这离别之情是世上最苦的一种感情。都说"黯然销魂者,唯别而已矣"但最苦的不是离别之时,而是离别之后的空虚和寂寞之感,最为残忍的是饱受空虚和孤寂折磨之外,离人还音讯全无！"雁杳鱼沉,信断音绝"二句即是说游子离去之后,犹如鸿雁飞过天空杳无踪迹,鱼儿沉入大海,不见踪影,这报平安的书信全无,让守在家里的思妇心急如焚,不知所措。这情景使得家里的思妇好生委屈,娇媚的模样浮上了委屈的姿态,这穷人家夫妻是相濡以沫,可是离人走了之后,这日子却更加难熬了,"好时光谁曾受用?"即她连好时光都未曾受用过。

“穷家活逐日绷曳，才过了一百五日上坟的日月，早来到二十四夜祭灶的时节”三句便是对艰苦生活的叙述。丈夫走后，这家里的日子一天比一天过得困难，用尽思妇的全身力气才勉强维持，每天都在数着日子熬时间，手中的钱也是怎么算都不够用，才过了一百零五天上坟扫墓的时候，这夜晚祭灶的时节又来到了，节庆日挨着来到，可孤身一人又怎能在那热闹的场合惬意享受！“一百五日”即寒食日。“二十四夜祭灶”即古时每年农历腊月二十四（或二十三）祭“灶王爷”的习俗。就算是这样，思妇也终年都在祈祷丈夫能够早日归来，可是每次都是孤零零地一个人彻夜难眠，不可抑止地发出叹息之声。最后总算是欢欢喜喜地将他盼了回来，可是思妇却已经是白了头发，人也已经老去。

这首小令描写的是分别之后思妇的艰苦生活、孤寂的心情，因大量使用口语和叠字的原因，作品极富生活气息，也将思妇的愁苦无奈心情表达得淋漓尽致。特别是最后两句的描写，等离人回来，人却已老去说得更为凄惨。思妇这一生的煎熬和等待，不过是等来了满头白发，就算那是离人带来了所谓的荣华富贵，也弥补不了女人消逝的青春和情感。

【双调】水仙子·相思

刘庭信

恨重叠重叠恨恨绵绵恨满晚妆楼，愁积聚积聚愁愁切切愁斟碧玉瓯，懒梳妆梳妆懒懒设设懒爇黄金兽。泪珠弹弹珠泪泪汪汪汪汪不住流，病身躯身躯病病恹恹病在我心头。花见我我见花花应憔瘦，月对咱咱对月月更害羞。与天说说与天天也还愁。

【鉴赏】

这是一首抒写女子失恋之后恨、愁、懒、泪、病等情绪的小令。

从内容上看，这首小令并无太多新意，描写的是女子哀痛不绝的心情。首句乃是描写闺房内阴沉的气氛，一重重厚重的暗恨弥漫在黄昏女主人公的妆楼内，恨意连绵不绝，女主人公怀着聚集得越来越厚重的愁情，将那碧玉的酒杯斟满，想借酒消愁。她慵懒无力地将房内的炉香点燃，无人欣赏也就懒得梳妆，整个人都是懒洋洋的。看着眼前的袅袅升起的香烟，那之前沉积在内心的愁情顿时化为泪水，夺眶而出，一行行流个不停。饱受愁情折磨的身体也越来越虚弱，全身无力，病恹恹地提不起精神来，而病源在内心深处，却无法排遣。一个人看着那本来娇嫩多姿的花儿，可那花儿看到她之后却同她般变得憔悴起来，对着天上的明月，可看到她满腹心事的样子，月儿也害羞地躲了起来。这一腔心事不知向谁倾诉，只能向老天倾诉，可老天看到这如山重的愁情，也不由得带上了愁颜。

从艺术手法上，此曲有三个较为明显的特点。一是衬字的大量使用，按《水仙子》的定格句式乃是七七七，五七，三三四。此处作者增添了较多的衬字，使得小令读起来女主人公的憔悴、抑郁、愁绪之情抒发得更畅快淋漓。二是大量使用叠字，如绵绵、愁愁、设设、汪汪、恹恹等，叠词的使用是为了强调渲染女主人公“恨”、“愁”、“懒”、“泪”、“病”之多！三是全曲八句全都用上了回文的方式，如恨重叠－重叠恨－恨绵绵，再如花见我－我见花－花应憔瘦，造成一种回环往复、恨意绵延、愁意无尽的感觉。此外曲中还是使用了顶真、连绵字、反复等修辞手法，用以强调女主公的无限愁恨，塑造了一个悲戚哀怨，饱受相思之苦的女主人公形象。

结构上，本曲前五句乃是直接抒发女主人公内心的仇恨，后三句是借花、月、天来衬托出女主人公内心的痛苦，这种内外配合的方式使得感情表达愈发缠绵多情，女主人公的情感也更好地宣泄出来。

【南吕】一枝花·春日送别

刘庭信

丝丝杨柳风，点点梨花雨。雨随花瓣落，风趁柳条疏。春事成虚，无奈春归去。春归何太速，试问东君，谁肯与莺花做主？

【鉴赏】

这是作者的一首代表作，极富盛名。曲中通过对春景的描写，抒发了惜春伤春的感叹，以此烘托出送者对行者即将远去的不舍之情。

题乃"春日送别"，故在首两句作者将描写的笔触放在了春日的景物上。杨柳、春风、梨花、细雨都是极富春天特征的景物，作者用近似于工笔的笔触对其进行描写，那丝丝的杨柳随风飘动，梨花更是在那点点的细雨之中迎风绽放。这是一种决绝的美丽，丝柳带风，梨花带雨。而古人又常用梨花带雨来形容女子哭泣的面容，此句当是隐藏着送别之时女主人公因不舍而流下的离别之泪。

"雨随花瓣落，风趁柳条疏"二句继续描写春景。虽是东风细雨，可是那些娇嫩的花柳又怎能承受得住。所以花瓣们随着点点细雨飘落，柳条在东风的吹拂下摆动，显得格外疏朗。"落"、"疏"字渲染出丝丝哀伤的情绪。

这股哀伤的情绪终于在"春事成虚，无奈春归去"中找到了宣泄的出口。繁花落尽，春天就这样过去了，谁都无法阻止春天离去的脚步，可是看着春天的脚步慢慢离去，不舍无奈的心情顿涌心头。这两句使用的是双关的手法，明写惜春伤春之情，实则表达对游子离去的不舍之情。“无奈”于春之即将离去，更“无奈”于人将踏上天涯之路。

终于，女主人公忍不住发问了“春归何太速，试问东君，谁肯与莺花做主？”春天为何走得如此快，司春的东君，请问一下如何才能不让春天离开得如此迅速，为莺花作主，保护这大好的春光。“东君”即传说中的司春神，此处也指即将远行的游子；“莺花”本指莺啼花开的春天，此处泛指春天的景物，更是暗指女主人公。

如果该曲的标题之中无“送别”二字，这首曲子完全可以解读为一首伤春惜春之作。但若将“送别”二字套上，便使得这首小令更富有深意。如此良辰美景，本是与情人携手相赏的最佳时间，可他们却要在此时分离，怎能不令人触景生伤感不舍之情！

【仙吕】太常引·饯齐参议回山东

刘燕歌

故人别我出阳关，无计锁雕鞍。今古别离难，兀谁画蛾眉远山。一尊别酒，一声杜宇，寂寞又春残。明月小楼间，第一夜相思泪弹。

【鉴赏】

这是一首描写离别之景，抒发离情别绪的小令，《古今词话》、《词苑萃编》都注“传唱一时，脍炙人口”。可见这首小令在当时流传甚广。刘燕歌是元时一名才女，也是一名风尘女子，相传她善歌舞。“参议”乃是元代的中书省的重要属官。从题目可知作者是送情人齐参议返回山东。

首句直接点明离别的主旨。故人即将与女主人公分别，踏上遥远的他乡之路。“阳关”此处非指玉门的阳关，也非指山东的阳关，而仅是用“阳关”来凸显情人离去路途的遥远，更有王维“西出阳关无故人”的离别不舍之意。可是多么得不舍，情人即将离去是已经存在的事实。“无计”即没有办法。“锁雕鞍”即锁住鞍马，此处指留住离人。古代文学作品常用“锁雕鞍”来抒发送别的缠绵不舍之情。

“今古别离难”句更是直接抒发了人生的离别是古今的一大难事，让人难以承受。下句作者没有继续抒发“难情”，却转为了对离别生活之后的设想。“兀谁画蛾眉远山”，那从今以后还有谁帮我画眉？作者没有描述齐参议为何回山东，也没有叙述心情的悲凉凄清，仅是通过画眉这么一个小事，却烘托出两人的情深，离别更是如同在她心里划上一刀。“蛾眉远山”指女子的秀眉。

“一尊别酒，一声杜宇，寂寞又春残”三句又转为对分别场景的描写，那一尊饯行的别酒之中不知饱含多少送者的泪水！而杜鹃那一声声“不如归去”的啼叫更使得分别的场面伤感不已，落花流水，春（指齐参议）即将离去，空留下一室寂寞。此处作者采用了烘托的手法，用那杜宇凄凉的啼叫声、残春之景来烘托女主人公孤寂冷落的心情。

“明月小楼间，第一夜相思泪弹”二句转为对离别后场景的描写。在那明月照耀下的小楼之中，分别后的第一夜，女主人公独守空房，将在相思里以泪洗面，哀伤不已。可这只是第一夜，以后的日子又将如何打发！月色越皎洁，衬托得女主人公的内心越凄切。

这风尘女子与达官贵人的爱情故事，总是在热恋的时候轰轰烈烈，可是离开之后又是怎样一番景象谁都不知，对于古时达官贵人而言，世间繁华任其采摘，更何况是在风气较为开放的元时呢。我们的女主人公此时留下的相思之泪，不知得到的又将是什么，但愿是一个皆大欢喜的结局。

【南吕】四块玉·风情

兰楚芳

我事事村，他般般丑。丑则丑村则村意相投。则为他丑心儿真，博得我村情儿厚。似这般丑眷属，村配偶，只除天上有。

【鉴赏】

这描写男女之间感情的作品可谓是多如牛毛，这首小令能在浩瀚的作品之中脱颖而出，与其较为前沿的思想有关。古代文学作品中，描写一见钟情的作品不少，描写才子佳人的就更多了，可这写村女配丑男的作品却不多，写得朗朗上口，令人不禁会心一笑的更不多。这首《四块玉·风情》便是其中为数不多的一首佳作。

首两句作者直接点明“我”事事处处都显得非常愚蠢、笨拙，而“他”也是样样都丑。“村”即粗俗、蠢笨之意。这一开场就给人眼前一亮的感觉，看多了所谓的郎才女貌，天合之作的故事，这猛不丁地来一个村姑和丑郎的爱情故事，令人不由得勾起了阅读下去的欲望。

“丑则丑村则村意相投”句女主人公表明了立场：他丑就丑点，我呢村就村点，但丑和村并不妨碍我们俩情投意合。看来，在我们女主人公和其情人的心中，外貌和家世都是其次，心灵美好，心有灵犀一点通才是两人交往的最重要条件。“意相投”即真心相爱。看来女主人公和情人立场非常一致，即外貌不重要，家世不重要，最重要的是心灵相通，而这才是世间最为真挚的爱情。

“则为他丑心儿真,博得我村情儿厚”二句更是表达了两人感情深厚的原因:只因他相貌丑,但心里却有真情,将心比心,以心换心,所以我对他的感情也同他般深厚。这么一个自嘲“村”的女子,懂心灵美的重要,更懂爱是得到,更是付出的道理,如此深邃道理都能看得明了之人又怎是愚笨之人!

“似这般丑眷属,村配偶,只除天上有”三句表达了女主人公的自豪之情:像我们这般的丑村配眷侣,除非天上,否则这世上是难以找到第二对了。这人世间的爱情,那些所谓的才子佳人的爱情,朝更暮改是常事,今日缠绵悱恻,明日却流尽离人泪就更多了,所以明白只有相互包容,相互理解,相互扶持,理解爱与被爱都是对等的女主人公才敢说,这样的一对恋人,才能走得到天涯海角,得到天长地久的结局。

这首小令内容新颖,格调轻松,别有情趣,唱出了一曲世间最为纯真质朴的爱情颂歌。

【中吕】满庭芳·武林感旧

汤式

钱塘故址,东吴霸业,南渡京师。其间四百八十寺,不似当时。山空蒙湖潋滟随处写坡仙旧诗?水清浅月黄昏何人吊逋老荒祠?伤情思,西湖若此,何似比西施?

【鉴赏】

作者是元末明初之人,他的作品大多是描述元灭亡时的衰残景象,这首小令即是如此。杭州这么一个曾作为吴越国和南宋王朝都城的古都，在经历元末的大动乱之后，满目皆是一片萧条悲凉之景。这首小令就是通过对比的手法描写了杭州古之繁华与今之萧条冷落。“钱塘”即杭州的古称谓。

“钱塘故址”三句描写钱塘昔日的繁华昌盛，在这片土地之上，东吴孙策就是以此奠定了东吴霸业的基础。《三国志·吴书·孙策传》中裴注引江表传：“行到钱塘，瑀阴图袭策，遣都尉万演等密渡江，使持印传三十余纽与贼丹杨、宣城、泾、陵阳、始安、黟、歙诸险县大帅祖郎、焦已及吴郡乌程严白虎等，使为内应，伺策军发，欲攻取诸郡。策觉之，遣吕范、徐逸攻瑀於海西，大破瑀，获其吏士妻子四千人。”“东吴霸业，南渡京师”二句即是简练再现了孙策当年在此击败了严白虎计谋的故事。

中间四句却将笔触一转，折入到对今日杭州之衰败的描写之上。“其间四百八十寺，不似当时”二句描写南朝时烟雾缭绕，豪华巍峨的四百八十寺却已经暗淡无光，早已不似当年。这两句化用了杜牧的“南朝四百八十寺，多少楼台烟雨中”（《江南春》），用以说明寺庙建筑的昔非今比。“山空蒙湖潋滟随处写坡仙旧诗？”句化用自苏轼的“水光潋滟晴方好，山色空蒙雨亦奇”（《饮湖上初晴雨后》）的句意，写如今西湖的荒凉的景色又如何能写出苏东坡当年笔下的山色空蒙湖波潋滟的美景。“水清浅月黄昏何人吊逋老荒祠？”句借用林逋的“疏影横斜水清浅，暗香浮动月黄昏”（《山园小梅》）的句意，表明北宋林逋的隐居之逸，还有他的梅妻鹤子不知吸引了多少游客前来瞻仰，可如此却是游人罕至，荒草丛生于林逋祠内，一片荒凉。这四句通过对杭州今昔寺庙建筑、西湖之景、林逋祠堂的不同景色，表达了作者对历史兴衰的感慨。

“伤情思，西湖若此，何似比西施？”三句抒发感伤之情。如此荒凉萧条的景色，勾起了作者无限的伤感情思，并发出了如此西湖之景，又怎能与浓妆淡抹总相宜的西施相比拟的感叹。

自苏轼“若把西湖比西子,浓妆淡抹总相宜”的诗作问世之后,这西湖之美就与西施紧紧地联系在了一起,而如今,因着动乱的原因,西湖一片萧瑟之景,又怎能不令作者感慨万分呢!

【双调】天香引·西湖感旧

汤式

问西湖昔日如何?朝也笙歌,暮也笙歌。问西湖今日如何?朝也干戈,暮也干戈。昔日也二十里沽酒楼香风绮罗,今日个两三个打鱼船落日沧波。光景蹉跎,人物消磨。昔日西湖,今日南柯。

【鉴赏】

林升的一首《题临安邸》“山外青山楼外楼,西湖歌舞几时休”写出了西湖的繁华,而这首小令却是借写西湖今日之萧条冷落,来感伤时代之动乱,含蓄表现了作者向往和平的心愿。

元顺帝至正十六年(公元1356年),张士诚的弟弟张士德占领杭州,没过几个月又被元将夺回杭州,至正二十三年,张士诚的部将史文炳袭杀元将,占领杭州。此后朱元璋派军攻打杭州,均未成功。直至至正二十六年(公元1366年),朱元璋胜利攻下杭州城,此时,杭州陷于战乱已达十年之久。作者作这首小令描写的便是饱受十年战乱后的西湖景象。

曲子首句以设问句的形式起领全曲,问西湖过去是怎么样呢?“朝也笙歌,暮也笙歌。”那时候早晨这里也是一片笙歌,晚上也是一片笙歌。首三句写出了西湖昔日热闹非凡的繁华场景。“问西湖今日如何?朝也干戈，暮也干戈。”三句还是以“问”字起句，说今日的西湖，是早晨一片干戈，晚上也还是一片干戈。“干戈”即战争。一个“问”字说明了今昔的不同。

“昔日也二十里沽酒楼香风绮罗，今日个两三个打鱼船落日沧波”二句还是描写了今昔西湖之景的不同。过去的西湖，二十里长堤酒楼密密麻麻连在一起，春游的人们身穿锦绣衣服在河堤边的道路上络绎不绝。如今的西湖，偌大的湖面分布着零零散散的几只打渔船，波光日影中忽现忽隐。这两句还是道出了今昔西湖的不同，渲染了荒凉萧条的氛围。

“光景蹉跎，人物消磨。昔日西湖，今日南柯”四句乃是作者的感慨之语。过去的好时光已经一去不复返了，岁月蹉跎，多少英雄豪杰在岁月之中消磨殆尽。而昔日的西湖，就是今日的南柯一梦，再也难以相见！抒发了作者对西湖昔盛今衰的感叹。

作者的另一首小令《满庭芳·武林感旧》也是描写了杭州经历十年战乱之后的冷落景象，但从内容上，这首小令侧重放在西湖的今昔不同的对比上，而《武林感旧》则是从寺庙建筑、西湖风景和杭州历史上的繁华昌盛来进行比较，两首小令各有侧重，但也各有其独特之处，值得读者细细品读。

【双调】蟾宫曲

汤式

冷清清人在西厢，叫一声张郎，骂一声张郎。乱纷纷花落东墙，问一会红娘，絮一会红娘。枕儿余衾儿剩，温一半绣床，闲一半绣床。月儿斜风儿细，开一扇纱窗，掩一扇纱窗。荡悠悠梦绕高唐，萦一寸柔肠，断一寸柔肠。

【鉴赏】

元时，《西厢记》一出便引起轰动，广为流传，甚至出现借《西厢记》中的人物或情节来抒发自己的感情，这首小令既是如此，曲中的名字虽是《西厢记》中的人名，但抒写的却是崔莺莺与张郎相会的迫切心情，以及盼而不得后的失望之情。在《西厢记》第四本第一折描写了崔莺莺和张郎幽会的场景，此曲描写的便是两人幽会之后崔莺莺的相思之情。

这莺莺一个人冷清清地坐在西厢房里，形单影只，忍不住暗暗地叫了一声张郎，房间依旧安静无比，只有自己的声音回荡在脑海里，又忍不住暗暗地骂了一声张郎！这个冤家，真是让人理不清自己的感情。首两句便勾勒出莺莺姑娘独处于西厢之中的情景。那一声“叫”，再一声“骂”，便是她对张郎感情的进一步升华，由思念他到抱怨他为何此时不在自己的身边。可是不论是叫，还是骂，张郎还是没有出现在自己的眼前，而东墙下面倒是铺满了乱纷纷的落花，如同莺莺此时心乱如麻的心情，最后她实在忍不住了便召唤红娘问上一会儿，叨叨絮絮地跟着红娘说个没完。不外乎就是为何张郎今夜没有出现，他是不是被什么事情阻碍了。此时莺莺姑娘的感情已经到了必须要找人倾诉方能排遣的地步，可见她对张郎的情深意重，以及满心忧虑。

夜越发深了，张郎最终还是没有出现，莺莺入夜上床的时候，只是感觉到平时挤得满满的枕头和被子是如此得宽阔，暖一半冷一半。孤枕难眠，好不悲戚。一个“余”一个“剩”与欢会时的热闹和甜蜜形成了鲜明的对比，使得她愈发难以入眠。夜更加深了，月亮都开始往西边滑动了，微风轻轻吹拂，那纱窗一扇开一扇关，为的是张郎来的时候莺莺第一个就能发现。终于，莺莺在天快亮的时候迷迷糊糊地进入了梦乡，梦里她与张郎欢会，虚虚实实，实实虚虚，都不知道什么是现实什么是梦境，使得我们的莺莺姑娘一边为这柔情所牵缠，一边又觉得疑虑伤心，肝肠寸断。

这首小令语言通俗易懂，使用的都是当时比较流行的口语，读起来非常流畅。此外这首小令大量使用了“重句体”，即重复运用出了个别字词变化的句式，如“叫一声张郎，骂一声张郎”，使得小令有一唱三叹，回环婉转的效果。

【双调】庆东原·京口夜泊

汤式

故园一千里，孤帆数日程，倚篷窗自叹飘泊命。城头鼓声，江心浪声，山顶钟声。一夜梦难成，三处愁相并。

【鉴赏】

汤式是元末明初之人，象山（今浙江宁波）人，元时曾任象山县县吏，因郁郁不得志而辞官，落魄江湖。这首小令即是其落魄江湖时所作，描写的是羁旅途中深切的思乡之情。“京口”即今江苏镇江市。

首两句写出了故乡之远。从今日发达的交通来看，宁波到镇江并不是一段很长的路程，但在交通靠船和马的古代，那却是一段非常遥远的距离。故在首两句作者便交代了身处之地与家乡距离的遥远，即故乡在那一千里之外的地方，如果坐船的话需要花数日的行程，于是作者依靠在篷窗之上叹息，这天生就是一个漂泊命，所以才会如此流离失所，一直行在天涯路上，思归而不得。

“城头鼓声，江心浪声，山顶钟声”三句乃鼎足对，借景抒情，借声抒愁。那乡愁本来就扰得作者寝食难安，夜深人静，城头提醒时间的鼓声，江心的波浪声，以及山顶寺庙的钟鸣声，清晰无比地传入作者的耳朵里，它们或此起彼伏，或交叠，不断拨动着作者的思乡之情和失意身世之感。城头的鼓声隔两个小时响一次，似乎是在告诉作者这无所事事的夜晚里蹉跎着光阴。江心的浪声令人联想其仕途人间的险恶难行。山顶上的钟声庄严而严肃，勾起游子内心的惆怅凄凉的愁绪。古时城楼上多建有鼓楼用以放置巨鼓，报时后警戒盗贼之用，两个小时一更，即两个小时便敲一次鼓以提醒人们时辰。佛寺里同样也有鼓楼，与钟楼相对，召集僧人上殿、诵经、做功课、起床、吃饭、睡觉等都会敲钟。由此推断，这城头的鼓声和山上寺庙里的钟声应是敲晨钟，即三更钟，此时天快亮却还未亮。如此时辰，作者竟然还未入睡，一个因乡愁而难以入眠的主人公形象便清晰地浮现在读者的眼前。

“一夜梦难成，三处愁相并”二句抒写了作者愁绪之重。现实之中无法实现归乡之为，所以便祈求能够在梦里实现还乡之愿，可如今在这不眠的夜晚，那城头、江心和山顶上的声音引发的身世之感和思乡之情搅得作者连做一个团圆梦都不能实现，实在是可悲之极。

这首小令，语言凝练，音节和谐，写景抒情，寓情于景，渲染了悲凉惆怅的氛围，抒发了作者流离漂泊的惆怅情绪。

【双调】折桂令·题《录鬼簿》

周浩

想贞元朝士无多，满目江山，日月如梭。上苑繁华，西湖富贵，总付高歌。麒麟冢衣冠坎坷，凤凰台人物蹉跎。生待如何，死待如何？纸上清名，万古难磨。

【鉴赏】

《录鬼簿》乃是元钟嗣成编著，是历史上第一部为戏子立传的书籍，“鬼”即戏子。正如钟嗣成在其序言所说：“人之生斯世也，但以已死者为鬼，而不知未死者亦鬼也，酒罂饭囊，或醉或梦，块然泥土者，则其人与已死之鬼何异？”故这本书便是为史上无名的戏子所立的传。而周浩的这首小令题为《题录鬼簿》，可见曲中反映的是对正统文学所鄙视的艺人戏子的肯定，表达了作者对通俗文学的歌颂之情。

“想贞元朝士无多，满目江山，日月如梭”三句便是借怀古来抒发岁月如梭的感慨。遥想前一个朝代的名士人才如今所剩已经不多，江山无限好，可是时光无情，那些名士才人在时间的面前不堪一击，如白驹过隙般，晃眼就消失在历史的长河之中。“贞元朝士”本指唐德宗年号，此处借指前朝，出自刘禹锡的“休唱当时供奉曲，贞元朝士已无多”（《听旧宫中乐人穆氏唱歌》），永贞革新失败后，当年与柳宗元、刘禹锡一块活跃的故交已经不多，此处借以表现伤感情怀。

“上苑繁华，西湖富贵，总付高歌。麒麟冢衣冠坎坷，凤凰台人物蹉跎”五句继续抒发历史兴衰无常的感叹。上苑这个皇帝游玩打猎的地方曾经一片繁华，而西湖之上又聚集着多少高官权贵，可这些最终都化为了尘土，他们的事迹被人编为小曲四处唱和。而凤凰台上、麒麟冢中的贵族人物们，生前享尽荣华富贵，可死后却逃脱不了蹉跎、坎坷、无闻的名声，如此一来，荣华富贵终要被时间所埋没，他们生前的价值又有何用？

“生待如何，死待如何？纸上清名，万古难磨”四句乃是承接上文提出了作者对于人生价值的观点：不论是生还是死，只有在那《录鬼簿》上留下一纸清名，才能永远不被时间长河消磨掉。即只有文学作品才是被后人永远传唱，而所谓的财富、功名，等等，都会随着人躯体的消灭而消逝。表达了作者对那些史上无名，却又身怀奇技的笔杆子和戏子的赞赏之情。

可以说，作者的思想在当时是比较先进的，元时文人地位非常卑微，梨园曲家的地位就更不在话下了，可是这些人中，确有许多精英，留下许多令人较好的作品。这些人没有在正史里留下名字，实是一大憾事。故作者对《录鬼簿》的编写是赞同的，对簿中记载的人物也是持赞颂的态度，在封建社会，这种态度实在是非常难得。

附录：

本套书系名目

诗经楚辞鉴赏辞典

诸子百家名篇鉴赏辞典

古文鉴赏辞典

唐诗鉴赏辞典

宋词鉴赏辞典

宋词三百首鉴赏辞典

元曲鉴赏辞典

现代散文鉴赏辞典

中国古典咏景诗鉴赏辞典

中国古典状物诗鉴赏辞典

中国古典叙述诗鉴赏辞典

中国古典抒情诗鉴赏辞典

中国古典哲理诗鉴赏辞典

中国神话寓言鉴赏辞典

外国童话寓言鉴赏辞典